寒山詩

隠者たちの作詩とその編纂

附「寒山詩」抄

池田知久

コトニ社

はじめに

今（二〇二四年二月）、東京、湯島聖堂斯文会《しぶんかい》の文化講座で『寒山詩』を読んでいる。ことの起こりは二〇一九年五月、神田神保町のとある喫茶店で同好の有志が集まって、『寒山詩』の読書会を行ったことに始まる。毎月一回集まり、参加者は毎回十数名、ほとんどが斯文会の筆者の「老子を読む」講座・「荘子を読む」講座の聴講生であった。その後、回を重ねるうちに、二〇二〇年度からこれを斯文会の講座に採用してもらってその会場（湯島聖堂）で勉強を続けようということになった。時あたかも新型コロナ・ウイルス流行の第一次ピーク時を迎え、町中で相当数の人々の集まることが憚られる事情も生まれていた。このようにして、斯文会における『寒山詩』講座は始まり、今年度は四年目に入ったのである。

『寒山詩』の作者、詩人の寒山のことは、日本では古くから親しんで「寒山《かんざん》」と呼び、現代欧米でも〝寒山〟（Han Shan ハンシャン、または Cold Mountain）と呼ぶ。一方、中国・台湾では伝統的に敬意を表す「子」を付けて「寒山子」（Hanshanzi ハンシャンズ）と呼んでいる。[1] 本書では、中国・台湾のやり方にならって、この詩人を「寒山《かんざん》子《し》」と呼ぶことにする。

われわれ日本人にとっては、寒山とその片割れである拾得《じっとく》をペアーにした「寒山・拾得」（合わせて二隠《にいん》と呼ぶ）の名は、おそくとも鎌倉中期以来、貴族社会・仏教界（禅林）から始まって親しいものであった。それに師匠格に豊干《ぶかん》を加えた「寒山・拾得・豊干」（合わせて三隠《さんいん》と呼ぶ）の名も、同じように久しい以前から慣れ親しんだ言い方であった。寒山・拾得の名が日本人に親しまれてきたのは、その詩である『寒山詩』『拾得詩』の内容と結びついてのことである。しかし、単にそれだけに止まらず、彼らを画題にして描かれた多くの水墨画も、日本人を惹きつけてやまなかった。――振り乱した髪に垢だらけの顔、身に破れたぼろ衣をまとい手に箒を取って（拾得）、どこか遠くにある何かを見つめながら、子供のように無邪気に痴笑《ちしょう》している、二人の奇妙・不可思議で、脱俗的な人間像に他ならない。

　明治以後の近代に入ると、もう一つ重要な作品がこれに加わった。森鷗外の短篇小説の傑作「寒山拾得《かんざんじっとく》」である。この作品は大正五年（一九一六年）一月、雑誌『新小説』（春陽堂書店、第二十一年第一巻）に掲載された。これは作者鷗外がお嬢さんに話して聞かせた閭丘胤《りょきゅういん》と寒山・拾得の物語を元にして、それをほとんどそのまま書いたもの。小説の成り立ちの経緯を作者自らが記した「附《ふ》寒山拾得縁起《えんぎ》」にもあるように、「いつも（の鷗外流）と違って、一冊の参考書をも見ずに書いたのである」[2]。それゆえ、かつて読んだ白隠禅師《はくいんぜんじ》『寒山詩闡提紀聞《せんだいきもん》』を記憶に頼って思い出しながら筆を進めているために、鷗外は事実について二三の初歩的な誤りを犯している[3]。けれども、そんな瑕疵《かし》はあげつらうに足りない。小説家はこの件に関して、研究者たちが今日に至るまで学問の上から言っても思想の上から言っても、いまだ十分に論じえていない重要な問題を提起したからだ。すなわち、一言で概括するならば、閭丘胤という人の、宗教的な「盲目の尊敬」の問題である。

　「学問の上から」と言うのは、初唐の地方長官（台州刺史）である閭丘胤が『寒山子詩集』を編纂した際の、彼の編纂姿勢、文化・教養、出身階層などを指しており、研究者はこれらの解明を行わなければならないということ。しかし、諸事情があってこの問題は今日まで等閑視されてきた。「思想の上から」と言うのは、以上のような具体論とは別に、一般に人間・人類の一員として、閭丘の寒山・拾得への態度の中に、宗教的な「盲目の尊敬」があることを抉剔《けってき》しこれを自己批判的に問題視しようとする、鷗外の抱く問題意識の重要な内容である[4]。――物々しい肩書を連ねて己を誇示する閭丘は、俗中の俗たる者であるが、そんな彼が国清寺を訪れて寒山・拾得という脱俗者に礼拝し、なおかつ詩集を編んで序を撰した。彼は自分と一〇〇パーセント対極にある、理解していないもの・理解できないものを尊敬したのであるから、これぞまさしく鷗外の言う「盲目の尊敬」に他ならない。それだけでなく、鷗外はこのことを中国という異国の、唐代という千数百年前の、一場の笑い話として書いたのではなかった。「附寒山拾得縁起」にもあるとおり、「寒山が文殊で、拾得が普賢だ」ということを説明するために、彼はついに「宮崎虎之助さんの事を話した。宮崎さんはメッシアスだと自分でいっていて、またそのメッシアスを拝みに往く人もある」という、近代日本の宗教家である。最後に、「附縁起」は「そしてとうとうこういった。『実はパパアも文殊なのだが、まだ誰も拝みに来ないのだよ』」と述べてこの短篇小説を締めくくる。ことがらの本質に即して考えて、この宗教的な「盲目の尊敬」が、初唐の閭丘胤にとっての問題であるばかりか、また近代日本にとっての問題でもあり、さらにこれを書いた鷗外自身にとっての問題でもあると自戒したのである。「附縁起」からただよって来る軽妙の雰囲気は、読者に対する配慮に過ぎない。われわれはこれを読み誤ってはなるまい。こうして、閭丘胤の寒山・拾得に対する態度の中に、「盲目の尊敬」があることを抉剔して、これを自己批判的に問題視しようとした、鷗外の内省的な姿勢は読者に感銘を与えないではおかないものであった。

こういうことも手伝ってか、この作品はその後の日本で大いに歓迎をもって受け入れられたと考えられる。筆者個人の体験を述べれば、中学校の国語の教科書あるいは副教材に載っていたのを読んだ記憶がある。十三歳か十四歳のころの話だ。周囲の知り合いにたずねてみても大体のところ同じで、大人の年齢になるまでに読んだ経験のある人が多いようであった。

本書では、『寒山詩』の編纂の過程と、作者とされている寒山・拾得という人物とは何者だったのかを追究してみたいと考えている。

また、本書は、当初予定していた第三章・第四章ならびに、補章は、紙幅の関係で割愛した。コトニ社HPにPDFを公開しているので、ご興味のある方は、是非、読んでいただきたいと思っている。

なお、第三章・第四章で扱った詩については、附録として、本書の巻末にまとめてある。

仏教とくに禅の影響が強い『寒山詩』の一部ではあるが、その世界を味わっていただければ幸いである。唐代の詩人といえば、王維・李白・杜甫・白居易・韓愈・柳宗元がその文学的な価値からよく読まれているが、また違った趣があって楽しめると信じている。

寒山詩　隠者たちの作詩とその編纂——附「寒山詩」抄◉目次

第二章　三次にわたる『寒山詩集』の編纂

第一章　序論

第一節　『寒山詩』の作者、寒山子《かんざんし》とは一体だれか

　寒山子と『寒山子詩集』(5)については、唐代の詩人と彼の詩集であろうと認める点では論者の間に意見の相異はないものの、李白・杜甫・王維などといった大物の詩人と肩を並べうる、正統的な文学界・詩壇に位置を占める詩人と、その貴重な作品集であると見なされることは、中国史上一度たりともなかった、と言ってよいと思う。

　もっとも、注（1）に述べたように、禅宗の各宗派が偈頌《げじゅ》に『寒山詩』のあれこれの詩句を使用することは唐代後期から始まり、北宋・南宋にかけてやや頻繁に行われた。そして、この件の詳細は、近年の労作である項楚『寒山詩注』（中華書局、二〇〇〇年）が、それぞれの詩の【注釈】の末尾に一々指摘したことで明らかとなっている。その流れを除けば、唐代末期から五代にかけては、個々の崇禅者の中で『寒山詩』を読み寒山子の名を口にした者はごく少数に過ぎない。(6)また、注（1）で指摘したように、宋代には正史としての『新唐書《しんとうじょ》』芸文志《げいもんし》三に『寒山詩集』経文の著録があるが、そのことの及ぼす影響は大きかったと思われる。これに先だって李昉《りほう》等の類書『太平広記』が宋の太宗の勅命を受けて編纂され、その巻五十五に「寒山子」の項目が立てられた（内容は杜光庭『仙伝拾遺』）ことも重要である。これらのことと関連して、宋代には儒教的文化・教養を中心とする一般の士大夫階級の間に、朱熹（『朱子語類』巻一四〇など）と王応麟（『困学紀聞』巻十八）のように寒山子の詩に文学として関心を抱き、高く評価する者も登場するに至っており、入矢義高《いりやよしたか》「寒山詩管窺」（『東方学報　京都』第二十八冊所収、京都大学人文科学研究所、一九五八年三月）は、朱熹についてはその「二一」（八七〜八九ページ）、その「三二」（九九〜一〇五

ページ）で、王応麟についてはその「三」（一〇五ページ）で、両者の見識を熱心に解説している。

しかしながら、彼ら両名は少数の例外であった。晩唐の禅僧、曹山本寂の撰した『対寒山子詩』（『寒山詩集』のテキスト兼注釈書）はいつのまにか散逸してしまい、それ以後、中国では現代に至るまで注釈書は現れていないようである。『寒山詩』は禅門の内で愛読されはしても、朱熹・王応麟などを除いてそこに文学を見ようとする者はほとんど出なかったのである。『四庫全書総目』巻一四九では、『寒山子詩集』を解説して、

其詩有工語、有率語、有荘語、有諧語。至云不煩鄭氏箋、豈待毛公解、又似儒生語、大抵佛語菩薩語也。今観所作、皆信手拈弄、全作禪門偈語、不可復以詩格繩之。而機趣横溢、多足以資勸戒。

其の詩に工語《こうご》有り、率語《そつご》有り、荘語《そうご》有り、諧語《かいご》有り。鄭氏《ていし》の箋《せん》（『詩経』の鄭玄《じょうげん》の注釈）を煩わせず、豈《あ》に毛公の解（『詩経』の毛亨《もうこう》の注釈）を待たんや、又た儒生の語に似たりと云うに至れども、大抵仏語《ぶつご》・菩薩《ぼさつ》語《ご》なり。今作れる所を観るに、皆な手に信《まか》せて拈弄《ねんろう》し、全て禅門の偈語《げご》を作れるものにして、復《ま》た詩格を以て之を縄《しば》る可《べ》からず。而《しか》れども機趣《きしゅ》横溢すれば、多く以て勧戒に資《し》するに足る。

と論評している。これは唐代以来、旧中国の伝統的な見方を大局的な観点に立って総括した文章と言うことができよう。――第一に、『寒山詩』は儒教的な内容を有する、有意義な詩と見なすことはできない。それゆえ、正統的な儒教経典『詩経』に毛亨伝《もうこうでん》と鄭玄箋《じょうげんせん》が備わっているが、それと同じようには注釈を加えるまでもない代物である。第二に、『寒山詩』は大体のところ仏語・菩薩語を用い、手に任せていじくり作った、禅門の偈頌《げじゅ》がその内容をなす。それゆえ、これらを正統的な文学界・詩壇に位置を占めるか否かの規準「詩格」をもって律するべきでもない。けれども第三に、『寒山詩』には「機趣」（禅宗の奥深い道に合致した心の働き）が横溢しているので、

多くの詩は民衆に対する仏教的勧戒《かんかい》の助けになることができ、それゆえ、民衆教化に有用性を発揮することができると認められる。

一方、眼を転じて日本文化界を眺めてみると、江戸時代の早い時期から釈虎円《しゃくこえん》『首書《かしらがき》寒山詩』（『鼇頭寒山子』とも呼ぶ。三巻、寛文十一年［一六七一年］刊）・連山交易《れんざんこうえき》『寒山子詩集管解《かんげ》』（七巻、寛文十二年［一六七二年］刊）・白隠慧《はくいんえ》鶴《かく》『寒山詩闡提紀聞《せんだいきもん》』（三巻、寛保元年［一七四一年］刊）・大鼎宗允《たいていそういん》『寒山詩索賾《さくじゃく》』（三巻、文化十二年［一八一五年］刊）などの注釈書が刊行されている。これらに関して、入矢義高『寒山』（「中国詩人選集」岩波書店、一九五八年四月）の「解説」は、特に有名な白隠『闡提紀聞』にスポットライトをあてつつ、

> 「闡提紀聞」は……仏典を引き且つ禅意を説くこと詳密を極める。しかし、率直にいって、詩の訓読のしかたや語句の注釈には、どうしても妥当とはいえないものが散見する。また、私が適解を得ないで苦しんだような語句についても、これらの注釈書はほとんど役に立ってくれなかった。明治以後にも数種の注釈書が出ており、岩波文庫でも太田悌蔵氏による訳注が出たことがあるが、それらはたいてい旧注を踏襲しただけのものであり、あまり助けにはならなかった。

と述べる（一九〜二〇ページ）。また、近年の力作である入谷仙介・松村昂『寒山詩』（筑摩書房、二〇一六年）の「解説」も、

> 注釈としては中国人の手になるものは全然なく、日本人の手になるものが数種あるが、参照できたのは「首《かしら》書《がき》本」と呼ばれる寛文十一年刊の「三隠詩集」の注と、白隠禅師の「寒山詩闡提紀聞」である。これらの注は故事や出典、ことに仏教関係のものを調べるにはかなり役に立つが、俗語や難解な表現を読解するにはほ

とんど役に立たない。明治以後、通俗的な『寒山詩』の講義書類はおびただしく出版されたが、あまり価値のあるものはない。

と述べる[7]（五〇五ページ）。

以上のような状況が長く続いてきたために、中国では余嘉錫《よかしやく》（一八八四〜一九五六年）の精緻な文献学的研究[8]が登場・流布する一九五〇年代後半に至るまで、日本でも入矢義高の一連の文学的研究が登場する一九五〇年代後半に至るまでの間、寒山子と『寒山詩集』については、旧来の通説が曖昧なままに繰り返し唱えられていたのであった。たとえば、寒山は本人が名のった法号（ペンネーム）であって本当の姓名は不明、出身地も不明。また、『寒山子詩集』の巻頭に初唐の人、閭丘胤の序がついているので、これを根拠に以下のことを推測している。すなわち、その活動年代は初唐。その住居の寒巌は国清寺付近ではなく唐興県の西七十里にあった。その身分は寺院に所属する僧侶ではなく、仏教（禅宗）を尊崇する俗人の居士《こじ》、士階級出身の隠者であろう。そして、『寒山詩集』三〇〇余首は、この寒山子が竹木石壁や村里の人家の庁壁に書き散らした詩を、台州の刺史（行政長官）閭丘胤が国清寺の僧道翹《どうぎよう》に命じて編集させたものである、等々。

『寒山詩集』三〇〇余首の内容は、今日までの大多数の研究者が説くとおり、極めて雑多である。たとえば、離去した家族を思い自己の経歴を振りかえる詩、中でも士人や官吏としての履歴を顧みる詩、学問・儒教（聖賢・経学）・道教（神仙・養生）に言及する詩、世俗の浅はかさや出家者の堕落を笑って風刺・批判する詩、天台山・寒巌の山林中に幽居する楽しみを歌う詩、仏教の一般的教義によって人々を勧戒する通俗的な詩、南宗禅・頓悟禅の「即心是仏《そくしんぜぶつ》・天真具足《てんしんぐそく》」などを内容とする偈頌的な詩、等々。したがって、これらを同じ一人の作者の、同じ一つの時期の作に帰することは、到底無理である。

そこで筆者は、寒山子と『寒山詩』の関係、つまり『寒山詩集』の編纂に関して、諸事実を可能なかぎり無理なく説明できるようにするために、一つの仮説を立ててみたい。その仮説を、ここにあらかじめ略述しておく（後の第二章に詳述）。――『寒山詩集』に含まれる三〇〇余首は、同じく唐代に成った詩であるにしても、三人（また三つのグループ）の作者たちの、多時に及んで成した詩の、初唐・中唐・晩唐の三次にわたる編纂の結果、寄せ集められたものと見なすのがよいのではないか、という仮説である。

このように、作者寒山子と作品『寒山詩集』に関する伝記的なデータが欠けている場合、状況をプラグマティックに処理するのがよいであろう。額面上はだれが、いつごろ、どういう事情の下で、詠った詩であるかが不明であっても、『寒山詩』の実際の読解に基づき、一首一首の詩の内容を丹念に吟味するならば、これらのことを通じて、それぞれの作者（またそのグループ）が、いかなる人物（人々）であり、いかなる時代（複数）に、いかなる人生を送りつつこのような詩を作ったのかという事情も、かなりの程度、推測しうるものだからである。

そして、こうした一首一首の読解・吟味を行ってみた結果、筆者は、寒山子と『寒山詩』に関して、日本と中国において、一九五〇年代後半まで維持されていた（閭丘胤の序を中心とする）旧説は、確かに誤りを含むかもしれないものの、しかしすべてを誤りとして退ける必要はないと考えるに至った。それとともに、一九五〇年代後半以降の余嘉錫（『寒山詩集』は中唐の徐霊府が編纂したとする）・入矢義高（寒山子は唐末までの人とするに傾く）(9)の新説も、正誤あい半ばする新たな旧説でしかないし、また、その後に登場した二〇〇〇年の項楚『寒山詩注』や、二〇一七年の賈晋華『古典禅研究』(10)（『寒山詩集』は晩唐の曹山本寂の編纂とする）も、同じように正誤あい半ばする最新の旧説と見なすのが適当と感じられるのである。――結局のところ、寒山子の作詩と『寒山詩集』の編纂に関して述べている旧来の歴史的記事を、研究資料として重視したいと考える。その結果、初唐の閭丘胤の第一次、中唐の徐霊府の第二次、晩唐の曹山本寂の第三次の編纂を仮定せざるをえなくなったわけであるが、これについては、後の第二章においてまとめて述べることにしよう。

第二節　『寒山子詩集』閭丘胤《りょきゅういん》の序——真作か偽作か

閭丘胤の序は、寒山子の人と詩についてまとまって述べた文章としては、最も早いものである。これ以前にあるのは断片的な記述だけであるし、これ以後はこれを踏襲・粉飾したコピーが多い。それゆえ、この序は無視してはならず慎重に検討すべきものである。

上述のように、現代の余嘉錫・入矢義高の新説以来、この序は偽作ではないかとする激しい批判に見まわれてきた。その結果、二十一世紀の今日では、これをまともに読もうとする者がいないありさまである。ここでは、とりあえず冷静・公平な心を主とし、真作か偽作かの判断は副として概略を読んでおくことにする。それぞれの角度からする問題点の具体的な分析については、以下の各章・各節において論ずることになる。長文であるので読解の便宜上、四つの段落に分け、最後の「讚曰」（偈頌）の部分は省略する。以下、順次原文と訓読を示した後、若干の解説を加える。

第一項　閭丘胤序の第一段落

寒山子詩集序

朝議大夫使持節台州諸軍事守刺史上柱國賜緋魚袋　閭丘胤撰

詳夫寒山子者、不知何許人也。自古老見之、皆謂貧人風狂之士。隱居天台唐興縣西七十里、號爲寒巖。每於茲地、時還國清寺。寺有拾得、知食堂、尋常收貯餘殘菜滓於竹筒內。寒山若來、卽負而去。或長廊徐行、叫喚快活、獨言獨笑。時僧遂捉罵打趁、乃駐立撫掌、呵呵大笑、良久而去。且狀如貧子、形貌枯悴、一言一氣、理合其意。沉（沈）而思之、隱況（況）道情。凡所啓言、洞該玄默。乃樺皮爲冠、布裘破敝、木屐履地。是故至人遯迹、同類化物。或長廊唱詠、唯言「咄哉咄哉、三界輪迴」。或於村墅、與牧牛子而歌笑、或逆或順、自樂其性。非哲者、安可識之矣。

寒山子詩集序

朝議大夫・使持節台州諸軍事・守刺史・上柱国・賜緋魚袋　閭丘胤撰

夫《か》の寒山子なる者を詳《つまび》らかにせんとするに、何許《いずこ》の人なるかを知らざるなり。古老の之を見し自《よ》り、皆な貧人・風狂の士と謂う。天台唐興県《とうこうけん》の西七十里の、号して寒巌《かんがん》と為すところに隠居す。毎《つね》に茲《こ》の地に於いてし、時に国清寺に還《かえ》る。寺に拾得《じっとく》有り、食堂を知《ち》して、尋常《つね》に余残《よざん》の菜滓《さいざい》を竹筒の内に収貯《しゅうちょ》す。寒山若《も》し来たれば、即ち負《お》いて去らしむ。或いは長廊に徐行し、叫喚すること快活に、独り言い独り笑う。時に僧遂に捉罵《そくば》・打趁《だちん》せんとすれば、乃ち駐立して掌《たなごころ》を撫《う》ち、呵呵大笑《かかたいしょう》して、良《や》や久しくて去る。且つ状は貧子《ひんし》の如く、形貌は枯悴《こすい》せるも、一言一気ごとに、理は其の意に合《がっ》せり。沉《しず》（沈）かにして之を思えば、隠かに道の情《まこと》に況《に》（況）たり。凡そ啓言《けいげん》する所は、洞《ふか》く玄黙（不言の道）に該《あ》たる。乃ち樺皮《かひ》を冠と為し、布裘《ふきゅう》は破敝し、木屐《もくげき》（木製サンダル）もて地を履む。是の故に至人は迹を遯《かく》し、類に同《どう》じ物に化す。或いは長廊に唱詠し、唯だ「咄哉咄哉《とつさい》、三界《さんがい》に輪廻せん。」と言うのみ。或いは村墅《そんしょ》に於いて、牧牛子と歌笑し、或いは逆らい或いは順《したが》って、自ら其の性を楽しむ。哲者に非ざれば（聡明な者でもなければ）、安《いずく》んぞ之を識《し》る可けんや（どうしてこの人の本質を見抜くことができようか）。

〔解説〕

この『寒山子詩集』序の撰者、閭丘胤については、津田左右吉「寒山詩と寒山拾得の説話」[11]は、

閭丘胤の序といふものがいつ書かれたかは、よくわからぬ。ただ唐興縣といふ台州の屬縣の名がそのうちに見えてゐるから、……、この名のあつた唐の高宗の時から懿宗の時までの閒のことと考へられる。……道宣の續高僧傳の卷二五の智巖の條に麗州刺史として閭丘胤の名が出てゐるから、胤は唐初の人らしくも見えるが、この卷は後からつけ足されたものらしいから、これはさしたる證據にはならぬ。……つまるところ、閭丘胤の年代はわからぬことになるが、……胤が實在の人であつたかどうかにも、疑がなくはなかろう。……かう考えて來ると、閭丘胤の名で書かれてゐる序文のできた時代も、またはつきりわからぬことになるが、唐書藝文志の原註によると、對寒山詩集にはこの序がついてゐたやうであるから、それは晩くとも唐末であつたとおしはかられる。

と述べる。また、入矢『寒山』[12]は、

第一、当の閭丘胤という人物が、これまた果たして実在した人なのかどうか、すこぶる怪しいのである。「寒山詩集」の序では、彼に堂々たる肩書が附いていて「朝議大夫・使持節台州諸軍事・守刺史・上柱国・賜緋魚袋」とある。この肩書自体は、……唐代の官制から見て、べつに不自然な点はない。しかし、これほどの高い肩書がありながら、この人の名は唐代のどの文献にも現われない。これは甚だ不可解なことである。……その後の文献に見える寒山の話は、すべてこの閭丘胤の「序」に本づいたものばかりだといっていい。……もっとも、私は閭丘胤の「序」なるものを、それほど古いものとは認めない。恐らく唐の末か五代のこ

ろ（九—十世紀）の擬作だろうと考える。

と言い[13]、さらに、入谷・松村『寒山詩』[14]は、

> 寒山伝説のもっとも原始的な形と見られるのは、巻頭にかかげた閭丘胤の序である。この序はきわめて拙劣な文体で書かれている。……そのうえ成立年代についてほとんど何の手がかりもない。……閭丘胤自身に関する資料が他に全く存在しない。……閭丘胤序は前述のごとくはなはだ拙劣な文体で書かれ、筆者が正規の文章を操る能力習慣を持たない人であったことを示している。物々しい肩書が附せられていることも、正式の文章の署名としては普通のことであるが、この場合はむしろ序文にもったいをつけようという意図のあらわれという感じがする。つまり筆者ないしその周囲のグループの人々は、こんな肩書をありがたがる人々だったのである。

と述べる。

これらの研究者たちが問題にしているのは、その一、『寒山子詩集』の編纂者 閭丘胤が他の文献には現れず、よって実在していなかったのではないかという疑問である。しかし、津田左右吉も認めるように、唐の道宣（五九六〜六六七年）『続高僧伝』巻二十一の智巌伝に麗州刺史として閭丘胤が登場しており、これは同一人物に関する重要な事実を提供する資料である。ちなみに、『続高僧伝』の版本は三十巻本と三十一巻本が主な系統である。巻二十一以下を含む三十一巻本は、唐代宣宗期の仏教復興運動の結果回復したものではないかと推測されている（『続高僧伝』中、中華書局、二〇〇四年九月、七七六〜七七七ページ）。津田のように巻二十一以下を一概に贋作として退けるのは、はなはだ偏頗な見解でしかない。また、南宋の陳書卿《ちんしけい》『嘉定赤城志《かていせきじょうし》』（台州の地方志）巻八の帙

官表によれば、閭丘胤が貞観十六〜二十年（六四二〜六四六年）の間、台州刺史の任に着いていたことを確認することができる。

その二、閭丘胤の官僚としての地位（肩書）が相当高いにもかかわらず、この人の名が唐代のどの文献にも現れないのは不可解だとする疑問である。肩書から判断すると、閭丘は正五品下程度の地位と考えられるが、この程度の官僚が『旧唐書』『新唐書』の正史に登場しないのは特に稀なケースではない。それよりもさらに重要なのは、堂々たる肩書を五つも連ねて己の存在を誇示するかのような閭丘の序は、はなはだ胡散臭く、彼が実在の人であることを疑わしめるし、その序も偽作を疑わしめる、という疑問である。しかしながら、物々しい肩書の付いた胡散臭い人物であることと、実在・非実在及び序の真作・偽作の問題との間に、直接の因果関係はない。端的に言ってしまえば、閭丘胤は実在し、また序は真作なのである。筆者の得ている結論を上来の第一章「序論」、第一節「『寒山詩』の作者、寒山子とは一体だれか」の趣旨に即して簡単に述べれば、以下のとおり。

堂々たる肩書を連ねて己を誇示する閭丘胤は、隋末〜唐初、江南地方の混乱の中から身を興こした下級士族または下級軍人上がりの台州刺史で、格別の文化・教養は身に付けていなかった。ただし、当時の庶民大衆と同様に一般的な崇仏思潮の中にいたと思われる（以上、「学問の上から」）。このような、物々しい肩書を連ねて己を誇示する閭丘は、控え目に言っても俗の最たる者であるが、そんな彼が『寒山子詩集』という脱俗者の詩集を編んで序を撰した。彼は自分と一〇〇パーセント対極にある、理解できないものを編纂したのであったから、ここに通常の合理的な編纂姿勢、正統的な文化・教養を求めるのは無理な話ではなかろうか。上述したように、森鷗外は、閭丘胤のこうした宗教的な「盲目の尊敬」を取り上げて、それが自分自身を含む人類一般の普遍的な問題であると把えて、それを物の見事に小説化したのであった（以上、「思想の上から」）。

その三、『寒山子詩集』の序が拙劣な文体で綴られ、詩集に冠する文章としては格調が低いという指摘がある。それゆえ、台州刺史の閭丘の真作ではあるまいとする疑問である。この件について、筆者の見解はすでに上の

「その二」に示した。指摘されているとおり、確かにこれは拙劣であり低調である。しかし、台州刺史の閭丘胤の真作ならば、華麗なる美文もしくは深奥なる玄文になるはずだとするのは、入矢義高や入谷仙介・松村昂など、現代日本の研究者たちの勝手な思いこみに過ぎない。――ここで、あえて筆者の感想を述べるならば、閭丘胤の序の真偽を判定するのに（判定者が勝手に設定した）その文章の美悪・優劣を基準にするというやり方は、研究方法論上、適当でないと思う。実際、唐代の刺史たちの生活態度や文化・教養は、ピンからキリまで各種各様なのである。閭丘胤の場合は、彼の社会的な出自が下級士族または下級軍人の出身であって、そのために先祖代々にわたって上層の文化・教養を身に付ける機会がなかったのであろう。けれども、序によって判断するかぎり、彼はその時の己の持ち物（文化・教養）に対して精一杯、忠実に生きたと言うことができよう。そのことが序の拙劣・低調となって現れたとしても、やむをえないことではなかろうか。

第二項　閭丘胤序の第二段落

胤頃受丹丘薄宦。臨途之日、乃縈頭痛。遂召日者、醫治轉重。乃遇一禪師、名豐干、言「從天台山國清寺來、特此相訪。」乃命救疾、師乃舒容而笑曰、「身居四大、病從幻生。若欲除之、應須淨水。」時乃持淨水上師、師乃噀之、須臾祛殄。乃謂胤曰、「台州海島嵐毒、到日必須保護。」胤乃問曰、「未審彼地、當有何賢、堪爲師仰。」師曰、「見之不識、識之不見。若欲見之、不得取相、廼可見之。寒山文殊、遯迹國清。拾得普賢、狀如貧子、又似風狂、或去或來、在國清寺庫院、走使厨中著火。」言訖辭去。

胤《いん》頃《さきごろ》丹丘（台州のこと）の薄宦《はくかん》を受く。途に臨むの日、乃ち頭痛に縈《まと》わる。遂に日者《にっしゃ》を召して、医治《いち》せしむるも転《うた》た重し。乃ち一禅師の、名を豊干《ぶかん》というものに遇うに、「天台山の国清寺従《よ》り来たって、特に此《ここ》に相《あ》い訪ぬ。」と言う。乃ち疾《やま》いを救うことを命ずれば、師は乃ち容《かたち》を舒《のび》やかにして笑って曰わく、「身は四大《しだい》（地・水・火・風の四元素）に居り、病いは幻従《よ》り生ず。若し之を除かんと欲すれば、応《まさ》に浄水を須《もち》うべし。」と。時に乃ち浄水を持って師に上《たてまつ》り、師は乃ち之を噀《ふ》けば、須臾《しゅゆ》にして祛殄《きょてん》せり（頭痛が消散した）。乃ち胤に謂いて曰わく、「台州は海島にして嵐毒あり、到らん日には必ず須く保護すべし。」と。胤は乃ち問いて曰わく、「未だ彼の地を審《つまび》らかにせず、当《まさ》に何れの賢《けん》有って、師と為して仰ぐに堪《た》うべき。」と。師曰わく、「之を見れば識らず、之を識れば見ず。若《も》し之を見んと欲すれば、相《かたち》を取るを得ず、迺《すなわ》ち之を見る可《べ》し。寒山は文殊なり、迹を国清に遯《の》がる。拾得は普賢なり、状は貧子の如く、又た風狂に似たり、或いは去り或いは来たり、国清寺の庫院に在って、厨中《ちゅうちゅう》（くりや）に走使して火に著《つ》く。」と。言うこと訖《お》わって辞去せり。

〔解説〕

この段落で注目を引く点に、その四、閭丘胤が「頭痛」の治療に「日者」を招いていることがある。「日者」とは、日の干支によって吉凶を占う占い師である。『史記』に日者列伝があり、また近年の出土資料に戦国・秦漢時代の大量の「日書」があるように、古代以来占いに従事する者であった。時代が進むにつれて従事する仕事の内容が拡大して、この時代には医療をも行っていたらしい。近年の出土資料である戦国～秦漢の各種「日書」の中にも、病気の治癒を占う占いが数多く見えている。それらが発展・展開してなったのが後代の呪術医であって、それが初唐の閭丘胤序の「日者」として顔を出したものと考えられる。ただし、これよりもっと前の時代から、中国医学は科学医と呪術医とに二分され、下級士族や庶民階級は伝統を色濃くのこした呪術医に頼るままであったのに引き替え、上級士族はその文化・教養のゆえに新しく興こった科学医に頼るようになっていったとされている。(15)——この点からも、編纂者 閭丘胤の社会的出自の推測を補強することができよう。

その五、台州に赴任の決まった閭丘胤の住まいを、豊干禅師が訪問する話がある。これは唐代の禅僧たちによって行われていた行脚偏参《へんさん》の一種であり、釈道原『景徳伝灯録』などをひもとけば至るところに描かれている求道修行の一変形と考えられる。豊干禅師が閭丘胤を訪問したのは胤が台州刺史に赴任する（貞観十六年、六四二年）直前のことである（この時、閭丘胤は五十一ないし五十六歳）が、その場所はどこか未詳。長安であろうとする説もあるにはあるが、明証がなく取り上げるに足りない。『続高僧伝』巻二十一の智巌伝によれば、閭丘胤は武徳四〜八年（六二一〜六二五年）のある時期、推定三十ないし三十五歳のころ、麗州刺史の身分で他の三名（第二章、第二節、第二項に後述）とともに、舒州の皖公山に出家した智巌に会いに出かけていっている。しかし、これはほぼ二十年も前のことであり、彼のその後の官歴は不明である。

また、その時、豊干禅師は「浄水」を口に含んで頭痛の閭丘胤の顔にぷっと吹きつけたところ、病いは立ちどころに快癒したと描かれている。これも一種の呪術療法であるが、楊衒之『洛陽伽藍記』巻二、城東、景寧寺の条に、主書の陳慶之の胸痛を、中大夫の楊元慎が水を口に含みぷっと吹きつけ呪文を唱えて直すという、これと似たような話が出てくる。後者は身分の高い士大夫階級同士のことであって注目されるが、この北魏〜初唐というあい前後する時代に、同じような治病法が幅広く行われていた可能性がある。

その六、入矢『寒山』が、

> その「序」は、伝記ふうとはいっても、相当に神話化された記述であって、すでに寒山を文殊菩薩の、拾得を普賢菩薩の化身と見なしている。

と述べていることがある。(16) この内、普賢菩薩については、梁の慧皎『高僧伝』巻七の釈道温伝によれば、道温は宋の孝武帝の孝建（四五四〜四五六年）の初年、勅命を受けて都（建康）の中興寺に住し、大明年間（四五五〜四六四年）勅命によって「都邑僧主」となったが、路昭皇太后は大明四年（四六〇年）十月、普賢菩薩の像を造って完成すると中興寺において斎会を設けた。この時、普賢菩薩が「神人」となって顕現し「天安」から来た「慧明」であると名のったという。(17)

また、魏収『魏書』巻十九上景穆十二王列伝の京兆王子推の条に、北魏末の孝明帝の延昌四年（五一五年）に起こった仏教集団、大乗教の乱の顛末が付載されている。これは冀州の沙門法慶が教主となり、有力士族の李帰伯に十住菩薩・平魔軍司・定漢王の位を与え、自らは「大乗」と号して叛乱を起こしたのであるが、その際「一人を殺す者は一住菩薩と為り、十人を殺す者は十住菩薩と為る。」の内部規律を持していたという。(18) この「十住菩薩」はもともと『菩薩十住行道品』（一巻、竺法護訳）・『十住経』（四巻、鳩摩羅什訳）などの大乗仏典に見える思想であったが、塚本善隆『北朝仏教史研究』の「北魏の仏教匪」（同『塚本善隆著作集』第二巻所収、大東出版社、一九七四年十月）によれば、叛乱の宗教的根底においてそれが在来の土俗信仰と融合しながら民衆に受容されていったものとされる。(19) このように、大乗仏典の「菩薩」が叛乱集団の恣意的な取り扱いの結果、俗信化・大衆化され本来の内容を変えられたのは、その後、わが閭丘胤の序において「文殊・普賢」が俗信化・大衆化され本来の内容とは無関係に使用されたことと、軌を一にする現象の一つと見なすことが許されよう。(20)

第三項　閭丘胤序の第三段落

胤乃進途、至任台州。不忘其事、到任三日後、親往寺院、躬問禪宿、果合師言。乃令勘唐興縣有寒山拾得已否。時縣申稱、「當縣界西七十里内有一巖。巖中古老見有貧士、頻往國清寺止宿。寺庫中有一行者、名曰拾得。」

胤乃特往禮拜、到國清寺。乃問寺衆、「此寺先有豐干禪師、院在何處。竝拾得寒山子、見（現）在何處。」時僧道翹答曰、「豐干禪師院在經藏後、即今無人住得。毎有一虎、時來此吼。寒山拾得二人、見（現）在厨中。」僧引胤至豐干禪師院、乃開房唯見虎迹。乃問僧寶德道翹禪師在日有何行業。僧曰、「豐干在日、唯攻春米供養、夜乃唱歌自樂。遂至厨中、竈前見二人、向火大笑。胤便禮拜、二人連聲喝胤、自相把手、呵呵大笑、叫喚乃云、「豐干饒舌饒舌。彌陁不識、禮我何爲。」僧徒奔集、遞相驚訝、「何故尊官禮二貧士。」時二人乃把手走出寺。乃令逐之、急走而去、即歸寒巖。胤乃重問僧曰、「此二人肯止此寺否。」乃令覓房、喚歸寺安置。胤乃歸郡、遂製淨衣二對、香藥等、特送供養。時二人更不返寺。使乃就巖送上、而見寒山子、乃高聲唱曰、「賊、賊。」退入巖穴、乃云、「報汝諸人、各各努力。」入穴而去、其穴自合、莫可追之。其拾得迹沈無所。

胤《いん》は乃ち途を進んで、至って台州に任ず。其の事を忘れず、到り任じて三日の後、親しく寺院に往き、躬《みずか》ら禅宿（禅僧の長老）に問えば、果たして師の言に合えり。乃ち令して唐興県《とうこうけん》に寒山・拾得有りや否やを勘《しら》べしむ。時に県《けん》（唐興県の役人）申称す、「県界の西七十里の内に当たって一巌有り。巌中に古老貧士有るを見るに、頻《しき》りに国清寺に往きて止宿す。寺庫の中に一行者《あんじゃ》有り、名を拾得と曰《い》う。」と。

胤は乃ち特に往きて礼拝せんとして、国清寺に到る。乃ち寺衆に問う、「此の寺 先に豊干禅師有り、院は何《いず》れの処にか在る。并《なら》びに拾得・寒山子、見（現）に何れの処にか在る。」と。時に僧 道翹《どうぎょう》答えて曰わく、「豊干禅師の院は経蔵の後に在るも、即今《いま》は人の住み得る無し。毎《つね》に一虎有り、時に此《ここ》に来たって吼《ほ》ゆ。寒山・拾得の二人は、見（現）に厨中に在り。」と。僧 胤を引いて豊干禅師の院に至り、乃ち房を開けば唯だ虎の迹を見るのみ。乃ち僧 宝徳道翹に禅師の在りし日 何の行業か有るを問う。僧曰わく、「豊干の在りし日は、唯《た》だ米を春《うす》づいて供養《きょうよう》することにのみ攻《つと》め、夜は乃ち唱歌して自ら楽しめり。」と。遂に厨中に至れば、竈の前に二人の、火に向かって大笑するを見る。胤 便ち礼拝《らいはい》するに、二人声を連ねて胤を喝《かっ》し、自ら相い手を把《と》って、呵呵大笑《かかたいしょう》し、叫喚して乃ち云わく、「豊干《ぶかん》は饒舌饒舌。弥陁《みだ》すら識らざるに、我を礼して何をか為さん。」と。僧徒奔《はし》り集まり、遞《たが》いに相い驚訝《きょうが》せり、「何の故にか尊官は二貧士に礼する。」と。時に二人乃ち手を把《と》って走って寺を出《い》ず。乃ち令して之を逐《お》わしむれば、急ぎ走って去り、即ち寒巌に帰せり。胤乃ち重ねて僧に問うて曰わく、「此の二人 肯《あ》えて此の寺に止まらんや否や。」と。乃ち令して房（僧室）を覓《もと》めしめ、喚んで寺に帰し安置せしめんとす。
胤は乃ち郡（台州の役所）に帰り、遂に浄衣二対を製《つく》り、香薬等をも、特に送って供養せり。時に二人更に寺に返らず。使い乃ち巌に就《つ》いて送上して、寒山子に見《まみ》ゆれば、乃ち高声もて唱えて曰わく、「賊、賊。」と。退いて巌穴に入り、乃ち云わく、「汝ら諸人に報《つ》ぐ、各各努力せよ。」と。穴に入りて去れば、其の穴自ずから合し、之を追う可《べ》き莫《な》し。其の拾得の迹も沈《かく》れて所無し。

〔解説〕

この段落に現れているのは、これ以前もそうであるが、事実についての描写とそれを説話化・神話化したものとが混然一体となっていることである。そのためにこの序の価値が低下させられている。現代の読者としては、寒山子とその詩集に関する最も早く現れた資料として、説話化・神話化がある程度進んでいることを前提にこれを受け入れるより他に方法がない。この段落の中で気づいた二三のことを記しておく。

その七、ここに国清寺の僧 道翹が登場する。この僧は、実在しないのではないかとも疑われているが、この段落以下のストーリーを寺側に立って推し進めている重要人物である。ところで、この僧の名は、李邕「国清寺碑并序」の中に「寺主道翹」として現れることが知られていた（入矢『寒山』、「解説」、一四ページ）。李邕は盛唐の著名な文人・書家（六七八〜七四七年）。この文章は『李北海集』所収とされるが、『全唐文』巻二六二でも確認することができる。そして、李邕の生まれる前の儀鳳二年（六七七年）の国清寺に関する詔勅から筆を起こして、その後の唐王朝の国清寺に対する政策を論じている点から考えれば、李邕の「寺主道翹」はわが閭丘胤序の「道翹」と同一人物と判断して差し支えあるまい。(21) このように、閭丘序に、唐初前後の歴史的事実を踏まえた部分が含まれているのは、決して否定できないことである。

ところで、上引の津田左右吉「寒山詩と寒山拾得の説話」が、この部分についてすでに、

> 閭丘胤の名によつて序の書かれた時には、……寒山説話そのものにもまたいくらか、新しいことが加へられてゐたやうである。寒山が胤から浄衣などを贈られた時にそれをうけずして巖穴ににげこんだら穴の入り口がおのずから閉ぢてしまつたとか、虎が豊干に馴れてゐたとか、いふのがそれである。……かういふやうな神異な話は、高僧傳や續高僧傳などに數おほく記されてゐることであつて、禪僧にもまたその例が多く、虎の馴れたことについては、上に引いた宋高僧傳の遺則の傳にもそれが見えてゐる。寒山を異人とし、豊干を高僧としようとして、かういふ話が作られたのであらう。

と述べていた。(22) その八、その中の、仏僧がその徳によって虎を馴化するという物語は、津田のように北宋の賛寧『宋高僧伝』の遺則伝を持ち出すまでもなく、相当古くから梁の慧皎『高僧伝』や唐の道宣『続高僧伝』などに数多く見えており、枚挙するに遑《いとま》がないほど存在している。それゆえ、これは豊干禅師がその徳によって虎を馴化したという事実の表れであるはずがない。――単なる説話であり神話である。ただし、この説話・神話の中にも、閭丘の豊干に対する一つの真実が宿されている。すなわち、豊干に対する俗信的大衆的な崇敬という真実が、宿されていると考えられる。

その九、また、閭丘胤が使者を寒巌（唐興県西七十里）に差し向けて浄衣などを贈った時、寒山はそれを受け取ろうとせず巌穴に逃げこみ、巌穴の入り口が自ずから閉じてしまったという怪異な物語も、この閭丘序が始めて創作した文章ではあるまいと思われる。同じ『高僧伝』巻十一の晋の始豊の赤城山の竺曇猷伝をひもとくと、ま

た次のような類似する物語が見えるからである。——曇猷が始豊の赤城山に移り、石室で坐禅を行うと、数十頭の猛虎が、猷の前でうずくまったが、猷は元のとおり経文を誦えつづけた。ほどなく群れなす虎はみな去っていった。……やがて、曇猷は天台山上の精舎に住むという得道者（神僧）を求めて、石橋の横石が二つに開いている機会を把えて往こうとする。この問いろいろのやりとりがあって、結局のところ、追い出された後、振り返ってみると石橋の横石はまた元のように閉ざされてしまっていた。(23)

この話も上文で見た、豊干と虎の物語とほぼ同様に考えることができよう。豊干と虎の物語とはやや異なって、閭丘胤が使者を寒巌に差し向けて浄衣などを贈ろうとした個所には、いくらか当時の事実の反映があるかもしれないと感じられはする。しかし、それ以下の、寒山はそれを受け取ろうとせず巌穴に逃げこむと、巌穴の入り口が自ずから閉じてしまい、閭丘胤はついに寒山を追尋することができなかったという結末は、いくつか存在する類似の物語と共通する設定と認めて差し支えない。したがって、これも、寒山が巌穴に逃げこむと巌穴の入り口が自ずから閉じて、閭丘胤はついに寒山を追尋できなかったという事実の表現ではなく、閭丘胤の心中に宿されている、寒山（文殊菩薩）に対する俗信的大衆的な崇敬という真実が、こうした説話・神話の形を取って現れたと考えるべきものなのである。

第四項　閭丘胤序の第四段落

乃令僧道翹、尋其往日行狀。唯於竹木石壁書詩、並村墅人家廳壁上所書文句三百餘首、及拾得於土地堂壁上書言偈、竝纂集成卷。但胤棲心佛理、幸逢道人。（以下の「讚曰」は省略。）

乃ち僧 道翹に令して、其の往日の行状を尋ねしむ。唯だ竹木・石壁に於いて書ける詩、并びに村墅《そんしょ》の人家の庁壁《ちょうへき》の上に書く所の文句三百余首、及び拾得《じっとく》の土地の堂壁の上に於いて書ける言偈《げんげ》のみあり、並《あ》わせ纂集して巻を成せり。但《た》だ胤は心を仏理に棲まわせしむれば、幸いにして道人に逢えり。（以下の「讃に曰わく」は省略。）

〔解説〕

この段落は、閭丘胤が『寒山子詩集』を編纂した際の、実際の詩の記録者（道翹）・詩の形態・詩数（三百余首）と、それに『拾得詩』（言偈）を加えたことなどを中心とする経緯を具体的に述べた部分である。

その十、現在われわれの手元の存在している宋刊本などの今本を基準にしつつ、それらによって示される事実とこの段落の叙述とを比較・対照して考えてみると、宮内庁本（宮内庁書陵部所蔵、一一八九年国清寺の志南が刊行したものを後に補刻）も、四部叢刊本（その後印本で一九二四年出版、元本の建徳周所蔵本は南宋初年の杭州刻本とされる）も、わが南北朝の正中本（正中二年［一三二五年］日本で復刻されたもの）も、いずれも『豊干詩』は二首しかなく、量的には無視できる程度であって、この段落に豊干の詩への言及がないことと合致する。また、『寒山詩』と『拾得詩』の関係について見ると、『拾得詩』は刊本によって首数が若干異なり、四十八ないし五十五首である。『寒山詩』三〇〇余首の内容と『拾得詩』四十八～五十五首の内容との相異を対比した上で、全体的な大局を抑えるならば、『寒山詩』はもちろん偈頌《げじゅ》の類も含むが、力をこめて作った「詩」が数多く並んでいるのに対して、『拾得詩』は「詩」もまったく姿を消したわけではないものの、「言偈」の占める割合が増えているという感を抱かしめる。そして、このことも、この段落の叙述が『寒山詩』と『拾得詩』の関係の事実であることをある程度反映しているのではなかろうか。

第五項　閭丘胤序についての結論

『寒山子詩集』の冒頭を飾っている閭丘胤《りょきゅういん》の序は、真作であるのかそれとも偽作であるのか。結論を述べれば、初唐に行われた第一次編纂の『寒山子詩集』の序としては、真作であろうと考える。この第一次を受けて、以下、『寒山子詩集』は中唐の第二次、晩唐の第三次と、都合三次の編纂が行われた。閭丘胤序は、その第一次編纂当時の歴史的社会的文化的な諸状況を背景に置いているのであって、それらとの間に大きな齟齬・矛盾は存在していないと認められる（〘解説〙その一・その四・その五・その六・その七・その十）。

もっとも、序が示したものは、当時の一般的な諸状況だけではなかった。台州刺史という地方長官に任じられて唐朝体制の一環を担いながらも、彼個人の社会的な出自が下級士族または下級軍人の出身であり、先祖代々上層の文化・教養を身に着ける機会がなかったために、閭丘胤は仏教（禅宗）の俗信化・大衆化になずみやすい情緒の中で生きていた（〘解説〙その二・その三・その四・その六・その八・その九）。その寒山子への俗信化・大衆化をさらに推し進めるならば、第二段落において見た、南朝宋代の普賢菩薩の俗信や北魏末に起こった大乗教の乱の狂信と、何ら選ぶところがなくなるのではなかろうか。

なお、この『寒山子詩集』の閭丘胤序が、第一次編纂時の序そのままであるか否かという問題になると、そこには種々さまざまの事情があって、本来の内容が説話化・神話化を通じて改修・粉飾されている可能性を否定しきれないと感ずる。

第二章　三次にわたる『寒山詩集』の編纂

第一節　三次にわたる『寒山詩集』編纂と隠者群

以上の第一章の第一節・第二節で述べたように、寒山子と『寒山詩』に関して日本・中国で、一九五〇年代後半まで維持されていた（閭丘序を中心とする）旧説は、誤りを含むことは確かであるがすべてを否定する必要のないものであった。それと同時に、一九五〇年代後半以降の余嘉錫・入矢義高の新説も、正誤あい半ばする新たな旧説でしかないし、また、その後に登場した二〇〇〇年の項楚や、二〇一七年の賈晋華も、同じように正誤あい半ばする最新の旧説と見なすのが適当である。これらはいずれも一長一短をまぬがれていないが、その主な原因・理由は、これらが『寒山詩』を同一人物の作者の、同一時期の作品と認めていることにある、と思われる。

一方、第一章、第一節に上述したとおり、『寒山詩集』三〇〇余首の内容は極めて雑多であり、これらを同一人物の作者の、同一時期の作に帰することには無理がある。[24] これは多くの読者の読後感であるし、筆者の素直な読後感でもある。しかも、これには、単なる読者多数の読後感などといった主観の問題に終わってしまわない、しっかりした性格が備わっている。言い換えれば、『寒山詩』の作詩と詩集の編纂について述べている旧来の二三の歴史的資料の中に、相当はっきりした客観的な根拠があるのである。――後者の存在を全然知らずに、ただ素直に読後感を抱いていた多数の読者（筆者もその一人）は、別に誤っていたわけではないのだ。

『寒山詩集』の編纂は、第一章、第二節に検討した閭丘胤の序に描かれているものを含めて、同じ唐代の内に合計三次行われた。第一次編纂は、初唐の貞観十九年（六四五年）ごろ閭丘胤によってなされた。第二次編纂は、中唐の元和十五年（八二〇年）ごろ道士の徐霊府によって行われた。第三次編纂は、晩唐の広明元年（八八〇年）ごろ禅師の曹山本寂が『対寒山子詩』の経文を定め注釈を付けた時に編纂したと推測される。この間、大略二三五年の時が流れている。

これを一人の作者寒山子の作と認めることには道理がなく、一つの作風の『寒山詩集』と認めることにも道理がない。同じく唐代を生きた人、唐代に成った詩であるにしても、三人（また三つのグループ）の作者たちの多時に及んで成した詩の、寄せ集めと見なすべきものではなかろうか。そこで筆者は旧来の歴史的資料に基づいて、仮に三人の作者（グループ）を立てたい、言い換えれば、三次に及ぶ編纂を想定したいと思う。第一次は初唐の寒山子・『寒山詩』、第二次は中唐の寒山子・『寒山詩』、第三次は晩唐の寒山子・『寒山詩』である。

なお、寒山子の隠者としてのあり方について言えば、それぞれの時期の寒山子を天台山・寒山に幽居する単独の隠者とするのが普通の見方であるが、筆者は必ずしもそうではなく、同時に若干名の隠者グループ・隠者群がいて、彼らが寒山子であり『寒山詩』の作者であったのだろうと考える。そもそも、寒山子とペアーをなす拾得は、閭丘胤の序に、

（国清）寺に拾得有り、食堂を知《ち》して、……。拾得は……、状は貧子の如く、又た風狂に似たり、或いは去り或いは来たり、国清寺の庫院に在って、厨中《ちゅうちゅう》に走使して火に著《つ》く。

と描かれ、その序文の最後では「其の拾得の迹も沈《かく》れて所無し。」のように、行方知れずに終わっている。その社会的出自、現在の身分・地位、抱く個性などは寒山子と異なるけれども、天台山国清寺に出入りする隠者の一人と見なすのが適当であろう。また、豊干の方は、同じく閭丘序によれば、天台山国清寺の一禅師であり、やや高い文化・教養の持ち主として描かれている。台州に赴任前の閭丘胤に向かって豊干は「寒山は文殊なり、拾得は

普賢なり。」と二人を推薦したが、赴任した後、国清寺に到って僧 道翹に豊干の住まいと行業とを問うた時、闍丘は、

豊干禅師の院は経蔵《きょうぞう》の後に在るも、即今《いま》は人の住み得る無し。毎《つね》に一虎有り、時に此に来たって吼《ほ》ゆ。……豊干の在りし日は、唯《た》だ米を春《うす》づいて供養《きょうよう》することにのみ攻《つと》め、夜は乃ち唱歌して自ら楽しめり。

という答えを得ている。その高い徳によって虎をも馴化する仏僧（禅僧）(25)、教団仏教の枠組みにとらわれず楽道歌を唱う豊干は、少なくとも寒山子の同調者であることは間違いないが、本来はやはり寒山子の分身であり隠者グループの一員なのであろう。

このように、社会的出自、現在の身分・地位、抱く個性、詩作の能力などは、人によってかなり異なるものの、国清寺に即《つ》かず（寒山子の場合）離れず（拾得・豊干の場合）して山林幽居を楽しむ隠者グループの存在を想定しうると思われる。『寒山詩』の作者としての「寒山」「寒山子」という人名の中には、以上のように単独の隠者ではなく、若干名の隠者グループ・隠者群という性格もこめられていたのではなかろうか。(26)

第一項　寒山・拾得・豊干の交友

そこで、『寒山詩集』をひもといて、寒山と拾得・豊干との交友を詠う詩を捜してみると、〇四〇「**慣居幽隠処**」に、

慣居幽隠処、　　幽隠（奥深い隠遁）の処に居《お》るに慣るるも（住み慣れているが）、

乍向國清衆〈中〉。　乍《たちま》ち（気の向くままに）国清（国清寺《こくせいじ》）の衆《なか》〈中〉に向かう。
時訪豐干道、　時に（ある時には）豊干の道（豊干禅師《ぶかんぜんじ》の住まいの道）を訪ね、
仍來看拾公。　仍《さら》に来たって（さらに出かけて）拾公《じっこう》（拾得）を看る（と会う）。
獨廻上寒巖、　独り廻って（帰ってきて）寒巌（寒山子の住む巌屋）に上れば、
無人話合同。　人の合同《ごうどう》を話《かた》るもの（同じ道を語りあえる心の友は）無し（いない）。
尋究無源水、　無源の水を尋究《じんきゅう》すれば（無限の源にある水（道）を探求すると）、
源窮水不窮。　源は窮まるも（源はさかのぼりえても）水は（道は）窮まらず。

とある。本詩は、前半の起聯・頷聯の第一句〜第四句では、寒山子が奥深い静かな隠遁生活を送る中でも、国清寺に出向くなどを通じて豊干・拾得と親しく交友していることを詠う。後半の頸聯・尾聯の第五句〜第八句では、寒山子が彼らと別れて独り寒巌に帰ってきて、無限の源にある水（道の比喩）を探求すると、源はさかのぼることができるが水（道）は窮められない、と述べる。

頸聯第五句・第六句に「独り廻って寒巌に上れば、人の合同を話るもの無し。」とあることから明らかなように、寒山子にとってこの二人だけが「合同を話る」（同じ一つの道を語りあう）[27]ことのできる相手であった。そしてまた、さかのぼって無限の源にある水（道の比喩）を探求する場合、彼方にある「無源の水」という根源の「道」をともに探求しうる唯一の同志なのであった[28]。

また、『豊干詩』の一「**余自來天台**」[29]に、

余自來天台、　余《われ》（豊干禅師が）天台（天台山）に来たりて自《よ》り（やって来て以来）、
凡經幾萬迴。　凡そ（合計）幾万迴《いくまんかい》をか（何万年が）経たる（過ぎたであろうか）。

一身如雲水、
一身《いっしん》（私の身は）雲水の如く（雲や水のように）、
悠悠任去來。
悠悠として（ゆったりと）去来に（なるがままに）任《まか》す。
逍遙絶無鬧、
逍遥して絶《はなは》だ鬧《さわ》がしきこと無く（世間の騒がしさと縁を切り）、
忘機隆佛道。
機（世俗の事）を忘れて仏道を隆《さか》んにす（仏道を盛大にしている）。
世途歧路心、
世途《せいと》（人生の道）は岐路の心にして（心の迷う分かれ道であって）、
衆生多煩惱。
衆生《しゅじょう》は煩悩多し（貪《とん》・瞋《しん》・痴《ち》の煩悩が多く生まれる）。
兀兀沈浪海、
兀兀《ごつごつ》として（ぼやぼやと）浪海《ろうかい》（迷いの海の波間）に沈み、
漂漂輪三界。
漂漂として（ふらふらと）三界（三種の世界）を輪《めぐ》る（輪廻する）。
可惜一靈物、
惜しむ可《べ》し（惜しいことに）一霊《いちれい》の物（霊妙な仏性を具えていながらも）、
無始被境埋。
無始《むし》より（遠い過去から）境《きょう》に埋めらる（外物に埋没している）。
電光瞥然起、
電光（稲光《いなびかり》が）瞥然《べつぜん》として（一瞬ぴかりと）起これば、
生死紛塵埃。
生死（人間の生死）は塵埃《じんあい》に紛《みだ》る（塵と埃の中に入り乱れる）。
寒山特相訪、
寒山は特に（わざわざ）相い訪ね（私を訪ねて来てくれ）、
拾得罕期來。
拾得は罕《まれ》に（時には）期し来たる（私に会いにやって来る）。
論心話明月、
（三人で）心を論じて明月（明月のような澄んだ境地）を話《かた》れば、
太虛廓無礙。
太虚《たいきょ》（宇宙）は廓《かく》として無礙なり（からりと拡がって何の障碍《しょうがい》もない）。
法界卽無邊、
法界（現実の世界）は即ち無辺《むへん》なるも（果てしなく広大であるが）、
一法普徧該。
一法（一つの真如の仏性）は普《あまね》く偏該《へんがい》す（すべての物に偏在する）。

とある。本詩で注目されるのは、第十五句と第十六句の「寒山は特に相い訪ね、拾得は罕に期《き》し来たる。」[30]において、豊干と寒山・拾得とが親しく交友していることを詠う点にある。三人が交友している内容は、第十七句〜第二十句に、「心を論じて明月を話れば、太虚は廓として無礙なり。法界は即ち無辺なるも、一法は普く徧該す。」のように述べられる。――すべての人々は、「明月」のように澄んだ「心」の奥底に本来、真実の仏性を具えており、同時にまた、それは宇宙の万物に普遍的に具わっているものでもある、と論じあい語りあう。ちなみに、本詩は、本章の第四節に詳述するように、『寒山詩』を基準にして言えば、晩唐の禅師 曹山本寂（八四〇〜九〇一年）第三次編纂『寒山詩集』の段階の作品であろう。

本詩第一句〜第四句の「余天台に来たりて自り、凡そ幾万廻をか経たる。一身雲水の如く、悠悠として去来に任す。」は、『寒山詩集』**一六四「粤自居寒山」**の「粤自居寒山、曾經幾萬載。……快活枕石頭、天地任變改。」（粤《ここ》に寒山に居りて自り、曽《かつ》て幾万載《いくまんさい》をか経たる。……快活に石頭《いし》に枕して、天地は変改に任さん。）を下敷きにしている（連山交易『寒山子詩集管解』を参照）。また、第五句〜第八句の「逍遥して絶だ鬧がしきこと無く、機を忘れて仏道を隆んにす。世途は岐路の心にして、衆生は煩悩多し。」は、黄檗断際禅師『宛陵録』に「祖師門中、祇論息機忘見。所以忘機則佛道隆、分別則魔軍熾。」（祖師門中には、祇《た》だ機を息め見を忘るるを論ずるのみ。所以《ゆえ》に機を忘るれば則ち仏道は隆《さか》んに、分別すれば則ち魔軍熾《さか》んなり。）とあるのを踏まえる（釈交易『管解』を参照）。

また、『拾得詩』の**拾一五「寒山住寒山」**(31)に、

寒山住寒山、　寒山（この詩の作者）は寒山（天台山の西にある山）に住み、
拾得自拾得。　拾得《じっとく》（国清寺に住む隠者）は自ずから（もともと）拾得なり。
凡愚豈見知、　凡愚《ぼんぐ》（世間の愚者は）豈《あ》に見知《けんち》せんや（われわれを見ることができない）、
豊干卻相識。　豊干（豊干禅師）は却《かえ》って（何と）相《あ》い識《し》る（われわれを知っている）。
見時不可見、　見る時は（二人の真実を見ようとすれば）見る可《べ》からず（見られず）、

覓時何處覓。　覓《もと》むる時は（求めようとすれば）何処《いずく》にか覓《もと》めん（どこにも求められない）。
借問有何緣、　借問《しゃもん》す（ちょっとお訊ねしたい）何の縁か有る（どんな因縁によるものか）、
向道無爲力。　向《さき》に道《い》えり（先に言ったように）無為（般若の智慧）の力なりと。

とある。本詩においても、寒山と拾得・豊干との親しい交友は詠われている。しかし、本詩の三人の取り扱い方は、この世に生きている生身の人間としての寒山・拾得・豊干であると同時に、仏教の禅法・禅理をシンボライズする、特別の意味をも与えられている。前者のことはさておいて、後者について追求してみると、俗人の普通の感覚・知覚を通じては「見知す」ることはできない（頷聯第三句）とされ、「見ようとすれば見ることができず」（頸聯第五句）、「求めようとすればどこにも求められない」（頸聯第六句）とされている。ただ、「無為の力」つまりこの世間有為を超え出て、真実を見抜く般若の智慧の力によってのみ到達することができる（尾聯第七句・第八句）、そのような何らかの境地である。――結局のところ、三人がシンボライズするのは涅槃の境地と言って差し支えあるまい。

起聯第一句の「住」の字は、宮内庁本・正中本・高麗本・四庫全書本などはみな「自」に作る。そうすると、起聯の第一句・第二句は「寒山は自ずから寒山に、拾得は自ずから拾得なり。」となり、寒山と拾得が個々別々の存在であり、必ずしも親しく交友する者ではなかったと見えるかもしれない。しかし、これは表面的な解釈であるに過ぎず、第一句・第二句を「寒山は自ずから寒山に、拾得は自ずから拾得なり。」とした場合、寒山と拾得の交友は、党派的・宗派的な閉じた結びつきではない、ことを強調したことになるのであろう。しかし、同じニュアンスは底本の「寒山は寒山に住み、……。」でも十分に感取されるので、文字の変更はするまでもないと思う。

頷聯第三句の「凡愚豈に見知せんや」は、同じく『拾得詩』の**拾四四**「**般若酒泠泠**」に、「余住天台山、凡愚

那見形。」（余は天台山に住むも、凡愚那ぞ形を見んや。）とあるのとほとんど同じ。[32]より根本にさかのぼれば、『六祖壇経』巻下に「凡愚不了自性、不識身中浄土、願東願西。悟人在處一般。」（凡愚は自性《じしょう》を了《さと》らず、身中の浄土を識らず、東を願い西を願う。悟人は在処に一般なり。）とあるのなどによったものであろう。[33]第四句の「豊干は却って相い識る」は、しかし豊干禅師は寒山・拾得の真実のあり方を表面の姿形を超えて把えている、ということ。ここに三名の真の交友は成り立つのである。

頸聯第五句・第六句の「見る時は見る可《べ》からず、覓《もと》むる時は何処《いずく》にか覓《もと》めん。」は、寒山・拾得の真実のあり方を見ようとすれば見ることはできず、二人の真実のあり方を求めようとすればどこにも求められない、ということ。ところで、この二句は、上文の第一章、第二節、第二項「閭丘胤序の第二段落」において検討した、閭丘胤序の中に豊干禅師のものとして類似する言葉が見えていた。すなわち、「見之不識、識之不見。若欲見之、不得取相、迺可見之。」（之を見れば識らず、之を識れば見ず。若《も》し之を見んと欲すれば、相《かたち》を取るを得ず、迺《すなわ》ち之を見る可《べ》し。）である。[34]ただし、閭丘胤序中の豊干の言葉は、それほど深いものではなく、本詩の第三句・第四句と同日に論ずることはできないと考えるべきである。それに引き替え、本詩の二句はかつての豊干の言葉を利用して、それを仏教（禅宗）の法理たる涅槃の境地にまで高めたものと評価することができよう。

尾聯第七句・第八句の「借問す何の縁か有る、向に道えり無為の力なりと。」については、永嘉玄覚大師（六六五〜七一三年）「証道歌」の「有人問我解何宗、報道摩訶般若力。」（人有り我に何の宗をか解すると問えば、報《こた》えて道《い》わん摩訶般若《まかはんにゃ》の力なりと。）が参照される。[35]

さらに、『拾得詩』の拾一六「從來是拾得」に、

從來是拾得、　従来（もともと私は）是拾得なり（道で拾われた物であって）、
不是偶然稱。　是偶然の称《しょう》ならず（これは偶然に着けられた名前ではないのだ）。

別無親眷屬、　別に（他に）親眷《しんけん》（親戚・身内）の属無く（族類はおらず）、
寒山是我兄。　寒山は（寒山こそが）是我が兄なり（私の兄に他ならない）。
兩人心相似、　両人心（二人とも心ばえが）相い似たり（互いに似かよっていて）、
誰能徇俗情。　誰か能く俗情に徇わんや（俗人の心情などに従うことはできない）。
若問年多少、　若《も》し（もしも二人の）年の多少を問えば（年齢は何歳かと問うならば）、
黄河幾度清。　黄河は幾度か清《す》みたる（黄河が何度清んだのを見たかなと答えよう）。

とある。本詩は、拾得と寒山の交友を単純に詠う、古樸な詩である。

起聯第一句・第二句の「従来是拾得なり、是偶然の称ならず。」は、そもそも拾得が十歳ばかりのころ、天台山の赤城山の道端で泣いていたのを、豊干禅師に拾われて国清寺の食堂で使われていたことから、「拾得」（拾われた物）という名前で呼ばれていた経緯を詠い起こす。[36] 頷聯第三句・第四句の「別に親眷の属無く、寒山は是我が兄なり。」は、『拾得録』（四部叢刊本『寒山子詩集』所収）で拾得が「我無舎無姓」（我に舎《いえ》も無く姓も無し）と述べていることと関連して、他に親戚・身内の族類はおらず、寒山こそが私の兄に他ならない、という趣旨。ここに、二人の交友の客観的基礎があるという説明である。

頸聯第五句・第六句の「両人心相い似たり、誰か能く俗情に徇わんや。」は、二人の交友の内面的性質を明らかにした句であって、それは世俗の心情などに従うことはできないもの、というのである。第六句の「俗情に徇う」は、項楚『寒山詩注』、【注釈】（二）の指摘するとおり、「順従世俗之情」の意。項楚が引用する陶淵明「辛丑歳七月赴假還江陵夜行塗中」に、「閒居三十載、遂與塵事冥。詩書敦宿好、林園無俗情。」（間居《かんきょ》すること三十載、遂に塵事《じんじ》と冥《くら》し。詩書は宿好《しゅくこう》を敦《あつ》くし、林園に俗情無し。）とある。[37]

尾聯第七句・第八句の「若し年の多少を問えば、黄河は幾度か清みたる。」については、『寒山詩集』の〇六四

「浩浩黄河水」に「浩浩黄河水、東流長不息。悠悠不見清、人人壽有極。」（浩浩たる黄河の水、東流して長《とこし》（常）えに息《や》まず。悠悠として清《す》むを見ざるも、人人寿《じんじんいのち》に極まり有り。）とある。これを参考資料として考えれば、黄河の水が何年経っても永遠に清むことのないものであることから、二人の年齢は世人のように何歳とは数えられない（第六句の「俗情に徇わない」）、普通の物理的に計算できる数字を超え出ている、という趣意であるに違いない。(38)

終わりに、『拾得詩』の拾三一「閑入天台洞」に、

閑入天台洞、　閑《おも》ろに（私はひまな時に）天台の洞《ほら》（天台山の洞窟）に入りて、
訪人人不知。　人を訪ぬるも人は知らず（その人を見つけることができない）。
寒山爲伴侶、　寒山を伴侶（一緒に連れ立って行く仲間）と為し、
松下噉靈芝。　松下に霊芝《れいし》（万年茸《まんねんたけ》、不老不死の仙草）を噉《く》らう（食べる）。
毎談今古事、　毎《つね》に（二人して）今古の事を談じて（古今の世事を話しあって）、
嗟見世愚癡。　世の愚癡《ぐち》（世人の愚かしさ）を嗟見《さけん》す（嘆き見ている）。
箇箇入地獄、　箇箇《ここ》（どれもこれも）地獄（悪業を積んだ者の落ちる奈落）に入り、
早晩出頭時。　早晩《いつ》か（いつになったら）出頭（地獄から抜け出す）の時ならん。

とある。本詩においても拾得と寒山は、互いに親しく交友する「伴侶」である。ただし、その内容は、頷聯第四句の二人で「松下に霊芝を噉らう」が如き、不老不死の神仙にあこがれる道教的な交友であるとともに、尾聯第七句・第八句の「箇箇地獄に入り、早晩か出頭の時ならん。」のように、俗人たちが地獄に落ちて解放される日の来ないことを嘆く、仏教（禅宗）的な交友でもある。本詩における道教と仏教の関係は、やや奇妙なところがあって判断に迷う。ごく簡単に整理すれば、（一）本詩を詠う拾得の段階において、道教・神仙思想と仏教・禅

宗が混淆していることを示すもの、（二）拾得の思想が道教・神仙思想から仏教・禅宗に、今まさに移行しつつあることを示すもの、（三）元来、道教・神仙思想で書かれていた拾得の詩を、後に手を加えて仏教・禅宗的に粉飾したもの、などのケースが考えられよう。久須本文雄『寒山拾得〈下〉』（講談社、一九八五年十一月）、解説（二四三ページ）は（二）のケースを支持する。しかし、拾得という人物に仏教・禅宗の整合的な理論家として過度な期待をかけるのは、そもそも無理な話ではなかろうか。筆者としては、（一）のケースに賛成して、拾得の仏教・禅宗の中に「松下に霊芝を噉らう」程度の道教・神仙思想的要素は特に矛盾なく含まれていた、と把えてよいと考える。

起聯・頷聯第一句～第四句の「閑ろに天台の洞に入りて、人を訪ぬるも人は知らず。寒山を伴侶と為し、松下に霊芝を噉らう。」は、『拾得録』（四部叢刊本）に「余閑來天台、尋人人不至。寒山同爲侶、松風水月閒。」（余《われ》閑《おもむ》ろに天台に来たって、人を尋ぬるも人は至らず。寒山を同じく侶《とも》と為し、松風と水月の間にあり。）とあるのに類似する。

尾聯第八句の「早晩」は、項楚『寒山詩注』、【注釈】（二）が「早晩：何時。」とする（八八二ページ）のによる。また、「出頭」は、項楚『寒山詩注』、【注釈】（二）が「出頭：脱身。」とする（八八二ページ）のによる[39]。

以上のように、寒山子は、天台山の国清寺において拾得・豊干と親しく交友を結んでいた。拾得・豊干が本当に実在する人物であったのか否かという問題となると、筆者は与えられた資料からは否定的に答える方向に傾かざるをえない。けれども、実在・非在のいずれにせよ、豊干に表象されるような禅師として高い地位を有する者が隠者 寒山子の同調者となり、隠者グループの一員となり寒山子の分身として、詩を詠い詩を作るなどを始めとする諸活動を行うことは、十分にありえたことである。拾得の場合も同様である。拾得に表象される国清寺の食堂の下回り役が寒山子の同調者となり、隠者グループの一員、寒山子の分身として、詠詩・作詩などを始めとする諸活動に参加することは、ありえないわけではない（注（26）に記したとおり、このことは、現存する宋刊諸本『寒山詩集』の内部に『豊干詩』『拾得詩』が織りこまれているか否かという問題とは、直接的には無関係であるし、また、同じく宋刊諸本『寒山詩集』の後に『豊干詩』『拾得詩』が付載されている事実とも、直接関係することではない）。

このように、『寒山詩』の作者としての「寒山」「寒山子」という人名の中には、以上のように単独の隠者だけではなく、若干名の隠者グループ・隠者群という性格もこめられており、それを代表する者が拾得と豊干だったのである。

第二項「道倫を慕う」

『寒山詩集』には寒山と拾得・豊干とだけでなくて、より広くより一般的に修道上の友人を求める詩が存在する。「道倫（求道上の友人）を慕う」詩である。その代表的な例が二八〇「本志慕道倫」に、

本志慕道倫、　本志《ほんし》（私の元からの志）は道倫（修道を行う上での友人）を慕い、
道倫常獲親。　道倫は常に（いつも）親しむことを獲《う》（親しむことができている）。
時逢杜源客、　時に（時々）杜源《とげん》（煩悩・悪業を杜絶した）の客に逢い（会い）、
毎接話禪賓。　毎《つね》に（常に）話禅《わぜん》（禅を語りあう）の賓《まろうど》に接す（客人に接している）。
談玄月明夜、　玄（仏教や老荘の奥深い道）を月明《げつめい》（明月）の夜に談じ（話しあい）、
探理日臨晨。　理《り》（仏教の真理）を日の臨む（出かかる）晨《あした》（明け方）に探る。
萬機俱泯迹、　万機（繁雑に入りこんだ事柄は）倶《すべ》て迹を泯《ほろ》ぼして（消え去って）、
方識本來人。　方《はじ》めて（始めて）本来（あるがままの心に道が宿る）の人を識る。

とある。本詩は、作者寒山子が「道倫」（求道上の友人）と一緒になって、日常不断に明月の夜、日の出の明け方まで、仏教（禅宗）や老子・荘子の奥深い道を語りあう中で、繁雑に入りくんだ万事の表層をすべて棄て去ることによって、ついに自己が本来の道を具えた人であることを把える、ことを詠う詩である。

起聯第一句・第二句の「道倫」、及び頷聯第三句の「杜源の客」、第四句の「話禅の賓」は、拾得や豊干のような個人名をもって現れてはいないけれども、天台山や寒巌において「玄・理」の道を月明の夜、日臨の晨まで、寒山子とともに語りあう同志たち——国清寺に出入りする隠者グループ・隠者群——である。それゆえ、彼らの一部分が『寒山詩集』の作者と重なることがあったとしても何の不思議もあるまい。

第一句の「本志」は、元からのこころざし、本懐。仏教用語ではない。『後漢書』班超列伝に「超恐于窴終不聴其東、又欲遂本志、乃更還疏勒。」（超は于窴《うてん》の終《つい》に其の東《ひがし》するを聴《ゆる》さざるを恐れ、又た本志を遂《と》げんと欲して、乃ち更《ま》に疏《そ》勒《ろく》に還る。）とあるのを参照。また、本詩（二八〇）のキーワード「道倫」を、渡邊海旭『寒山詩講話』（東京京文社書店、一九三三年十一月）は、「抱道の士」のことと解説するが、[40] しかし同じ書の中で、渡邊海旭は「自〈目〉見天台頂」（二二九）の「道倫」を「倫理・道徳」のことと解説する。後に延原大川『平訳　寒山詩』（明徳出版社、一九六一年十月）は、本詩（二八〇）でも「自〈目〉見天台頂」（二二九）でも、「道倫」をともに「道」と訳出している。[41] 現代の読者としては、すでに江戸時代の大鼎宗允『寒山詩索賾』が本詩（二八〇）「道倫」を「道行の士」と読んでいたのを尊重して、「ともに道を修めるなかま。求道の友。」（入矢『寒山』、（二二九）、注、七四ページ）と理解するのがよいと思う。また、「本志慕道倫」という語・句は、「自〈目〉見天台頂」（二二九）にも尾聯第八句にまったく同じ語・同じ句として登場する。項楚『寒山詩注』は、「自〈目〉見天台頂」（二二九）の【注釈】（六）において「道倫」を「指僧侶。」とし（五八四ページ）、「本志慕道倫」（二八〇）の【注釈】（一）においても「指僧侶一類人物。」とする（七三六ページ）。しかし、この解釈は狭義に取り過ぎていて不適当ではなかろうか。

第三句の「杜源の客」は、煩悩・悪業を杜絶した人を言う。唐の僧道世『法苑珠林』六道篇「地獄部」に、

夫擁其流者、未若杜其源。揚其湯者、未若撲其火。何者、源出於水、源未杜而水不窮。火沸於湯、火未撲而湯詎息。故有杜源客、不擁流而自乾、撲火之賓、不揚湯而自止。類斯而談、可得詳矣。厭其果者、未若絶其因。怖其苦者、豈若懲於惡。因資於果、因未絶而果不窮。惡生於苦、惡未懲而苦詎息。故使絶因之士、不厭果而自亡、懲惡之賢、不怖苦而自離。凡百君子、書而誡歟。

夫れ其の流れを擁《ふさ》ぐ者は、未だ其の源を杜《と》ざすに若《し》かず。其の湯を揚《あ》ぐる者は、未だ其の火を撲《うちけ》すに若《し》かず。何となれば、源は水を出だすに、源未だ杜ざさずして水窮まざればなり。火は湯を沸かすに、火未だ撲されずして湯詎《なん》ぞ息《や》まん。故に杜源の客の、流れを擁《ふさ》がずして自ずから乾き、撲火《ぼくか》の賓《まろうど》の、湯を揚げずして自ずから止まる有り。斯《これ》に類して談ずれば、詳しきを得《う》可《べ》し。其の果を厭う者は、未だ其の因を絶つに若かず。其の苦を怖るる者は、豈《あ》に悪を懲らすに若かんや。因は果を資《たす》く、因未だ絶たずして果 窮まらず。悪は苦より生ず、悪未だ懲らさずして苦 詎《なん》ぞ息《や》まん。故に絶因の士をして、果を厭わずして自ずから亡ぜしめ、懲悪の賢をして、苦を怖れずして自ずから離れしむ。凡百の君子、書きて誡しめんかな。

とある。(42) 寒山子はこの文章（またはその原形）を知っていたものと思われる。

頸聯第五句・第六句の「玄・理」については、項楚『寒山詩注』、【注釈】は、これらをいずれも「仏理」とのみ同定するが、(43) もう少し幅を拡げて『老子』や『荘子』の諸思想をも加えた方がよかろう。『老子』第一章（王弼本）には「此兩者、同出而異名、同謂之玄。玄之又玄、衆妙之門。」（此の両者は、同じく出でて名を異にす、同じき之を玄と謂う。之を玄にし又た玄にするは、衆妙の門なり。）とあり、『荘子』繕性篇に「夫德、和也。道、理也。」（夫れ徳は、和なり。道は、理なり。）とある。

尾聯第七句の「万機」は、項楚『寒山詩注』、【注釈】が「頭緒紛繁的事務」の意とし、『後漢書』楽恢列伝に「時竇太后臨朝、和帝未親萬機。」（時に竇太后 朝に臨み、和帝は未だ万機を親しくせず。）とある例を引用するのに従う。(44)ここでは、そうした古義から引伸して、繁雑に入りくんだ万事万物の表層をすべて棄て去ることによって、老荘や特に仏教（禅宗）の「玄・理」という道を把握することを言う。第八句の「本来の人」は、本詩（二八〇）のキーワードであるが、大体のところ、項楚『寒山詩注』、【注釈】が「指衆生自身本具之清浄自性。」と解釈する(45)のでよいと思う。

また、上に多少触れるところのあった、二二九「自〈目〉見天台頂」に、

自〈目〉見天台頂、　自〈目《ま》〉のあたりに天台の頂き（天台山の頂上）を見るに、
孤高出衆羣。　孤高にして（ただ独り高く）衆群を出ず（群峰を抜きん出ている）。
風搖松竹韻、　風揺るがすとき（風に揺るがされて）松竹韻き（松竹が音を響かせ）、
目〈月〉觀海潮頻。　目〈月〉観《あらわ》るるとき（明月が上ると）海潮頻《しき》りなり。
下望山青際、　下（下方）に山青《さんせい》の際《はて》（青い山のはて）を望んで（眺めながら）、
談玄有白雲。　玄（深い真理）を談ずるに白雲有り（白雲を相手として語っている）。
野情便山水、　野情《やじょう》（山野に同化した心に）は山水を便とするも（都合がよいけれども）、
本志慕道倫。　本志（私の本心）は道倫（一緒に修道する友）を慕う（恋うている）。

とある。本詩では、寒山子は天台山の「山水」を楽しむだけでは飽き足りず、「道倫を慕う」という「本志」を抱いている心中を吐露している。(46)

頷聯第四句の「目〈月〉覩」については、底本は「目覩」に作る。宮内庁本・四庫全書本などは「月現」に作り、高麗本・正中本などは「月見」に作る。[47] 第三句の「風揺るがす」と第四句の「月覩る」とが対句をなすので、「目」が「月」の錯字であることは自明である。「覩」は文字を改めずに「あらわれる」の意とする。「見」と「現」とは同じ。第四句に言う、海の潮の干満と月の満ち欠けの関係は、中国では古代以来、言及が少なくない。たとえば、『抱朴子』(『太平御覧』巻四所引)に「月之精生水、是以月盛而潮濤大。」(月の精は水を生ず、是《ここ》を以て月盛んにして潮濤《ちょうとう》大なり。)とあり、劉禹錫「歴陽書事七十韻」に「海潮随月大、江水應春生。」(海潮 月に随って大に、江水春に応じて生ず。)とある、等々。[48]

頸聯第六句の「玄を談ず」は、奥深い真理を語りあうこと。上に検討した「本志慕道倫」(二八〇)の頸聯第五句に「玄を月明の夜に談ず」として既出。また、その第六句の「理を日の臨む晨に探る」の「理を探る」とも意味が近い。したがって、本詩の「玄」は、「本志慕道倫」(二八〇)の「玄・理」とあらかた同じ内容であって、仏教(禅宗)や老荘の奥深い道を指している。[49] そして、「白雲有り」とは、「玄」の真理を語りかける相手として「白雲」があるということ、「白雲」を相手として「玄」を語りあうということ。この「白雲」は、尾聯第七句の「山水」に包含され、第八句の「道倫」からは除外されるので、入谷・松村『寒山詩』、和訳(三〇五ページ)及び久須本『寒山拾得〈下〉』、和訳(八八ページ)のように、これを人間化して「友」と訳すのは不可である。

尾聯第七句の「野情」は、『寒山詩集』の二一七「**自樂平生道**」にも、「自樂平生道、煙蘿石洞間。野情多放曠、長伴白雲閑。」(自ら平生《へいぜい》の道を楽しみ、煙蘿《えんら》と石洞《せきどう》の間にあり。野情《やじょう》は放曠《ほうこう》多く、長(常《つね》)に白雲の閑かなるに伴う。)として現れる。山野と一体化してそれを楽しむ作者(寒山子)の心。庾信「奉和永豊殿下言志詩十首」之十に「野情風月曠、山心人事疏。」(野情は風月曠《むな》しく、山心は人事疏《まれ》なり。)とあり、[50] 李白「尋陽紫極宮感秋作」に「野情轉蕭灑〈散〉、世道有翻覆。」(野情は転《うた》た蕭灑《しょうさん》〈散〉に、世道は翻覆《はんぷく》有り。)とある。「山水」は、山林・渓谷のことであるが、本詩では具体的に「天台の頂き」(第一句)、「衆群」(第二句)、「松竹」(第三句)、「海潮」(第四句)、「山青の際」(第五句)、「白雲」(第六句)を指す。それゆえ、第八句「本志は道倫を慕う」の趣意は、寒山子がもともと恋い慕う相手は、以上のような天台山の「山水」ではなくて、一緒になって根源の道を求める修道上の友人、ともに手を携えて道を探求する同志である、ということなのである。

また、『寒山詩集』には、「道倫」という言葉を使用しないけれども、事実上「道倫」を求める詩が存在する。一〇二「**偃息深林下**」である。

偃息深林下、　深林の下《もと》に偃息《えんそく》すれば(違和感なく隠遁している点から考えてみると)、
從生是農夫。　生まれて従《よ》り(私は生来根っからの)是農夫ならん(農民なのだろう)。
立身既質直、　身を立つること(身の処し方が)既に質直なれば(正直であるから)、
出語無諂諛。　語を出だす(言葉で語る)に諂諛《てんゆ》無し(他人を媚びへつらうことはしない)。
保我不鑒璧、　我の璧《へき》を鑑みざるを保ち(高貴な身分を一顧だにしない姿勢を保持しつつ)、
信君方得珠。　君の方《まさ》に(今まさに)珠《たま》を得る(心中の道を把えること)に信《まか》さん(任せよう)。
焉能同泛灩、　焉《いずく》んぞ能《よ》く同《とも》に(何とか私と一緒に)汎灩《はんえん》して(流水のように生きて)、
極目波上鳬。　目を波上《はじょう》の鳬《かも》(波間にただよう自由な鳬)に極めん(目指したいものだ)。

本詩において、作者寒山子が読者に向かって実直な態度(頷聯第三句の「既に質直なり」)で、何の媚びへつらいもなく(第四句の「諂諛無し」)訴えかけていることは、尾聯の第七句・第八句にある。——何とかして、私とともに手を携えてこの世間を、水波の流動するように生きながら(第七句の「焉んぞ能く同に汎灩して」)、波間にただよう自由な鳬を、眼力を尽くして遠望しつつ、かつそれを見習って窮極の道の世界に遊びたいものだ(第八句の「目を波上の鳬に極めん」)、ということに他ならない。上文で検討してきた「道倫を慕う」詩と、大方同じと見て差し

支えあるまい。

起聯第一句の「偃息」は、伏せり憩う、隠遁の意。『後漢書』李膺列伝に「願怡神無事、偃息衡門、任其飛沈、與時抑揚。」（願わくば神《しん》を怡《やわら》げ事無く、衡門《こうもん》に偃息《えんそく》して、其の飛沈に任せ、時と抑揚せん。）とある。[51] 第二句の「生まれて従り是農夫ならん」については、入矢『寒山』、注・和訳（六七～六八ページ）は、この句から寒山子が「百姓」出身であったとするが、[52] 状況を単純化し過ぎており不適当。「農夫」は第一句の「深林の下に偃息す」の類義語、そのシンボルであって、第五句の「璧」（貴族・官僚）の反義語である。

頷聯第三句の「身を立つること」は、身の処し方。入矢『寒山』、注（六七ページ）が「生い立ち、出身。」と解釈するのは、[53] 誤り。「質直」は、項楚『寒山詩注』、【注釈】（二）に従って「質直：正直。」でよかろう。項楚は、『論語』顔淵篇に「夫達也者、質直而好義。」（夫れ達なる者は、質直にして義を好む。）とあり、『華厳経』巻五十六に「心浄無瑕穢、質直無諂曲、随其所聞法、如説能修行。」（心浄くして瑕穢《かわい》無く、質直にして諂曲無く、其の法を聞く所に随って、説くが如く能く修行す。）とあるのを引用する（二七六ページ）。第三句・第四句の作者の身の処し方が正直で、言葉に諂諛がないと詠う内容は、後半の四句、特に尾聯の二句の、ともに手を取りあって進む修道者を求める誠実さを保証する性質を持っている。読者はこの点に注意を払われたい。

頸聯第五句の「我の璧を鑑みざるを保つ」について、「保つ」は、寒山子が保持する、堅持するの意。「鑑みず」は、考えようともしない、一顧だにしないの意。「璧」は、貴族・官僚が公式の儀礼に参加する時に身に着ける装身具。引伸して、富貴の身分・地位のこと。入矢『寒山』、注（六七ページ）は、『韓詩外伝』逸文の、楚の襄王が「金千斤と白璧百双」をもって荘子を招聘しようとしたが、荘子は固辞したという物語を踏まえるとする[54]が、それとは無関係。また、項楚『寒山詩注』、【注釈】（三）は、『韓非子』和氏篇の「和氏《かし》の璧《へき》」の物語に基づいてこの部分を解釈する（一七六～一七七ページ）けれども、これも全然誤解である。第六句の「君の方に珠を得るに信さん」について、「君」は、不特定の相手を言うが、尾聯で一緒に手を携えて進んでゆこうと言って誘う、修道上の同伴者を指す。(55)「珠」は、心の中にある道であり、『寒山詩集』の「寒巖深更好」（二七八）に「心珠《しんしゅ》」という言葉がある。(56)また、『荘子』天地篇の「玄珠《げんしゅ》」とも類似した点がある。(57)したがって、「珠を得」とは、己に本具する真如の性の内在を自覚するの謂いであろう。

尾聯第七句の「焉んぞ能く……」は、何とか……したいものだ、という願望を表す句法である。入谷・松村『寒山詩』、和訳（一四三ページ）は、これを反語の句法と誤解したために、本詩全体の詩意を誤解している。「泛灩」は、項楚『寒山詩注』、【注釈】〔五〕に従って「泛灩：水波流動貌。」(58)とするのがよい。項楚は、盧照鄰「宿晋安亭」に「汎灩月華曉、裴回星鬢垂。」（汎灩す月華の曉、裴回《はいかい》して星鬢《せいびん》垂る。）とあるのを引用する（二七七ページ）。「同に汎灩す」は、「君」（同伴者）が私（寒山子）と一緒になって水波の流動するようにこの世間を生きてくれることを、願いたいものだということ。第八句の「目を極む」は、眼力を尽くして遠くを見ること、ここでは遠望して「波上の鳧」たらんと目指すこと。「波上の鳧」については、日本古注本の釈虎円『首書寒山詩』・釈交易『管解』・白隠『闡提紀聞』・大鼎宗允『索賾』がいずれも、『楚辞』卜居篇の「寧昂昂若千里之駒乎。将氾氾若水中之鳧乎、與波上下、偸以全吾軀乎。」（寧ろ昂昂として千里の駒の若《ごと》くせんか。将《は》た氾氾として水中の鳧の若く、波と上下して、偸《かりそ》めに以て吾が軀《み》を全うせんか。）を引用して、これが典拠であると唱えている。(59)第八句の「波上の鳧」は、世俗の「璧を鑑みる」（第五句）貴族・官僚の世界を超えた、自由自在な生き方であり、それは心中に「珠」を抱いた（第六句）窮極の道である。したがって、本詩が『楚辞』卜居篇を典拠としたのは事実であるが、寒山子は卜居篇の諸思想をすべて認めてそのまま継承したわけではない。特に「偸めに以て吾が軀を全うせんか」の部分、つまり、世俗に波調を合わせて己を韜晦して生き、曲がりなりにも全性保身するという考えは、寒山子には全然なかったものと理解しなければならない。

もう一つ、「道倫」という言葉は使用しないけれども、一層積極的に「道倫」を求めて読者に訴えかける詩がある。二二一「**時人見寒山**」である。

時人見寒山、
各謂是風顚。
貌不起人目、
身唯布裘纏。
我語他不會、
他語我不言。
爲報往來者、
可來向寒山。

時人《じじん》（同じ時代の人々は）寒山（作者寒山子）を見て、
各々（それぞれ）是風顛《ふうてん》なりと（気違いだ）謂《い》う（決めつける）。
貌《かお》（顔つき）は人の目を起こさず（他人の注目を引かないし）、
身《み》は唯《た》だ布裘《ふきゅう》（布製のジャンパー）を纏う（身に着けている）のみ。
我が（私の）語（話の内容）は他《かれ》（彼らは）会《え》せず（理解できず）、
他の（彼らの）語（話の内容）は我（私は）言わず（口にしない）。
為《た》めに往来する者に報《ほう》ぜん（道を行き来する人々に知らせたい）、
来たって寒山（寒巌）に向かう可《べ》し（向かって来るがよい）と。

本詩は、入矢『寒山』、注（七二ページ）が示唆するように、寒山子にとって修道上の友人である「道倫」、つまり、ともに手を携えて道を探求する同志を、より積極的により広範囲に求めようとして読者に訴える詩である。起聯第一句の「時人」は、一般的には、同時代人の意である。[60] ただし、第一句・第二句の「時人寒山を見て、各々是風顛なりと謂う。」に類似する二句が、二七五**「憶得二十年」**に「國清寺中人、盡道寒山癡。」（国清寺中《こくせいじちゅう》の人、尽《ことごと》く道《い》う寒山は癡《ち》なりと。）とあり、これによれば「時人」は同時代人とは言っても実際には主に天台山国清寺の僧侶たちを指す。また、二三七**「寒山出此語」**にも「寒山出此語、復似顚狂漢。」（寒山の此の語を出《い》だすは、復《ま》た顛狂漢《てんきょうかん》に似たり。）とあり、本詩（二三七）の内容を検討してみると、寒山子は同時代の一般的な世俗の人々の視線よりも、むしろプロフェッショナルな僧侶たちの視線を気にかけているようである。[61] それゆえ、本詩の「時人」は同時代人を一般的に意味するのではなく、主として国清寺などの僧侶たちを指すと見なすべきではなかろうか。第二句の「風顚」については、項楚『寒山詩注』、**【注釈】**〔一〕が『景徳伝灯録』巻十二鎮州臨済義玄禅師章に「黄檗云、『這風顛漢、卻來這裏捋虎鬚。』師便喝。黄檗云、『侍者引這風顛漢參堂去。』」（黄檗《おうばく》云わく、「這《に》の風顛漢、却来《かえ》って這裏《ここ》に虎鬚《こしゅ》を埒《な》でたり。」と。師便《すなわ》ち喝《かつ》す。黄檗云わく、「侍者這の風顛漢を引きて参堂して去《ゆ》け。」と。）とあるなどの資料を挙げている（五六六ページ）。

頷聯第四句の「布袠」に関して、入矢『寒山』、注は、「野人や隠士の着る服」と解説する（七二ページ）が、これは入矢の思い入れによる誤解である。野人や隠士とは無関係で、単に貧乏人の着る衣服であるに過ぎない。本詩前半の四句の趣旨は、「時人」（同時代の世間の人々、主に国清寺の僧侶たち）にとって（第一句）、寒山子は結局のところ風顛と見なされる存在であって（第二句）、顔つきも（第三句）身なりも（第四句）どれを取ってもマイナス評価しか与えられない、ということ。

頸聯第五句・第六句の「他」は、第一句の「時人」を受けて言う。ただし、実際上は、上に述べたとおり、主に天台山国清寺の僧侶たちを指す。二句の趣旨は、私（寒山子）の語る高いレベルの悟境に達した道の内容は、彼ら（国清寺の僧侶たち）には理解できないし、彼らの語る低いレベルの野狐禅のような邪禅は、私は話さない、ということ。ちなみに、この部分には、寒山子の国清寺など既成の教団仏教（禅宗、僧侶）に対する厳しい批判がある。『寒山詩集』には、以上に触れた以外にも相当多くの詩の中で、教団仏教（禅宗、僧侶）批判を行っており、それらは作詩年代・内容・特徴も多岐にわたっている。以下、参考までに代表的な詩をいくつか挙げておく。――〇六六「默默永無言」、〇七四「不行眞正道」、〇九六「有人把椿樹」、一三六「世有一等流」、一七三「自聞梁朝日」、一八一「多少天台人」、二四七「我見出家人」、二七五「憶得二十年」、二七六「語你出家輩」、二七七「又見出家兒」、二八六「世間一等流」、三〇四「沙門不持戒」など。『拾得詩』では、拾〇三「出家要清閑」、拾一四「我勸出家輩」、拾三四「出家求出離」、拾三七「後來出家子」、拾三九「我見出家人」などがある。

尾聯第七句の「往来する者」は、天台山のあたりを行き来する人々を言う。この人々が、寒山子が修道上の友人たる「道倫」を求めようとして訴える相手である。第八句の「可し」は、勧誘を表す助動詞。「来たって寒山に向かう可し」は、寒山子は風顛である、顔つきが悪い、身なりも汚い、とかいった表面的な事柄に気を奪われずに、「道倫」となり一緒に手を携えて真実の道を探求するために、「寒山」に向かうがよい、という勧誘である。[62]この「寒山」は、地名としての寒山であり、天台山の西にあった「寒巌」（閭丘胤序）を指すのであろう。同時にまた、人名としての寒山でもあり、寒山子自身を言う。いずれにしても、天台山や国清寺の僧侶たちを除外している点に注意を払うべきである。

以上のように、寒山子が幅広く熱心に修道上の友人たる「道倫」を求めようとしたのには、一つの大きな事情があった。それは、すでに上文で触れたことであるが、寒山子は、自ら選んで隠遁した天台山国清寺など仏教（禅宗）教団やその僧侶たちが、ともに手を携えて道を探求する同志たりうる存在ではないと見切りを付け、それに対して次第に厳しい批判を投げかけるようになっていったことである。ここでは、簡単で明瞭な一例だけを挙げて考察する。『寒山詩集』の一八一「**多少天台人**」に、

多少天台人、　多少の（多くの）天台（天台山）の人（主に国清寺の僧侶たちは）、
不識寒山子。　寒山子（この私という人物を）を識《し》らず（深く知っていない）。
莫知眞意度、　真の意度《いたく》（私の本当の心の思い）を知ること莫《な》く、
喚作閑言語。　喚《よ》んで（名づけて）閑言語《かんげんご》と作《な》す（役に立たない言葉としている）。

とある。本詩を「此詩述無知音之嘆。」（此の詩は知音無きの嘆きを述ぶ。）と評したのは、白隠『闡提紀聞』であった。その後は、若生国栄『寒山詩講義』（光融館、一八九九年十二月）、講義（一七八ページ）、渡邊海旭『寒山詩講話』、講話（三一三ページ）、久須本『寒山拾得〈下〉』、解説（二三ページ）が、これを踏襲した。しかし、これらの理解は、知音無き世界に自閉して終わる寒山子を描くことで、『寒山詩』を静謐な世界を描く方向に導くものであって、

正鵠を射ているとは思われない。そもそも本詩は、寒山子が天台山の国清寺などの僧侶たちに向かって、大上段に振りかぶり「多少の天台の人、寒山子を識らず。」と言い放った厳しい批判なのである。白隠『闡提紀聞』の言うが如き「知音無きの嘆き」などであるはずがない。そして、本詩を作り詠うのと時を同じくして、他方で、寒山子はより熱くより広く修道上の友人たる「道倫」を求めていたのであった。

第三句・第四句は、寒山子の「天台の人」に対する批判の内容である。彼らが心（第三句「意度」）と言葉（第四句「言語」）の両面から、寒山子の思想と詩を理解しないものであることを述べている。ほぼ全面的な批判であると言えよう。

第三句の「意度」は、項楚『寒山詩注』、【注釈】（一）を参照して、心の思いの意とする。項楚は、漢代の郭憲『洞冥記』巻二の「郭瓊、東郡人也。形貌醜劣、而意度過人。」（郭瓊は、東郡の人なり。形貌は醜劣なれども、意度は人に過ぐ。）とある例、及び『臨済録』の「秖擬傍家波波地學禪學道、認名認句、求佛求祖、求善知識意度。」（秖《た》だ傍家波波地《ぼうかははじ》に禅を学び道を学び、名を認め句を認め、仏を求め祖を求めて、善知識の意度を求めんと擬《ほっ》するのみ。）、同じく「人信不及、便乃認名認句、向文字中求意度、佛法天地懸殊。」（人信ずること及ばざれば、便乃《すなわ》ち名を認め句を認め、文字の中に向いて意度を求むるも、仏法と天地のごとく懸殊《けんしゅ》せん。）の例を引用する。(63)

第四句の「閑言語」は、無益な話、たわごと。晩唐の張祜「読老莊」に「等閑緝綴閑言語、誇向時人喚作詩。昨日偶拈莊老讀、萬尋山上一毫釐。」（等閑に閑言語を緝綴《しゅうてつ》して、誇って時人に向かって喚《よ》んで詩と作《な》す。昨日偶々《たまたま》荘老を拈《ねん》じて読めば、万尋《ばんじん》の山に上るに一毫釐《いちごうり》たり。）とあるのを参照。

以上のように、寒山子は、ただ国清寺の拾得・豊干だけに限らず、その範囲を超えてより広くより熱心に、ともに手を携えて道を探求する同志「道倫」を求めたいと訴えかけていた。とするならば、寒山子の訴えを聴いた人々の中に、それに呼応して寒山子の同調者となり、隠者グループの一員となり寒山子の分身として、詠詩・作詩などを始めとする諸活動に参加するケースがあったかもしれない。現に、上引の「本志慕道倫」（二八〇）の第二句〜第四句では、「道倫は常に親しむことを獲《う》。時に杜源の客に逢い、毎《つね》に話禅の賓《まろうど》に接す。」と詠っていたのである。

こうして見ると、『寒山詩』の作者としての「寒山」「寒山子」という人名の中には、寒山子という単独の隠者だけではなく、また寒山・拾得・豊干という若干名の隠者グループ・隠者群だけにも限定されず、さらにそれらを超えた広範囲の、不特定多数に及ぶ天台山の隠者グループ・隠者群という性格もこめられていたと考えられる。

第二節　初唐の台州刺史、閭丘胤による『寒山子詩集』編纂

『寒山子詩集』の第一次編纂については、すでに上文の第一章、第二節に概略を述べた。ここでは、新たな観点に立って問題とすべき個所を詳論したい。

第一の寒山子は、四部叢刊本『寒山子詩集』などの巻頭に付されている閭丘胤の序を根拠にして言う作者像である。しかし、これは現代の研究ではほぼ全面的に否定されてきた考えである。[64] その序によれば、当時、台州刺史となったばかりの閭丘胤が任地に赴いて間もなく、国清寺に出かけて行って寒山・拾得を拝そうとするが果たせなかった。そこで、僧道翹[65]に命じて寒山の書き散らした三〇〇余首の詩を記録・整理させた、という。この序が書かれた時期は明記されていないが、宋代の陳耆卿《ちんしけい》『嘉定赤城志《かていせきじょうし》』巻八帙官表によれば、閭丘胤が台州刺史に在職していたのは貞観十六～二十年（六四二～六四六年）の五年間である。そして、現代の諸研究が鋭く抉剔《けってき》してきたように、この序の内容全体が説話化・神話化しているのは否定しがたく、すべてを事実であると信じることはできないものの、しかしここにも初唐までに存在していた寒山子と『寒山詩』に関する、それなりの真実が反映していると思われる。ここでは、議論を前に進めるために仮に貞観十九年（六四五年）ごろの編纂と暫定しておく。

第一項　余嘉錫『四庫提要弁証』四の検討

この序を最も強く疑ったことで有名な余嘉錫『四庫提要弁証』四は、晩唐～五代の道士、杜光庭（八五〇～九三三年）『仙伝拾遺』を根拠にしながら、次のように推測する（一二六三～一二六四ページ）。

『唐志』所載『對寒山子詩』、有閭丘胤序而無靈府之序、疑本寂得靈府所編寒山詩、喜其多言佛理、足爲彼教張目、惡靈府之序而去之、依託閭丘、別作一序以冠其首、謬言集爲道翹所輯、爲之作注、於是閭丘遇三僧之説盛傳於世、……。

『唐志』載する所の『対寒山子詩』に、閭丘胤の序有って霊府の序無し、疑うらくは本寂 霊府編む所の寒山詩を得て、其の多く仏理を言えば、彼の教えの張目と為すに足るを喜ぶも、霊府の序を悪《にく》んで之を去り、閭丘に依託し、別に一序を作って以て其の首に冠す、謬言集まって道翹の輯むる所と為り、之が為めに注を作る、是《ここ》に於いて閭丘 三僧に遇うの説 盛んに世に伝われり、……。

これを和訳することを中心にしてパラフレーズするならば、以下のとおり。――『新唐書』芸文志三所載の『対寒山子詩』には、閭丘胤の序はあるが徐霊府の序はない。疑うらくは、唐末に禅師 曹山本寂が元和十年（八一五年）前後に道士 徐霊府の編纂した『寒山詩』を入手し、それに仏理を説く内容が多いため、仏教のお先棒をかつがせることができると喜んだが、（道教臭のある）徐霊府の序は嫌って捨て去った。そして、閭丘胤に仮託して別に自らその序を偽作し、『対寒山子詩』の巻頭に掲げたのであるが、誤謬の言が集まって道翹の編輯したものとなり、さらにその注を作ったところ、ついに閭丘胤がこれら三人の僧（寒山・拾得・豊干）に出会ったという説が世間に広まったのである、[66]……。

しかしながら、これは到底成り立つことの不可能な議論である。その理由を、ここでは二つだけ述べよう。理由の一は、中唐から晩唐にかけての道教と仏教（禅宗を含めて）との関係は、決して友好的なものではなく、時に相互の間に厳しい批判や論争が行われていた。特に道教側は教祖の老子（また太上老君という神）の姓が唐王朝の李氏と一致する（老聃《ろうたん》の姓名は李耳《りじ》）ところから、これを口実にして唐王朝の祖先が老子であると唱えて王朝権力との癒着を図ったために、批判・論争は単なる宗教上の争いに止まらず政治上の争いに直結するまでに深刻さが増していた。そして、以上のような道教側の働きかけもあって、晩唐の有名な会昌五年（八四五年）武宗《ぶそう》皇帝による仏教大弾圧が発生したのである。しかし、これは晩唐の武宗が突然起こした単発的な事件だったのではなく、王朝内にこうした事象を起こしうるより広く深い裾野があったと考えられる。すでに盛唐もやや深まったころの玄宗、次の粛宗、さらに中唐の代宗、憲宗、穆宗、敬宗などが、極重の場合、軽微の場合など程度の差こそあれ、いずれも道教を重視する政策を行ってきた。[67]

中唐～晩唐のこうした道教・仏教の対立を基盤に置いて考えてみると、余嘉錫の『寒山詩』の編纂に関する推測はまったくもって荒唐無稽と言わざるをえない。すなわち、曹山本寂が道教臭のする霊府の「序」を嫌ってこれを捨て去ったというのは、起こりうる可能性が高いかもしれない。だがしかし、霊府が編纂した『寒山詩』が「多く仏理を言っている」ので、本寂がこれを「喜んだ」とするのは、到底ありえないことだからである。加うるに、徐霊府は有力な道士であり、武宗は即位した会昌元年（八四一年）詔勅により霊府を召そうとしたが赴かなかったという過去がある。[68]さらに、霊府の『寒山詩』編纂のことを記録している杜光庭は、唐末～五代の道教の最大級の理論家であり、いわゆる道教重玄派として当時華々しく活躍していた人物である。[69]こういう状況であるから、曹山本寂にとって、恐らく徐霊府は無視することのできない前時代の道士、杜光庭は軽視することの許されない同時代の道長であった。仮にもしもその霊府の編纂した『寒山詩』を本寂が入手することがあったとして、そこには「多く道教の理を言う」ので、本寂はこれを「悪んだ」とでも推測するならば、余嘉錫『四庫提要弁証』四の合理性はいくらかは保てたかもしれない。

理由の二は、上文で述べたとおり、閭丘胤の序を、入矢「寒山――その人と詩」は、

> 文章の拙劣さ、ぎこちなさは、方外の世界に遊ぶ風狂の人たちを叙するには相応しからぬ、おそろしく格調の低いものであり、およそ詩集に冠せられる序としての風格を欠いている。

と貶価し（二七ページ）、また入谷・松村『寒山詩』の「解説」もまた、

> はなはだ拙劣な文体で書かれ、筆者が正規の文章を操る能力習慣を持たない人であったことを示している。

と貶価していた（五〇一ページ）[70]。筆者もまた、閭丘胤の序が拙劣な文体、格調の低い文章をもって綴られていることを認めるのにやぶさかではない。

ところが、このことを認めるならば、余嘉錫の以上に見た所説は立ちどころに大きな矛盾に遭遇してしまい、成立しえなくなるはずである。一方の曹山本寂の伝記を調べてみると、北宋の賛寧『宋高僧伝』（端拱元年、九八八年成立）巻十三の曹山本寂伝には、以下のように描かれている[71]。

> 釋本寂、姓黃氏、泉州蒲田人也。其邑唐季多衣冠士子僑寓、儒風振起、號小稷下焉。寂少染魯風、率多強學、自爾惇粹獨凝、道性天發。年惟十九、二親始聽出家。……復注『對寒山子詩』、流行寓内、蓋以寂素修學業之優也。文辭遒麗、號富有法才焉。

釈本寂は、姓は黄氏、泉州の蒲田の人なり。其の邑（町）は唐季（唐末）の衣冠の士子（身分を有する貴族の子弟）の僑寓（この町に寄寓）するもの多く、儒風（向学心）振起し、小稷下《しょうしょっか》（小さな文化町）と号す。寂は少くして魯風（道徳心）に染まり、多くを率いて強いて学び、自爾《みずか》ら惇粋にして独り凝って、道性 天発せり。年惟れ十九にして、二親始めて出家を聴《ゆる》す。……復た『対寒山子詩』に注して（注釈を施して）、寓内（世の中）に流行するは、蓋し寂 素《も》と挙業《きょぎょう》（科挙の勉強）を修むるの優れたるを以てなり。文辞（文章）遒麗《しゅうれい》（力強く美しい）なれば、法才（規範的な学才）を富有すと号せらる。

余嘉錫に誤り導かれて、本寂が閭丘の序を偽作したと思いこまされてきた、賈晋華を始めとする多くの人々は、この文章を眼にすることがなかった、あるいは少なくとも真面目に検討することがなかったのかもしれない。残念なことである。しかしながら、本寂が少年のころ、「其の邑（町）は唐季（唐末）の衣冠の士子（身分のある貴族の子弟）の僑寓（この町に寄寓）するもの多く、儒風（向学心）が振起し」ていた、と伝えている。その結果、邑は「小稷下（小さな斉の稷下の町）と号す」、現代風にして話をおもしろくするならば、「優等生の集まる小ハーバード（ボストン市）と呼ばれ」ており、本寂はこの好環境の中で、十九の年齢になるまで熱心に「挙業（科挙の受験勉強）を修め」ていた。後日、本寂は『寒山詩集』に注釈を施してそれが世間に流行するようになるが、その原因・理由を『宋高僧伝』は「蓋し寂 素と挙業を修むるの優れたるを以てなり。文辞遒麗なれば、法才を富有すと号せらる。」のように、少年時代の科挙の受験勉強が優れていたので、文章が雄渾・美麗で規範的な学才に富むとまとめている。これを一読しさえすれば、上に見た、曹山本寂が閭丘胤の序を偽作したなどとした余嘉錫の議論が、到底成り立つことのできない根拠薄弱な憶測に過ぎないと直ちに気づくはずである。

また、五代南唐の静・筠『祖堂集』（九五二年成立）巻八の曹山和尚伝にも、

曹山和尚嗣洞山、在撫州住。師諱本寂、泉州莆田縣人也、俗姓黃。少習九經、志求出家。年十九、父母方聽、授業於福唐縣靈石山。年二十五、師方許受戒、而擧措威儀、皆如舊習、便雲遊方外。

曹山和尚は洞山を嗣ぎ、撫州に在って住す。師の諱《いみな》は本寂、泉州の莆田県の人なり、俗姓は黄。少くして九経（儒教の九種の経典）を習うも、志は出家を求めたり。年十九にして、父母方《はじ》めて聴し、業を福唐県の霊石山に授かる。年二十五にして、師方めて受戒を許すも、而れども挙措・威儀は、皆な旧習の如く、便ち（ただちに）方外に雲遊せり。

とあり[72]、これ以降、詳しくその事跡・問答・思想などが紹介されている。しかしそこに紹介された本寂の人柄には、余嘉錫の（閭丘序を偽作したという）推測を裏づけるが如き事実は見当たらない。

以上に述べてきた「理由の一」と「理由の二」から、余嘉錫の先の推測――閭丘胤の序は曹山本寂が偽作した文章であろう――は、到底成り立つはずのない議論であることが明らかとなった。ここにおいて、われわれは、閭丘胤の命による国清寺の僧 道翹の『寒山子詩集』の記録・整理に始まる工作を、第一次編纂と称することにしたい。その時期は、上述のとおり、仮に貞観十九年（六四五年）ごろと暫定しておく。

第二項　『寒山子詩集』序の撰者、閭丘胤のこと

さて、第一次編纂『寒山子詩集』の序を撰した閭丘胤という人は、『続高僧伝』巻二十一の智巌伝にも現れている[73]。

釋智巖、丹陽曲阿人、姓華氏。在童丱日、謂人曰、「世間但競耳目之前、寧知死生之際。」鄉里異之、知有遠度也。及弱冠、雄威武略、智勇過人。大業季年、豺狼競逐、大將軍黄國公張鎭州揖其聲節、屈掌軍戎、奏策爲虎賁中將。雖身任軍師、而慈弘在慮。……武德四年、從鎭州南定淮海、時年四十。審榮官之若雲、遂棄入舒州皖公山、從寶月禪師披緇入道。黄公眷戀追徵、答曰、「以身訊道、誓至薩雲。願特捨恕、無相撓擾。」

釈智巌は、丹陽の曲阿の人なり、姓は華氏。童丱《どうかん》の日に在りて、人に謂いて曰わく、「世間は但だ耳目の前を競うのみ、寧《なん》ぞ死生の際を知らんや。」と。郷里之を異とし、遠度有るを知れり。弱冠に及んで、雄威・武略あり、智勇も人に過ぐ。大業の季年（隋末）、豺狼競逐すれば、大将軍・黄国公・張鎮州其の声節に揖し、掌を軍戎に屈し、奏策して虎賁中将と為す。身は軍師に任ずと雖も、慈弘慮いに在り。……武徳四年、鎮州に従って南のかた淮海を定む、時に年四十なり。栄官の雲の若きを審《つまび》らかにし、遂に棄てて舒州の皖公山《かんこうざん》に入り、宝月禅師に従い披緇・入道す。黄公眷恋・追徴するに、答えて曰わく、「身を以て道を訊ね、誓って薩雲に至らん。願わくは特に捨恕して、相い撓擾すること無からん。」と。

まず智巌は、長江下流域の丹陽の曲阿に生まれ育ち、隋末の大業年間（六一七年ごろ）郷里一帯が匪賊の跳梁跋扈のために混乱に陥っているのを、大将軍・黄国公・張鎮州に率いられて平定に参加した。唐初の武徳四年（六二一年）、四十歳の時、張鎮州に従って淮海を平定するのに戦功を挙げたが、しかし立身出世の無意味さを悟って、そのまま舒州の皖公山に出家し、宝月禅師の下で修道することとなった。[74]

昔同軍戎、有睦州刺史嚴撰、衢州刺史張綽、麗州刺史閭丘胤、威州刺史李詢、聞巖出家、在山修道、乃尋之。

既矚山崖竦峻、鳥獣鳴叫。

昔軍戎《ぐんじゅう》を同じくせるものに、睦州刺史 厳撰、衢州刺史 張綽、麗州刺史 閭丘胤、威州刺史 李詢有り、厳の出家し、山に在って修道するを聞いて、乃ち之を尋ねたり。既に山崖 竦峻に、鳥獣 鳴叫するを矚《み》る。

まもなく、智巌が出家して修道を始めたという話を聞いた「昔軍戎を同じくし」た同期の桜——郷里である江南の秩序回復という共通利益のために、生死を賭けてともに戦ったかつての戦友たち——睦州刺史厳撰・衢州刺史張綽・麗州刺史閭丘胤・威州刺史李詢の四名は、「山崖竦峻、鳥獣鳴叫」の山奥で修道する智巌に会いに出かけていった。閭丘胤はその内の一人なのである。四名が出かけていった時期は、武徳四年から数年以内（ここでは仮に武徳八年までとしておく）、六二一～六二五年のある日。その目的は、一般的には出家した智巌に翻意をうながし還俗を勧めて、再び政治・軍事の世界にもどってかつてのように活躍してもらうためであろうが、より具体的には唐建国の革命戦争にかかる論功行賞において、四名が江南での活躍を認められて朝廷よりそれぞれ刺史を拝命したのと同じように、智巌にも彼らと同等かそれ以上の刺史職を拝命させたいと願ったためであろうと思われる。

謂巖曰、「郎將癲邪、何爲住此。」答曰、「我癲欲醒、君癲正發、何由可救。汝若不癲、何爲追逐聲色、規度榮位、至於清爽、都不商量。一旦死至、荒忙何計。此而不悟、非癲如何。唯佛不癡、自餘階漸。」貞觀十七年還歸建業、……永徽五年二月二十七日終於癘所、……年七十八矣。

巌に謂いて曰わく、「郎《ろう》将《は》た癲《てん》なるか、何為《なんす》れぞ此に住する。」と。答えて曰わく、「我癲なりしも醒めんと欲す、君の癲は正に発す、何に由ってか救う可けんや。汝若し癲ならざれば、何為れぞ声色を追逐し、栄位を規度するのみにして、清爽に至っては、都《すべ》て商量せざる。一旦死至れば、荒忙するも何をか計らんや。此《か》くして悟らざるは、癲に非ずして如何。唯だ仏のみ癡ならず、自余は階漸《かいぜん》あるのみ。」と。貞観十七年（六四三年）建業に還帰し、……永徽五年（六五四年）二月二十七日癘所に終わる、……年七十八。

その時、閭丘胤などの四名が「郎将た癲なるか、何為れぞ此に住する。」と問いかけて説得を試みたのに対して、智巌は逆に四名に向かって「我癲なりしも醒めんと欲す、君の癲は正に発す、何に由ってか救う可けんや。汝若し癲ならざれば、何為れぞ声色を追逐し、栄位を規度するのみにして、清爽に至っては、都て商量せざる。一旦死至れば、荒忙するも何をか計らんや。」と反問してそれを断った。それどころか、「此くして悟らざるは、癲に非ずして如何。唯だ仏のみ癡ならず、自余は階漸あるのみ。」のように、彼らに仏理を説いて仏門への帰依を勧めさえしている。四名の説得工作は完全な失敗に終わったのである。このことは、当時三十歳代[75]の閭丘胤にとって大変ショッキングな体験だったに違いない。今本[76]の閭丘胤の序に「胤 心を仏理に棲まわせしむれば、幸いにして道人に逢えり。」と述べるなど、仏教に好意を寄せる言葉が記されているが、それらがもたらされた原因の一つは、約二十年前のこの失敗体験にあったのかもしれない。

「武徳四年、……時年四十。」の智巌を代表格に、閭丘胤を含む「昔 軍戎を同じくし」た凡そ五名は、いずれも隋末の江南地帯に生まれ育ち、隋末～唐初の当地の社会動乱の平定に奔走することを通じて、図らずも唐建国の革命戦争に参加し、そこで戦功を挙げることを通じて政治の世界に躍り出てきた、下級士族または下級軍人上がりの刺史たちであった。彼らの生活態度や文化・教養のあり方は、一族が先祖代々読書を積み重ねて知的レベルを上げることのできた、上層士大夫階級の者とは相当に異なっていたと考えなければならない。それゆえ、閭丘胤の『寒山子詩集』序が拙劣な文体、格調の低い文章であるのは、これが偽作の証拠になる（入矢「寒山――その人と詩」、及び入谷・松村『寒山詩』の「解説」）のではなく、まさしくその反対で、事実の基礎になると見なすことができよう。その他、閭丘胤の序に俗信的大衆的な仏教理解や頭痛の呪術的な治療方法などが現れるのも、彼が上級文化人・教養人の家系に連なる者ではなかったことを端的に物語っている。そして、以上のことから推測できるのは、序が偽作ではなくむしろ真作に基づくということに他ならない。

第三項　一七六「秉志不可卷」における寒山子と釈智巌

ところで、『寒山詩集』の一七六「秉志不可卷」は、上に見たような、四名によって還俗と出仕をうながされる智巌の様子を伝える『続高僧伝』のこの部分と共通する点を含んでおり、相互に参照することができる。(77)

秉志不可卷、　志を秉《と》って（意志を堅く持っており）巻く可からず（人に巻かれない）、
須知我匪席。　須《すべか》らく知るべし我の席《むしろ》に匪《あら》ざるを（私が蓆ではないことを知るべきだ）。
浪造山林中、　浪《みだ》りに（私は気ままに）山林の中に造《いた》って（やって来て）、
獨臥盤陁石。　独り（一人で）盤陁《ばんた》の石（平坦な大石）に臥する（眠る）のみ。
辯士來勸余、　弁士（話のできる者が）来たって余《われ》に勧め（私に還俗と仕官を勧め）、
速令受金璧。　速やかに金璧《きんぺき》（黄金と玉璧）を受けしめんとす（受け取らせようとする）。
鑿牆植蓬蒿、　牆《かき》（充実した山林生活）を鑿《うが》って蓬蒿《ほうこう》（雑草）を植うる（植えるなどという）、
若此非有益。　此くの若き（こんなこと）は益有るに非ず（益があるとは言えない）。

起聯第一句・第二句「志を秉って巻く可からず、須く知るべし我の席に匪ざるを。」は、儒教経典の『毛詩』邶風、柏風篇の「我心匪石、不可轉也。我心匪席、不可巻也。」（我が心は石に匪ず、転がす可からざるなり。我が心は席に匪ず、巻く可からざるなり。）を踏まえて、[78]寒山子の堅固な意志を他者に向かって示そうとしたものである。

頷聯第三句・第四句の「浪りに山林の中に造って、独り盤陁の石に臥するのみ。」では、「浪りに」の我が自由、「独り」の我が独立を強調しながら、天台山の「山林の中」「盤陁の石」[79]において「臥す」、すなわちここに幽居する楽しみを詠う。「臥す」は、隠遁するという趣意である。

こんな風に堅固な意志をもって、自由・独立に天台山の幽居を楽しんでいる最中、頸聯第五句・第六句の「弁士来たって余に勧め、速やかに金璧を受けしめんとす。」では、「弁士」がやって来て「金璧」を受け取るべきだと寒山子を説得し始める。この「弁士」は、入矢『寒山』が「弁舌の達者な遊説家」と注し、入谷・松村『寒山詩』が「口舌のやから」と訳し、久須本『寒山拾得〈下〉』が「弁舌の達者な奴」と訳し、項楚『寒山詩注』が「辯士：能言会道之人、説客。」と注釈するが、[80]いずれも不適当。

この「弁士」に続く「金璧を受く」の個所で、入矢『寒山』、注は、『韓詩外伝』逸文を引用しながら、「楚の襄王が荘子の賢を聞いて宰相に招聘しようと思い、使者に黄金千斤と白璧（白い宝玉）百双を持たせて懇請したが、荘子は拒絶した、という話がある。」と述べる。入谷・松村『寒山詩』、注は、本詩（一七六）及び一〇二「偃息深林下」、一七二「我見世間人」において、同様に『韓詩外伝』逸文を挙げるが、それだけでなくさらに『荘子』山木篇・列禦寇篇・『史記』荘周列伝をも加えて詳細に、王侯からの黄金と白璧による宰相の地位の誘いを受けたが、荘子は乗らなかった、という故事を踏まえると主張する。[81]けれども、頸聯の二句「弁士来たって余に勧め、速やかに金璧を受けしめんとす。」は、実際のところ、荘子の以上のようなステレオタイプ化した故事とは関係がないし、また、もし無理に関係づければ本詩の内容・意味が通じなくなってしまう。この「弁士」とは、寒山子の隠棲を親身になって心配してくれる善意の兄弟・親族・友人などで、彼に対してうまく話のできる者を指すのであろう。「金璧を受けしめんとす」は、項楚『寒山詩注』、【注釈】が言うとおり、「謂受聘出仕。」の意。(82)寒山子が天台山を降り隠遁をやめてふたたび俗世間にもどり、地方または中央の役所に出仕して官吏として働く、という趣旨である。その「金璧」とは「黄金」が俸給を指し、「玉璧」が爵位を指すのではなかろうか。いずれにしても、寒山子は、唐王朝の等爵体制下に（ふたたび）入らなければならないことになる。そして、「弁士」の寒山子に対する、早々に俸給と爵位を受けて仕官すべきだという善意の説得は、仕官の具体的な内容をなす、職位・地方・時期などを含めて提案されていたものと考えられる。

尾聯第七句・第八句「牆を鑿って蓬蒿を植うる、此くの若きは益有るに非ず。」は、諸家の注するとおり、『荘子』庚桑楚篇首章の、

庚桑子曰、「……且夫二子者、又何足以稱楊〈揚〉哉。是其於辯（辨）也、將妄（無）鑿垣牆而殖蓬蒿也。簡（柬）髮而櫛、數米而炊、竊竊乎。又何足以濟世哉。」

庚桑子《こうそうし》（老子の弟子）曰わく、「……且つ夫《か》の二子なる者（尭・舜のこと）は、又た何ぞ以て称楊〈揚〉するに足らんや。是其の辯《べん》（辨）に於けるや、将《は》た垣牆《えんしょう》を鑿《うが》って蓬蒿を殖うること妄（無）からんや。髪を簡《えら》（柬）んで櫛《くしけず》り、米を数えて炊《かし》いで、窃窃乎《せっせつこ》たり。又た何ぞ以て世を済《すく》うに足らんや。」と。

を踏まえる。(83)ただし、本詩における「辯」は、『荘子』成玄英疏の言うように「辯は、別なり。」の意。すなわち、「夫の二子なる者」尭・舜を代表者とする儒教の差別的な政治原理・政治秩序を総括的に指す言葉である。それゆえ、「辨」の仮借字とするのがよく、本詩の「辯士」《べんし》の「辯」の意味ではない。(84)そして「牆」は、垣根、善い

ものの比喩、ここでは、寒山子の天台山における独立・自由の充実した修道生活のシンボル。「蓬蒿」は、雑草、悪いものの比喩、ここでは、寒山子の俗世間における窮屈ないじけた官僚生活のシンボル。「牆を鑿って蓬蒿を植う」は、垣根に穴をあけて雑草を植えること、善いものを壊して悪いものに就くこと。(85) ここでの趣意は、寒山子の天台山における独立・自由の充実した修道生活に終止符を打って、天台山を降りてふたたび俗世間での窮屈ないじけた官僚生活を開始すること、のシンボルと考えられる。最後の第八句「此くの若きは益有るに非ず」は、このようなやり方は益があるわけではない、有益とは言えない、という意味である。「非有益」は「無益」と言うのとは異なっており、微妙なニュアンスを含む本詩のこの言葉使いの中に、隠棲を親身になって心配してくれる「弁士」の厚意に対する、作者寒山子の配慮が表現されている、と読み取ることができよう。(86)

このように見てくると、時期（武徳年間と貞観年間）と場所（皖公山と天台山）と身分（出家僧と居士）こそ違うものの、智巌と寒山子との間に共通点があることは明らかである。——両者に通底する、初唐の江南地帯という時代・地域の大枠における、時代精神、時代思潮とでも呼ぶべき共通的普遍的なものが、たまたまこのような形を取ってここに現れたのではなかろうか。

第四項　第一次編纂『寒山子詩集』の概略

この第一次編纂『寒山子詩集』の寒山子によって書かれた詩は、上に引いた一七六「秉志不可卷」のように、これが第一次の作品であろうと個々に指摘しうるものがある。その他、入矢義高「寒山詩管窺」の「二」は、

さきに第一類（「詩人の作」つまり「山林幽隠の興を述べ」た詩、第三節に後述）として區分した作品のなかに、魏晉詩や古樂府の風格をもつものが相當に多いことを指摘しておいた。先ずその例をいくつか擧げながら私見を

加えることにしたい。

として具体的な詩句を挙げて指摘する。そして、

> ここに特に注意しておきたいことがある。それは、寒山の魏晉體の詩篇が範を取っている古詩が、ほとんどみな「文選」所収のものばかりであるということである。寒山のそのような作品の一つ一つについて、その一篇の趣意のみならず、表現の手法や措辭の面についても吟味してゆくと、それらの本づく典據は、大抵みな「文選」に収める魏晉の古詩（古詩十九首や古樂府の類も便宜上これに含める）や賦などに見出されるのである。

と述べて、以下、これを具体的かつ詳細に跡づけた。さらにその後、

> さきに第一類と名づけた部類に屬する作品の數は、ごく大まかに篩い分けたところでも、寒山詩全體の四分の一にも満たない。そして彼が「文選」から句を取ったり、或いはそれからのclssical allusion をやったりするのは、大抵みなこの第一類の八十首内外の作品においてであつて、第二類（「説理詩と勸世詩」の「宗教者の作」）においてはそれは極めて少なく、そこではむしろ佛典に本づくものが著るしく多い。

のように、結論づけている。[87] 入矢「寒山詩管窺」の以上の立論は、『寒山詩』の原型が今本《きんぽん》『寒山子詩集』にそのまま受け継がれていると見なした上で行われているが、今本は直前の第三次編纂の『対寒山子詩』（大略、広明元年、八八〇年）に基づくテキストである。この間、第一次編纂から数えて約二三五年、第二次編纂から約六十年、の時が流れており、同じく唐代のこととはいえ、テキストにも訛伝・散逸が生じて、編纂のたびごとにそれらの

補足・修正を行った可能性が高い。それであるから、入矢「寒山詩管窺」は、文学の専門研究者の深い分析として、以上のような条件つきで、参考にしたいと考える。すなわち、入矢「寒山詩管窺」が概算した第一類の「寒山詩全体の四分の一」「八十首内外」は、ほぼそのまま筆者の言う第一次編纂の作品でもあったと認めてよかろう。

ただし、入矢「寒山詩管窺」は、自らの言う第一類「山林幽隠の興を述べ」た詩の規準を、高く掲げて「魏晉詩や古樂府の風格をもつもの」だけに、つまり高級なレベルに達した『寒山詩』作品だけに、限定し過ぎている嫌いがある。そのために第一類を「寒山詩全体の四分の一」「八十首内外」と少なめに概算したように感じられる。ところが、第一類の実際は、天台山に幽居する喜びを詠う詩であり、『寒山詩集』のどこを開けてもそれを見出すことができる。本書の第一章、第二節、第一項などに既引の津田「寒山詩と寒山拾得の説話」は、

> これにもいろいろあるので、その第一は、山中の幽居そのことを樂しむ意を述べたものである。……その隠逸の思想の結びつけられたものが第二であつて、……。第三として、山中の幽居に道家の思想を託したもののあることは、おのづから知られる。……次に第四は、神仙思想であつて、……。なほかういふやうな特殊の思想ではないが、幽居そのこととはかかはりの無いいろいろの思想が、幽居にちなんで説きだされてゐるものを、第五として擧げることができよう。……このやうに寒山詩集には山中幽居の詩が多いのである。

のように、この「山中幽居の情を述べた詩」を第一から第五までの五つに分類しつつ、同時にそれぞれの特徴と若干の実例を挙げて委曲を尽くして論じている。[88]「山林幽隠の興を述べ」た詩に関する限りは、入矢「寒山詩管窺」よりも津田「寒山詩と寒山拾得の説話」の方が、公平で配慮が行きとどいていると認められる。

単に以上のものだけでなく、第一次編纂の『寒山子詩集』の作品には、入矢「寒山詩管窺」の言う第二類中の

「時態を譏諷し、流俗を警励す」る詩（杜光庭の言葉）もかなり多数含まれていたに違いない。下級士族または下級軍人上がりで、格別の文化・教養を身に着けていない台州刺史閭丘胤が編纂を行ったのにふさわしく、後の第三次の曹山本寂の場合のような、馬祖道一（七〇九〜七八八年）以来の頓悟禅・南宗禅の流れに棹さす顕著な禅宗詩（偈頌《げじゅ》的な詩をも含む）などではなくて、それに至る以前の俗信化・大衆化された、仏教的な風味あるいは道教的な風味のある勧戒詩も、多数含まれていたのではなかろうか。

第三節　中唐の道士、徐霊府による『寒山詩集』編纂

第二の寒山子は、第二節に述べたように、唐末～五代の道教の最大級の理論家であり、いわゆる道教重玄派として華々しく活躍していた道士、杜光庭がその著『仙伝拾遺』（『太平広記』巻五十五所引）において、中唐の大暦年間（七六六～七七九年）に天台山の翠屏山（寒巖）に隠居していたと言う寒山子を、その詩の作者と認めるものである。

第一項　杜光庭『仙伝拾遺』に基づいて

『仙伝拾遺』に以下のような文章がある。

寒山子者、不知其名氏。大暦中、隠居天台翠屏山。其山深邃、當暑有雪、亦名寒巖。因自號寒山子。好爲詩、每得一篇一句、輒題於樹閒石上。有好事者、隨而錄之、凡三百餘首。多述山林幽隱之興、或譏諷時態、能警勵流俗。桐柏徵君徐靈府、序而集之、分爲三卷、行於人閒。

寒山子なる者は、其の名氏を知らず。大暦中、天台の翠屏山《すいへいざん》に隠居す。其の山は深邃《しんすい》にして、当暑にも

雪有り、亦た寒巌と名づく。因って自ら寒山子と号す。好んで詩を為り、一篇一句を得る毎に、輒《すなわ》ち樹間・石上に題す。好事者有り、随って之を録すれば、凡そ三百余首あり。多く山林幽隠の興を述べ、或いは時態を譏諷《きふう》し、能く流俗を警励《けいれい》す。桐柏《どうはく》（桐柏観という道教の寺）の徴君《ちょうくん》（皇帝から詔勅を承けた者）徐霊府、序して之を集め、分かちて三巻と為し、人間《じんかん》（一般社会）に行わる。

これについてやや細かく考えてみよう。その内容は、次の四点である。――第一点は、主人公である寒山子の天台山での隠居ぶりを、特にその一風変わった詩の作り方に焦点をあてて描いている。第二点は、寒山子の書き散らした詩を記録した人物がおり、その整理などの作業の結果「凡そ三百余首あり」としている。第三点は、その『寒山詩』「凡そ三百余首」の内容がどういうものであるかを、著者（杜光庭）の観点から分析している。第四点は、これに序文を書いて編集し、三巻に分けた上で、世上に広めた編纂者（徐霊府）がいることを述べている。ここでは、第三点（『寒山詩』の内容分析）は後回しにして、まず第一点・第二点・第四点――『寒山詩』の作詩者と記録者と編纂者――について考察する。

第一点の内、『仙伝拾遺』の描く寒山子の天台山における隠居ぶり、

寒山子なる者は、其の名氏を知らず。大暦中、天台の翠屏山に隠居す。其の山は深邃にして、当暑にも雪有り、亦た寒巌と名づく。因って自ら寒山子と号す。

は、本書第一章の『寒山子詩集』閭丘胤の序に、

夫《か》の寒山子なる者を詳《つまび》らかにせんとするに、何許《いずこ》の人なるかを知らざるなり。古老の之を見し自《よ》り、皆な貧

人・風狂の士と謂う。天台唐興県《とうこうけん》の西七十里の、号して寒巌と為すところに隠居す。毎《つね》に茲《こ》の地に於いてし、時に国清寺に還《かえ》る。

とあった文章など[89]を下敷きにして、それを節略したものではなかろうか。『仙伝拾遺』がその年代を「大暦中」としたのは、閭丘の序に合致せず、何かに基づくのではあろうが、何に基づくかは未詳。また、寒山子が詩を作る独特なやり方を、『仙伝拾遺』は、

好んで詩を為り、一篇一句を得る毎に、輒《すなわ》ち樹間・石上に題す。

と描くが、これは『寒山子詩集』閭丘胤序の末尾に、

唯だ竹木・石壁に於いて書ける詩、并びに村墅《そんしょ》の人家の庁壁《ちょうへき》の上に書く所の文句三百余首、及び拾得の土地の堂壁の上に於いて書ける言偈《げんげ》のみあり、……。

とあるのと比べると、両者は繁簡の相異はあるがよく似ている。これも『仙伝拾遺』が閭丘序を節略して成したものであろう。

第二点、寒山子の書き散らした詩を記録し、整理などの作業を行った結果「凡そ三百余首」が得られたとするが、この間の事情を『仙伝拾遺』は、

好事者有り、随って之を録すれば、凡そ三百余首あり。

と述べる。記録した「好事者」（好事家）がおり、整理などの作業を経て、その結果「凡そ三百余首あり」としている。一方、『寒山子詩集』閭丘胤序の末尾には、『仙伝拾遺』のこの部分に対応する文章が、

乃ち僧道翹に令して、其の往日の行状を尋ねしむ。唯だ竹木・石壁に於いて書ける詩、并びに村墅の人家の庁壁の上に書く所の文句三百余首、及び拾得の土地の堂壁の上に於いて書ける言偈のみあり、……。

とあり、国清寺の僧道翹が台州刺史の命を受けて詩を記録・整理した人物であったことが示されている。念のため、欧陽脩等『新唐書』芸文志三の『寒山詩集』の項を見ると、

『対寒山子詩』七巻。（原注）（寒山子は）天台の隠士なり。台州刺史《しし》閭丘胤《りよきゆういん》の序、僧道翹《どうぎよう》の集。寒山子は唐興県の寒山巌に隠居し、国清寺に於いて隠者拾得と往還せり。

とあるように、僧道翹が「集め」た（『仙伝拾遺』の「随って之を録し」たに相当）と注記されている（注（1）に既引）。

ところで、この『寒山詩』の記録者・整理者が、第一次の僧道翹から第二次の「好事者」に変化している点については、次のように考えることができる。すなわち、これは、前者の、台州刺史というお上の命令を否応なし聞かざるをえない立場の記録者・整理者から、後者の、寒山子に積極的な興味と関心を抱き『寒山詩』を愛好する立場の記録者・整理者への変化、を意味している。したがって、時間の経過に沿って考えれば、（寒山子・『寒山詩』がまだ人々に知られていない）前者が前にあり、（寒山子・『寒山詩』が次第に人々に知られるようになった）後者が後ろにある、と見るのが合理的である。言い換えれば、中唐の徐霊府の編纂をもって最初の『寒山詩』の成書であ

ると見なし、より早い初唐の閭丘胤の編纂を虚偽であるとして否定する現代盛行の通説に、ほとんど合理性はない、ということに他ならない。

そして、第四点、編纂者 徐霊府が、序を書いて編集し、三巻に分けた上で、世上に広めたことを、『仙伝拾遺』は、

> 桐柏の徴君 徐霊府、序して之を集め、分かちて三巻と為し、人間に行わる。

と述べる。一方、『寒山子詩集』閭丘胤序の末尾には、

> 並《あ》わせ纂集して巻を成せり。但《た》だ胤は心を仏理に棲まわせしむれば、幸いにして道人に逢えり。

とある。これによって、われわれは『寒山詩』の編纂者（また序の撰者も）が、第一次の、俗信的大衆的な崇仏・崇禅の台州刺史の閭丘胤から、第二次の、南岳天台派[90]の桐柏観の有力な道士である徐霊府に、変化している事実を確認することができる。そうだとすれば、第一次の『寒山子詩集』の内容・詩風と第二次の『寒山詩集』の内容・詩風との間に、相当の相異があると考えるのが当然ではなかろうか。このように（すでに第二章、第二節、第一項で触れたとおり）、徐霊府という人は、中唐の有力な道士であり、その著『天台山記』は現存する[91]。その篇末に、

> 靈府以元和十年、自衡岳移居台嶺、定室方瀛。至寶曆初歳、已逾再閏、修眞之暇、聊採經誥、以述斯記、用彰靈焉。

霊府元和十年（八一五年）を以て、衡岳《こうがく》（衡山）自り移りて台嶺（天台山）に居り、室を方瀛《ほうえい》（室名）に定む。宝暦初歳（八二五年）に至って、已《すで》に再閏《さいじゅん》（五年）を逾《こ》え、修真の暇に、聊《いささ》か経誥を採って、以て斯《こ》の記を述べ、用って霊を彰らかにす。

とあるのによれば、元和十年（八一五年）～宝暦元年（八二五年）の間、天台山に住んでいたことを確認しうる。ただし、徐霊府はこの期間に寒山子に会ったとは『天台山記』にも書いてないので、[92] 現代の読者にとって、この第二次の寒山子は、第一次の寒山子に比べると影の薄い存在であり、徐霊府によって大暦年間、天台山在住と見なされた人とするより以上に把えるのが難しい（なお、後文の第二項・第三項をも参照）。

以上の三点を総合しつつ、第二次編纂についてさらに若干の推測を加えておく。――これらの資料に基づく第二次の寒山子像は、特に現代中国の研究においては主流となっているようである。[93] それは、第一次の寒山子像の根拠をなす閭丘胤序を偽作として否定しうることを最大の理由としている。しかしながら、上文で詳述してきたとおり、その理由は全然不適当。ひるがえって考えてみるに、第一次の作者も寒山子、第二次の作者も寒山子、そして第三次の作者も寒山子である。第二次の作者だけが真の寒山子で、他は偽の寒山子と見なす必要はあるまい。言い換えれば、『寒山詩集』はおよそ三次の編纂が行われ、その度ごとに作者が必要となって、寒山子の名前が呼び出されたのである。

徐霊府が編纂に着手した、つまり「序して之を集め、分かちて三巻と為し」たのは、元和十年（八一五年）、彼が湖南の衡山から台州の天台山に移り住んで、間もなくのことであったと考えられる。霊府は、大暦年間（七六六～七七九年）、その地の翠屏山（寒巌）に隠居していた寒山子が、（仮にその年時を元和十五年（八二〇年）ごろのことと暫定しておく。）詩を為《つく》っては周辺に書き散らしていたが、好事家によるその記録・整理などを経て「凡そ三百余首」になっていたことを知って、ここにおいて『寒山詩集』の編纂を行った。当然、約五十年前に成っていた「凡そ三百余首」[94]がその中心に位置づけられたに違いない。第一次編纂（六四五年ごろ）から数えてみると、第二次編纂に至るまでにすでに約一七五年が経過していた。

ところで、閭丘胤の詩数は「三百余首」、徐霊府の詩数は「凡そ三百余首」でまったく同じである。同じ作者、ほぼ同じ内容（厳密に言えば異なるが）の詩集が、このように同じ規模「三百余首」で重複して編纂されることは、偶然の一致であるはずがない。普通の常識に基づいて考えれば、後の第二次「凡そ三百余首」は前の第一次「三百余首」を知っておりそれを踏まえていると見なすべきである。筆者によれば、第一次の『寒山子詩集』も約一七五年の経過の中で相当の訛伝・散逸が生じていたので、それを「三百余首」の大枠を守りながら、第二次で補足・修正を行った可能性が高いのではないかと思う。こうしてふたたび復活させたのが新「凡そ三百余首」であろうと推測されるのである。

最後に、先に後回しにしておいた第三点、『仙伝拾遺』の著者、杜光庭の立場からする『寒山詩』の内容分析の問題が残っている。

第二次編纂の寒山子によって書かれた詩の内容は、既引のように、「多く山林幽隠の興を述べ、或いは時態を譏諷し、能く流俗を警励す。」とされていた。この一文は、杜光庭の観点で『寒山詩』の内容を大雑把に特徴づけた格好の資料である。

これによれば、『寒山詩』の一半は、「山林幽隠の興を述べ」る詩（入矢「寒山詩管窺」の言う第一類）であり、他の一半は、「時態を譏諷し、流俗を警励す」る詩（入矢の言う第二類の中の「勸世詩」）である。一半の「山林幽隠の興を述べ」る詩は、第二章、第二節、第四項に上述したように、入矢が指摘する「魏晉詩や古樂府の風格をもつもの」を含むかもしれないが、それよりもむしろ山中幽居の楽しみを詠う作品であり、今本『寒山詩集』の至るところに見えるものである。

他の一半の「時態を譏諷し、流俗を警励す」る詩は、当時の世態・流俗に対する道教・神仙思想的な批判・勧戒であって、ここには基本的に仏教（禅宗）臭はなかった、たとえあったとしても微弱であり強烈ではなかったと理解しなければなるまい。なぜなら、編纂者 徐霊府は有力な道士であるし、それを引用する『仙伝拾遺』の著者、杜光庭も道教の著名な理論家だからである。もちろん、第二次の「時態を譏諷し、流俗を警励す」る詩の中にも、前の第一次『寒山子詩集』を受け継いで、仏教（禅宗）風味のある俗信化・大衆化された勧戒詩が含まれていたかもしれない。しかし、それは後の第三次の曹山本寂の場合のような、馬祖道一以来の頓悟禅・南宗禅の流れに棹さす顕著な禅宗詩などではなくて、それ以前の微弱・淡泊な詩で、徐霊府に許容されうるものであったのではなかろうか。

これに対して、現代中国の余嘉錫『四庫提要弁証』四は、曹山本寂が徐霊府の編纂した『寒山詩』を入手し、それが「多く仏理を言う」のを喜んだが、徐霊府の（道教臭のある）序は嫌って捨て去った、と推測した。これが到底成り立つことの不可能な議論であることはすでに上述した。[95] また一方、入矢「寒山詩管窺」の「一」～「四」は、『寒山詩』の第二類つまり「宗教者の作」について、まとまった議論を展開している。始めに、

後者（第二類）は更に説理詩と勧世詩とに大別できる。その説理詩は大體において佛教的理念を内容とするが、それにも、因果應報や無常觀などを通俗的に説明したものと、また別に禪理、ないし禪的な悟境——特に南宗禪の精神を表白したものとがある。勧世詩の内容は多種多様であり、その詩の數も以上のうちで最も多いが、それらを通じて言えることは、これらがおおむね説教者としての口吻を濃厚に帯びているということである。

などと前置きをした上で、『寒山詩』と共通点のある『王梵志詩』との比較・対照を行いながら、『寒山詩』の勧

世詩の表現の類型、措辞的な方面に注目して、

> これがやはり基本的には當時（中唐以降）の一般的なアフォリズムの型から外れてはいないことを見たのであるが、そのことは寒山の佛教的内容をもたない勸世詩についても、もちろん同様である。……しかし、寒山の勸世詩に支配的なのは、やはり佛教的な内容のものであって、その點で、日常的な生活の倫理を説くことも相當に多い梵志の詩とは、必らずしも同じくない。最も大きな兩者のちがいの一つは、説理の詩である。……それに對して、寒山にはこれ（説理の詩）が甚だ多いだけでなく、その内容は明らかに南宗系の頓悟禪の立場を表明している。

と結論づけた[96]。入矢「寒山詩管窺」の『寒山詩』第二類に関する見解は、この二つ引用文の中間に、杜光庭の「或いは時態を譏諷し、能く流俗を警励す。」を置いて、それを根拠として述べられている。そして、『寒山詩』の説理詩は言うまでもなく、その勸世詩までも「支配的なのは、やはり佛教的な内容のものであ」る、と断言してはばからない。これは、第二章、第二節、第一項に触れたことと類似して、入矢「寒山詩管窺」の以上の立論が、『寒山詩』の第一次編纂本と第二次編纂本と第三次編纂本との間に何の相異・区別もなく、第二次（徐霊府の編纂）本が今本『寒山詩集』にそのまま受け継がれていると見なした上で行われており、先に見た余嘉錫と同じように、道教・神仙思想（道家・養生・不老不死など）と仏教・禅宗との間の相異・区別をほぼ無視する見解に近い[97]。余嘉錫の説も入矢義高の説も、いずれも適当ではないと考えられる。

第二項　『寒山詩集』に現れる道教・神仙詩

今本『寒山詩集』をひもとくと、その中に、神仙（仙人）、仙史、仙書、仙薬（仙草）、霞を餐《く》らう、仙籍、仙都、等々の不老不死（または不老長寿）を希求する道教・神仙思想を肯定的に詠った詩がいくつか存在することに気づかされる。これはどういうことであろうか。

今本『寒山詩集』は、曹山本寂による第三次編纂（八八〇年ごろと仮定）のテキストを踏まえ、それを受け継いで成ったものである。第三次編纂の方針は、どこにも記録・証言がないので推測するより方法がないが、本節第一項の杜光庭『仙伝拾遺』の『寒山詩』内容分析をモデルにして推測するならば、その一半を占めるものは、「山林幽隠の興を述べ」る詩であり、今本『寒山詩集』の至るところに見えるもの、第一次の閭丘胤から第三次の曹山本寂に至るまで一貫して流れている通奏低音であったと思われる。他の一半は、「時態を譏諷し、流俗を警励す」る詩であるが、第一次の閭丘胤、第二次の徐霊府とは様相を一変して、曹山本寂の場合、馬祖道一以来の頓悟禅・南宗禅の流れに棹さす顕著な仏教（禅宗）詩などであったに違いない。

それゆえ、これらの道教・神仙思想を肯定的に詠った詩が存在するのは、第一次の閭丘胤の編纂した『寒山子詩集』に収められた道教・神仙の諸詩を含むかもしれないけれども、それよりもむしろ、主として第二次の徐霊府の編纂した『寒山詩集』中のそれらの諸詩が、第三次の曹山本寂が旗幟鮮明な仏教（禅宗）的立場で編纂した際に、仏教（禅宗）にとってそれほど害悪にならないとして、大目に見られ許容された結果なのであろうと思われる。

二三の例を挙げてみよう。『寒山詩集』の**〇七九**「**益者益其精**」に、

益者益其精、　益とは其の精（人間の体内の精気）を益す（益すことであって）、

可名爲有益。名づけて（これを名づけて）益有りと為す可し（益があると言うことができる）。
易者易其形、易とは其の形（人間の身体の形）を易《か》う（変えることであって）、
是名之有易。是之《これこれ》を名づけて易有りとす（これを名づけて変わることがあったと言うのだ）。
能益復能易、能《よ》く益し（精気を益し）復《ま》た能く易うれば（形体を変えることができれば）、
當得上仙籍。当《まさ》に仙籍に上る（仙人の戸籍に登録される）を得《う》べし（できるはずである）。
無益復無易、益す無く復た易うる無ければ（精気の増益も形体の変化もなければ）、
終不免死厄。終《つい》に（結局）死厄（死の災い）を免れず（逃れられない）。

とある。本詩は、『寒山詩集』中において道教・神仙思想を詠った代表的な作品である。その趣旨は、修行者が道教・神仙思想に基づいて「精」（精気）の「益」（増益）と「形」（身体）の「変」（変化）の修行に取り組み、己の精気を増益させた上に、また身体を変化させる（『雲笈七籤《うんきゅうしちせん》』巻五十六「元気論」を参照。「老→少→童→嬰児→赤子」などの如く変化させて、最後は「真人」に至ることを目指す。）ことに成功するならば、名を「仙籍」（仙人の戸籍）に登録してもらって神仙に成ることができるはずだ、と詠い上げるところにある。

起聯・頷聯第一句～第四句の「益とは其の精を益す、名づけて益有りと為す可し。易とは其の形を易う、是之を名づけて易有りとす。」は、定義のスタイルをとって道教・神仙思想の最も基礎的な理論を解説しながら、それが人間の精気を増益させ、身体を変化させる修行に取り組むことを通じて、「仙人」に成ることを最終目標にしていることを明らかにしようとしたものである。第一句の「精」は、道教・養生思想で多用する「精」の意であって、人間の体内にある物質的な「精気」である。釈清潭『寒山詩新釈』（丙午出版社、一九一〇年二月三版）の〔句釈〕（九一ページ）が、これを心の意味の「精神」と理解するのは不適当。[98]

また本詩は、起聯・頷聯第四句の前半部分だけでなく頸聯・尾聯四句の後半部分も、典拠になった道教文献を

下敷きにしてそれをそのまま丸写ししたものである。[99] その道教文献とは、北宋の『太平広記』巻三「漢武帝」の『漢武内伝』の原形、また北宋の張君房『雲笈七籤』巻五十六「元気論」の原形、である。ここでは、『太平広記』巻三「漢武帝」を引用しておく。

王母曰、「夫欲修身、當營其氣。『太仙眞經』所謂行益易之道、益者益精、易者易形、能益能易、名上仙籍、不益不易、不離死厄。行益易者、謂常思靈寶也。靈者神也、寶者精也。子但愛精握固、閉氣呑液、氣化爲血、血化爲精、精化爲神、神化爲液、液化爲骨、行之不倦、精神充溢。爲之一年易氣、二年易血、三年易精、四年易脈、五年易髓、六年易骨、七年易筋、八年易髮、九年易形。形易則變化、變化則成道、成道則爲仙人。」

王母曰わく、「夫れ身を修めんと欲すれば、当に其の気を営むべし。『太仙真経』の所謂ゆる易益を行うの道は、益とは精を益すなり、易とは形を易《か》うるなり、能く益し能く易うれば、名は仙籍に上り、益さず易えざれば、死厄を離れず。益易を行う者は、常に霊宝を思うを謂うなり。霊とは神なり、宝とは精なり。子は但だ精を愛《おし》み握ること固く、気を閉ざし液を呑めば、気は化して血と為り、血は化して精と為り、精は化して神と為り、神は化して液と為り、液は化して骨と為り、之を行って倦まざれば、精神は充溢せん。之を為すこと一年にして気を易え、二年にして血を易え、三年にして精を易え、四年にして脈を易え、五年にして髄を易え、六年にして骨を易え、七年にして筋を易え、八年にして髪を易え、九年にして形を易う。形易われば則ち変化し、変化すれば則ち道を成し、道を成せば則ち仙人と為る。」と。

両者を比較・対照してみれば容易に分かるように、本詩（〇七九）は、『太平広記』巻三「漢武帝」所引『太仙真経』の所謂ゆる「易益を行うの道」、すなわち、「益とは精を益すなり、易とは形を易うるなり、能く益し能く易うれば、名は仙籍に上り、益さず易えざれば、死厄を離れず。」をそのまま丸写ししている。[100] それゆえ、この『太平広記』巻三と注（100）の『雲笈七籤』巻五十六との二つの引用文が、本詩に対する最良の注釈なのである。

そして、この二つの道教文献（『太平広記』巻三の「漢武帝」と『雲笈七籤』巻五十六の「元気論」）の根幹部分、特に前者の『太仙真経』と後者の「仙経」との「所謂ゆる易益の道」は、極めて大雑把に抑えるならば、寒山子の時代まで古くからの道教・神仙思想を伝える資料として保存されており、彼の本詩制作の時にこのように積極的に利用されたのであろうと推測される。これは、道士徐霊府による第二次編纂の時に採取された詩に違いない。

また、〇一一「**驅馬度荒城**」に、

驅馬度荒城、　馬を駆って（走らせて）荒城（荒れた城跡）を渡れば（横切ると）、
荒城動客情。　荒城は客情（私という旅人の心）を動かす（揺り動かした）。
高低舊雉堞、　高低たり（高くまた低い）旧《ふる》き（古びた）雉堞《ちちょう》（城壁上の姫垣《ひめがき》）、
大小古墳塋。　大小あり（大小さまざまに続く）古き墳塋《ふんえい》（古びた墓）。
自振孤蓬影、　自ら振るう（自分で転がりゆく）孤蓬（独り寂しい蓬《よもぎ》）の影、
長凝拱木聲。　長《とこし》（常）えに凝らす（永久にこもる）拱木（墓前に立つ木）の声。
所嗟皆俗骨、　嗟《なげ》く所は（私の嘆くことは墓主たちが）皆な俗骨にして（俗人ばかりで）、
仙史更無名。　仙史（仙人のことを記録した書）に更に（全然）名無きことなり。

とある。本詩の主なテーマは、寒山子がある時、起聯第一句・第二句にあるように「馬を駆って荒城を渡れば、荒城は客情を動かす。」という体験をしたことに基づき、中んづく頷聯第四句の「大小あり古き墳塋」に関して、

尾聯第七句・第八句の「嗟く所は皆な俗骨にして、仙史に更に名無きことなり。」の感慨を抱いたことを、読者に訴えるところにある。ここから推し量るならば、寒山子の「願う所」（第七句「嗟く所」の逆）は、「古き墳塋」（第四句）の墓主たちが、本来であれば「仙骨」（第七句「俗骨」の逆）を具えていて羽化昇天し、神仙となり「名」を「仙史」に列せられて（第八句の逆）、こんな「荒城」（第一句）あたりの「古き墳塋」に捨て置かれていないことにある、ということになるのではなかろうか。――これもまた、道教・神仙思想を肯定的に詠った詩なのである。

頷聯第三句の「雉」は、城壁の尺度の名称、高さ一丈、長さ三丈のこと。『春秋』左氏伝隠公元年の「都城過百雉、國之害也。」（都城の百雉を過ぎたるは、国の害なり。）の杜預注に「方丈曰堵、三堵曰雉、一雉之牆、長三丈、高一丈。」（方丈を堵《と》と曰い、三堵を雉と曰い、一雉の牆《かき》は、長さ三丈、高さ一丈なり。）とある。[101]「堞」は、城上の牆。「雉堞」は、城壁の上の姫垣。宋（南朝）の鮑照「蕪城賦」（『文選』巻十一所収）に、「板築雉堞之殷」（雉堞と板築と之殷《さか》んなり）とあり、その李善注は鄭玄の『周礼』注「雉、長三丈、高一丈。」（雉は、長さ三丈、高さ一丈なり。）、及び杜預の『春秋左氏伝』注「堞、女牆也。」（堞は、女牆なり。）を引いている。[102]第四句の「墳塋」は、墓場。「塋」は、『説文解字』土部に「塋、墓地。从土、營省。亦聲。」（塋は、墓地なり。土に从って、営の省。亦た声なり。）とある。

頸聯第五句の「自ら振るう孤蓬の影」は、上引の鮑照「蕪城賦」に、「孤蓬自振、驚砂坐飛。」（孤蓬は自ら振るい、驚砂は坐《い》ながらにして飛ぶ。）とあるのを踏まえた表現であろう。[103]第六句の「拱木」は、『春秋』左氏伝僖公三十二年に「爾何知。中壽、爾墓之木拱矣。」（爾《なんじ》何をか知らんや。中寿ならば、爾の墓の木は拱せん。）とあり、杜預注に「合手曰拱。」（手を合するを拱と曰う。）とあるに基づく。[104]後世これにちなんで墓前の木を「拱木」と言うようになった。また、梁の江淹「恨賦」（『文選』巻十六所収）に、「試望平原、蔓草縈骨、拱木斂魂。」（試みに平原を望めば、蔓草《つるくさ》は骨に縈《まつ》わり、拱木は魂を斂《おさ》めたり。）とあるが、本詩（〇一二）の「拱木」はこの賦をも踏まえていよう。[105]

尾聯第七句の「俗骨」は、仙人になれる本分（仙骨）を持たない俗人のこと。項楚『寒山詩注』、【注釈】〈四〉

が、「俗骨：指無仙分的凡俗之人。按道教主張骨相之説、以爲『仙骨』者方能得道成仙。」と解説した上で、『西陽雑俎続集』巻二「支諾皐中」に「君固俗骨、遇此不能羽化、命也。」（君は固《もと》より俗骨なり、此に遇うも羽化する能《あた》わざるは、命なり。）とあるのなどを引用する（四二〜四三ページ）のが、有益である。第八句の「仙史」は、仙人の事跡を記録した書物。『列仙伝』や『神仙伝』の類を言う。第八句「仙史に更に名無きことなり」は、彼らは仙人になることができなかった、という趣旨。第七句に「嗟《なげ》く所は」とあるとおり、寒山子はこのことを嘆いているのである。

また、**〇六八「山客心悄悄」**に、

山客心悄悄、　山客（山に隠棲する人）心悄悄《しょうしょう》として（心は憂いに満ちて）、
常嗟歳序遷。　常に歳序の遷《うつ》る（歳月の移りゆくの）を嗟く（絶えず嘆いている）。
辛勤采芝朮、　辛勤《しんきん》して（苦労し努めて）芝朮《しじゅつ》を采《と》らんと（不死の仙草を採取しようとして）、
披斥詎成仙。　披斥《ひせき》する（土地を切り開く）も詎《なん》ぞ仙と（どうして仙人に）成らんや。
庭廓雲初巻、　庭（山居の庭は）廓《ひろ》く（広々と）して雲初めて巻き（巻き上がり）、
林明月正圓。　林（山林は月に照らされて）明らかにして月正《まさ》に円《まど》かなり（満月だ）。
不歸何所爲、　帰らずして（家に帰らずに）何の為す所ぞ（何をしようというのだろうか）、
桂樹相留連。　桂樹（山中の桂の木が）相い留連するなり（私を引き留めてしまうのだ）。

とある。本詩は、道教・神仙思想を部分的には批判している（前半部分）が、しかし全体的には肯定的に（特に後半部分）詠った作品と見てよいと思う。

起聯第一句の「山客」は、入矢『寒山』、注は「山に住む人」とする。[106] 項楚『寒山詩注』、【注釈】（一）は、盧

全「観放魚歌」の「天地好生物、刺史性與天地倶。見山客、狎魚鳥。坐山客、北亭湖。」（天地は好く物を生じて、刺史は性 天地と倶《とも》にす。山客を見、魚鳥に狎《な》る。山客に坐し、北亭の湖にあり。）を引く（一八七ページ）。しかし、この解釈よりも、白隠『闡提紀聞』の「評曰」で「山客者、谷飲岩棲求長生底道士也。」（山客とは、谷飲岩棲《こくいんがんせい》して長生を求むる底《てい》の道士なり。）とするのがよいと考える。[107] これもまた寒山子（天台山に隠棲する隠者群・隠者グループ）の一人なのであろう。ただし、白隠『闡提紀聞』が、本詩の趣意を、「道士の不老不死の探求が結局は失敗に終わるので、人人《じんじん》に本具する仏性の把握に向かうべしと言う点にある。」とするのには、筆者は賛成しかねる。「悄悄として」は、『毛詩』、邶風、柏舟篇に「憂心悄悄、慍于羣小。」（憂心悄悄たり、群小に慍《いか》らる。）とあり、[108] 毛伝に「悄悄、憂貌。」（悄悄は、憂いの貌なり。）とある。第二句の「歳序遷」は、項楚『寒山詩注』、【注釈】〔二〕によって「歳月が流れ逝《ゆ》くこと」。項楚は、元稹「酬竇校書二十韻」の「款曲生平在、悲涼歳序遷。」（款曲《かんきょく》は生平《せいへい》在るも、悲涼《ひりょう》は歳序の遷るなり。）を引用する（一八七ページ）。起聯第一句・第二句の趣旨は、山林に隠棲する道士が心 悄悄として憂いに沈み、常に歳月の移りゆくのを嘆いているが、それは自らの道教の不老不死の修業がなかなか成果を挙げることができないためだ、というのであろう。[109]

頷聯第三句の「芝」と「朮」は、ともに道士（道教の不老不死の修業を行う者）が服用する薬草。これを服用すれば仙人になることができるとされる。唐の許渾「灞東題司馬郊園」に「更欲尋芝朮、商山便寄家。」（更に芝朮を尋ねんと欲すれば、商山便《すなわ》ち家に寄せたり。）とあり、その注に「芝、瑞草。『本草』有赤白黑青黄等芝。朮、『本草』一名山薊、一名山姜、一名山連。竝久服輕身延年不飢。」（芝《しば》は、瑞草《ずいそう》なり。『本草』に赤・白・黒・青・黄等の芝有り。朮《じゅつ》は、『本草』に一名は山薊《やまあざみ》、一名は山姜《さんきょう》、一名は山連なり。並びに久しく服すれば身を軽くし年を延ばし飢えざらしむ。）とある。[110] 第四句の「披」の字は、宮内庁本・四庫全書本は「捜」に作り、正中本は「拆」に作る。「披斥す」の意味は、項楚『寒山詩注』、【注釈】〔四〕に従って取ることにする。「斥」は、「土地を開闢すること」（一八八ページ）。これらは第三句の「辛勤して芝朮を採らんとす」るための実際の行動である。「詎ぞ仙と成らんや」は、このような、不老不死の仙草を求めてそれを服用するというやり方では、恐らく仙人になることに成功はしないであろう、ということ。ただし、以上のような内容を有する前半四句も、道教・神仙思想を全面的に否定しているわけではなく、その一部分についてクレームを付けただけだと思われる。白隠『闡提紀聞』の唱えるように、寒山子が仏教（禅宗）に向かうべき方向性を打ち出したと把えるのは[111]、行き過ぎではなかろうか。

頸聯第五句・第六句の「庭廓くして雲初めて巻き、林明らかにして月正に円かなり。」は、「山客」（天台山の寒山子）の隠棲する住まいの「廓い庭」やその上の「雲」の様子、また周囲の「明るい林」やその上に照る「円い月」の、寒山子を惹きつけてやまない魅力を、簡潔な筆致で詠った叙景句である。白隠『闡提紀聞』などが「明月」に仏教（禅宗）的な意味を付与するのは[112]、適当とは言えまい。

尾聯第七句の「帰らずして何の為す所ぞ」は、『楚辞』招隠士篇に、

桂樹叢生兮山之幽、偃蹇連蜷兮枝相繚。山氣巃嵸兮石嵯峨、谿谷嶄巖兮水曾波。猿狖羣嘯兮虎豹嘷、攀援桂枝兮聊淹留。王孫遊兮不歸、春草生兮萋萋。歲暮兮不自聊、蟪蛄鳴兮啾啾。

桂樹は叢生《そうせい》す山の幽《ふか》きに、偃蹇連蜷《えんけんれんせん》として枝相い繚《まじ》われり。山気は巃嵸《ろうしょう》として石は嵯峨に、渓谷は嶄巌《ざんがん》として水は曽《かさ》ねて波だつ。猿狖《えんゆう》は群嘯《ぐんしょう》して虎豹《こひょう》嘷《ほ》え、桂枝に攀援《はんえん》して聊《いささ》か淹留《えんりゅう》す。王孫遊んで帰らず、春草生じて萋萋《せいせい》たり。歳暮れて自ら聊《たの》しまず、蟪蛄《けいこ》鳴いて啾啾《しゅうしゅう》たり。

とあるのを踏まえた表現であろう[113]。特に「桂枝に攀援して聊か淹留す。王孫遊んで帰らず」が招隠士篇と本詩（〇六八）とでほぼ同じ意味であり注目されるが、しかしながら、招隠士篇の仙木「桂樹」のある「山」が本詩

（〇六八）で詠われている天台山・寒山である可能性はほとんどない。(114) また、梁の沈約「学省愁臥」（『文選』巻三十所収）にも「山中有桂樹、歳暮可言歸。」（山中に桂樹有り、歳暮に言《ここ》に帰る可し。）とある。(115) ところが、そもそもこの詩は『楚辞』招隠士篇の影響を受けて作られた作品であり、その「山中に桂樹有り」の「山」は天台山・寒山を指していない。その上、この詩では「帰る」可きところがあくまで「桂樹」であって、招隠士篇の「旧邑・故宇」（王逸注）や本詩（〇六八）の「家郷」とは異なる。したがって、実際に即して言うならば、この詩は、あまり参考にならないのである。

第八句の「桂樹」は、『爾雅《じが》』釈木篇の「梫、木桂。」（梫《しん》は、木桂なり。）の郭璞注に、

今南人呼桂厚皮者、爲木桂。桂樹葉似枇杷而大、白華。華而不著子。叢生巖嶺、枝葉冬夏常青、間無雜木。

今南人桂を厚皮と呼ぶ者は、木桂為り。桂樹の葉は枇杷に似て大なり、白き華あり。華あれども子《み》を著けず。巌嶺に叢生し、枝葉は冬夏に常に青く、間に雑木無し。

とある。そして、東晋の孫綽《そんしやく》「遊天台山賦」（『文選』巻十一所引）に、神仙の山としても有名な天台山に関して、この八本の「桂」の大樹が、薬草の五種の「芝」とともに詠われている。(116) ――「陟降信宿、迄于仙都。……八桂森挺以凌霜、五芝含秀而晨敷。」（陟降《ちよつこう》して信宿すれば、仙都に迄《いた》る。……八桂は森挺して以て霜を凌ぎ、五芝は秀を含んで晨《あした》に敷く。）と。一方、『寒山詩集』にも、**二九七「欲向東巖去」**に、「住茲丹桂下、且枕白雲眠。」（茲《こ》の丹桂の下に住《とど》まって、且く白雲に枕して眠らん。）とある。(117) この詩（二九七）は、全体が道教を肯定し神仙へのあこがれを詠う詩である。

第七句・第八句を中心とする後半の四句は、「山客」の隠棲する天台山の住まいの廓《ひろ》い「庭」やそこにかかる

「雲」、また、周囲の「林」や上から照らす「円月」にはえもいわれぬ魅力がある。それだけでなくさらに、天台山には、仙木の「桂」の大樹が鬱蒼と茂っており、家郷に帰ろうとしても「山客」の心を把えて引き留めてしまうのだ、という趣旨である。

次に、『拾得詩』を眺めてみると、**拾四八「迢迢山徑峻」**に、

迢迢山徑峻、
萬仞險隘危。
石橋莓苔綠、
時見白雲飛。
瀑布懸如練、
月影落潭暉。
更登華頂上、
猶待孤鶴期。

迢迢《ちょうちょう》として（遥かに高々と）山径峻《けわ》しく（山路はけわしく続き）、
万仞険隘《ばんじんけんあい》（万仞のけわしく狭い谷は）危《たか》し（高くそば立っている）。
石橋《せききょう》（天台山の石橋は）莓苔《ばいたい》（こけ）緑に（緑濃く蒸して）、
時に（時折）白雲の飛ぶを見る（白雲が流れてゆくのが見える）。
瀑布《ばくふ》は懸かりて（山中に懸かる滝は）練の如く（練り絹のようで）、
月影（月光）は潭《ふち》に落ちて（淵にまで達して）暉く（輝いている）。
更に（さらに）華頂（天台山の最高峰）の上（頂上）に登り、
猶《な》お孤鶴（天より一羽の鶴が）の期（迎えに来る時期）を待つ。

とある。本詩は、疑いなく道教・神仙の立場に立って、拾得が天台山の幾多の絶勝とそこにおける登仙の期待を詠う作品である。

頷聯第三句の「石橋」は、天台山中の名所の一つ。天然の石梁で、深い谷間の上にかかっており、険絶をもって知られる。『寒山詩集』の〇四四「**獨臥重巖下**」に、「夢去遊金闕、魂歸度石橋。」（夢は去《ゆ》きて金闕《きんけつ》に遊び、魂は帰して石橋を度る。）として見える。また、「石橋莓苔緑なり」は、孫綽「遊天台山賦」に、「跨穹隆之懸磴、臨萬丈之絶冥。踐莓苔之滑石、搏壁立之翠屏。」（穹隆《きゅうりゅう》の懸磴を跨ぎ、万丈の絶冥《ぜつめい》に望む。莓苔の滑石を践《ふ》み、壁立の翠屏《すいへい》を搏《と》る。）

とある。李善注はこれらを詳しく解説して、

懸磴、石橋也。顧愷之『啓蒙記』、「天台山石橋、路逕不盈尺、長數十歩、歩至滑、下臨絶冥之澗。」莓苔、卽石橋之苔也。翠屏、石橋之上石壁之名也。『異苑』曰、「天台山石有莓苔之險。」孔靈符『會稽記』曰、「赤城山上、有石橋懸度、有石屏風横絶橋上、邊有過逕、纔容數人。」

懸磴は、石橋なり。顧愷之《こがいし》の『啓蒙記』に、「天台山の石橋は、路逕は尺に盈たず、長さ数十歩、歩めば至って滑り、下は絶冥の澗《たに》に臨む。」とあり。莓苔は、即ち石橋の苔なり。翠屏は、石橋の上の石壁の名なり。『異苑』に曰わく、「天台山の石に莓苔の険有り。」と。孔霊符の『会稽記』に曰わく、「赤城山の上に、石橋の懸度有り、石の屏風の橋上に横絶せる有り、辺ら過逕有り、纔《わず》かに数人を容《い》るるのみ。」と。

としている。[118]

頸聯第五句の「瀑布は懸かりて練の如し」は、『寒山詩集』の二六六「**迥聳霄漢外**」に、「瀑布千丈流、如鋪練一條。」(瀑布は千丈に流れ、練《の》一条を鋪ぶるが如し。)として見える。孫綽「遊天台山賦」に、「赤城霞起而建標、瀑布飛流以界道。」(赤城霞起こって標を建て、瀑布飛び流れて以て道を界《さか》えり。)とある。その李善注は、

孔靈符『會稽記』曰、「赤城山名色皆赤、狀似雲霞。懸霤千仞、謂之瀑布。飛流灑散、冬夏不竭。」『天台山圖』曰、「赤城山、天台之南門也。瀑布山、天台之西南峯。水從南巖懸注、望之如曳布。建標立物、以爲之表識也。」

孔霊符の『会稽記』に曰わく、「赤城山は色皆な赤なるに名づけ、状は雲霞《うんか》に似たり。懸霤《けんりゅう》千仞、之を瀑布と謂う。飛流灑散《さいさん》して、冬夏にも竭れず。」と。『天台山図』に曰わく、「赤城山は、天台の南門なり。瀑布山は、天台の西南の峯なり。水は南巌従《よ》り懸注し、之を望めば布を曳くが如し。標を建て物を立てて、以て之が表識と為すなり。」と。

とする。[119]

尾聯第七句・第八句の「更に華頂の上に登り、猶お孤鶴の期を待つ。」については、『寒山詩集』の**一六七**「**閑遊華頂上**」に、「閑遊華頂上、日朗晝光輝。四顧晴空裏、白雲同鶴飛。」（閑かに華頂の上に遊べば、日朗《あき》らかにして昼光輝く。晴空の裏を四顧《しこ》すれば、白雲 鶴と同《とも》に飛ぶ。）とあり、この詩（一六七）も恐らく道教・神仙思想の立場から天台山の最高峰（華頂山）における昇仙の期待を詠った作品であろう。また、『寒山詩集』の**二四八**「**昨到雲霞観**」に、「昨到雲霞観、忽見仙尊士。……守死待鶴來、皆道乗魚去。」（昨《きのう》雲霞観《うんかかん》に到りしに、忽《たちま》ち仙尊の士を見たり。……死を守って鶴の来たるを待ち、皆な魚に乗って去《ゆ》くと道《い》えり。）とあり、[120] この詩（二四八）は「鶴の来るのを待ち、魚に乗って」登仙するという道教・神仙思想を明確に否定したものである。以上の事情に基づいて判断するならば、本詩（拾四八）の第七句・第八句が、天台山華頂山の頂上に登って、そこに一羽の鶴が舞いおりるのを待ち、それに乗って昇仙しようという、道教・神仙思想を詠った二句であることは、自ずから明らかである。そしてまた、これが本詩における作者拾得の主な主張でもある。

本項の最後に、**拾二三**「**一入雙谿不計春**」を取り上げよう。

一入雙谿不計春、　一たび双渓に入《い》っ（二つの渓《たに》に隠棲し）て春を計《かぞ》えず（何年も経った）、錬暴黄精幾許斤。
鑪竈石鍋頻煮沸、
土甑久烝氣味珍。
誰來幽谷餐仙食、
獨向雲泉更勿人。
延齢壽盡拍手去、
此棲終不出山門。

黄精《こうせい》（薬草）を錬暴すること幾許斤《いくばくきん》ぞ（何斤錬製したことであろうか）。
鑪竈《ろそう》（かまど）の石鍋《せきか》（石鍋で）頻《しき》りに煮沸し（煮こんで）、
土甑《どそう》（素焼のせいろで）久しく烝《む》して気味珍なり（香味がよろしい）。
誰か幽谷（深い谷）に来たりて仙食（仙人の食物）を餐《く》らう、
独り雲泉に向《お》いて更に人勿《な》し（私独り雲泉の山中にいて他に人がいない）。
齢《よわい》を延ばし寿《いのち》尽くれば手を拍《う》って（手を打ってこの世を）去り、
此に棲んで（隠遁して）終に（最後まで）山門（山家の門）を出でず。

本詩もまた、拾得が不老不死の仙薬の精製や、長寿を図るためにその仙食を餐らうことを始めとする、道教・神仙思想に基づく生活を賛美して詠った詩である。

起聯第一句の「双渓」は、項楚『寒山詩注』、【注釈】（一）に従って、天台山中にある猶渓《ゆうけい》と縣大渓《けんだいけい》としておく（八六六ページ）[121]。「一たび双渓に入って」は、拾得が天台山の「双渓」（猶渓と縣大渓）に分け入って隠遁して以来、ということ。「春を計えず」は、幾春経ったか分からない、すでに何年も経過した、の意[122]。第二句の「錬暴す」は、仙薬を錬製することであるが、項楚『寒山詩注』、【注釈】（二）によれば、火をもってあぶるのが「錬」、天日であぶるのが「暴」である（八六六～八六七ページ）。「黄精」は、ゆり科の植物、和名は「なるこゆり」。不老不死の薬草である。魏の嵇康「與山巨源絶交書」（『文選』巻四十三所収）に、「又聞道士遺言、餌朮黄精、令人久壽、意甚信之。」（又た道士の遺言《いげん》を聞くに、朮《じゅつ》・黄精《こうせい》を餌《く》らえば、人をして久寿ならしむと、意甚だ之を信ず。）とあり、李善注に『本草經』[123]曰、「朮黄精、久服輕身延年。」（『本草経』に曰わく、「朮・黄精は、久しく服すれば身を軽くし年を延ばす。」と。）とある。

頷聯第三句・第四句の「鑪竈の石鍋頻りに煮沸し、土甑久しく烝して気味珍なり。」は、第二句の「黄精」などの薬草を錬製する具体的な作業の描写である。「気味珍なり」は、香りと味がともによい、ということ。
頸聯第五句・第六句の「誰か幽谷に来たりて仙食を餐らう、独り雲泉に向いて更に人勿し。」の趣旨は、この「幽谷」つまり「雲泉」を訪れて、私（拾得）と一緒に私の錬製した「仙食」を食らう者がいるのかと問えば、この隠遁の地（第一句の「双渓」でもある）にいるのはただ独り私（拾得）だけであって、他には全然人がいないのだ、ということ。第六句の「更に人勿し」は、『寒山詩集』の〇三一「**杳杳寒山道**」に「寂寂更無人」（寂寂《せきせき》として更に人無し）とあるのと、同じ句法である。

尾聯第七句の「齢を延ばす」は、主に以上のような「仙薬」を服用することよって生命を延長すること。「寿尽くれば」は、それにもかかわらず、やがて寿命が尽き果てるならば、ということ。「手を拍って去り」は、手を打って心地よくこの世を去ってゆくこと。「拍手」は、入谷・松村『寒山詩』、注の言うように、「拍手は快意を示す動作。」（四七七ページ）。『寒山詩集』、〇一五「**父母續經多**」に「拍手催花舞」（手を拍って花の舞うを催す）という句がある。

また、第七句の「拍手去」は、底本（四部叢刊本）は「招手石」に作り、その下に「一作拍手去。」（一に拍手去に作る。）という注がある。正中本も「招手石」に作り、全詩の下に「招手石一作拍手去。」の注がある。「拍手去」に作るのが本来の正しい文字であって、それを「招手石」としたのは、後代の無理なこじつけによる改作であろう。すなわち、『続高僧伝』巻十七の智顗伝より以後、『宋高僧伝』巻二十三の晋鳳翔府法門寺志通伝に至るまでに作られた「招手石」の説話に基づいて、後代になって天台大師智顗の物語に牽強付会して「拍手去」を「招手石」に改めたものと思われる。[124] 現代に入って、入谷・松村『寒山詩』、注が、以上の如き仏教（禅宗）的解釈を排除しつつ「この詩は純然たる神仙思想である。」（四七七ページ）と認定し、久須本『寒山拾得〈下〉』、解説がそれに同調した（二六三ページ）のは、江戸時代に始まる四〇〇年来の誤解を正した見識と見なすことができよう。

第八句の「此に棲んで」は、拾得が「双渓」（第一句）つまり「幽谷」（第五句）つまり「雲泉」（第六句）において、道教・神仙思想の仙薬を錬製しそれを服用をしながら、修業に努める隠遁生活を送っていることを指す。「終に」は、最後まで、死を迎えるまで。「山門」は、山中の門、山家の門。項楚『寒山詩注』、【注釈】〈六〉が「山門：寺院的正門。」と解釈する（八六八ページ）のは、本詩・本句とは無関係な仏教の山門と思いこむ点で、不適当。項楚がこのようにあくまで仏教に拘泥するのは、拾得が天台山国清寺の厨房で炊事係として働いていたという説話に惹かれたものか、または、上文に述べたような天台智顗の「招手石」伝説に影響されたものであろう。こうしてみると、拾得も一人の拾得が存在していたのではなく、複数の隠者群・隠者グループをなす者たちがおり、それらを「拾得」と呼んでいたと考えるべきもののようである。

そして考えてみるに、以上に検討したいくつかの道教・神仙思想を肯定的に詠った詩は、第一次の閭丘胤によって編纂された『寒山詩集』中の道教・神仙の諸詩を含むかもしれない。それと同時にまた第二次の徐霊府によって編纂された『寒山詩集』に収められたそれらの諸詩が、第三次の曹山本寂による編纂の際、仏教（禅宗）にとってさほど害にならないとして、大目に見られ許容された結果なのではなかろうか。

なお、以上に検討したり、触れたりした『寒山詩集』や『拾得詩』の中の、道教・神仙思想を肯定的に詠った詩を除いて、他にもまだ同様に道教・神仙を肯定する詩がいくつかある。それらの題名だけを挙げておく。――『寒山詩集』では〇〇六「弟兄同五郡」、〇一六「家住緑巖下」、〇一九「手筆太縦横」、〇二二「有一餐霞子」、二六三「平野水寛闊」、二六六「逈聳霄漢外」、二七〇「自従出家後」など、『拾得詩』では拾三一「閑入天台洞」など。

第三項　『寒山詩集』中の道教・神仙批判の詩（その一）

『寒山詩集』中に現れる道教・神仙思想に関する詩は、しかしながら、実際を言えば多くは仏教（禅宗）の立場から批判・否定されたものであって、第二項に見た肯定的な詩は例外なのである。若干の実例を挙げてみよう。たとえば、『寒山詩集』の〇四八「竟日常如醉」に、

竟日常如醉、　竟日《けいじつ》（一日中）常に酔えるが如く（酒に酔ったように茫然と過ごし）、
流年不暫停。　流年（水の流れのように過ぎ去る歳月は）暫くも停まらず。
埋著蓬蒿下、　蓬蒿《ほうこう》の下に（人は死後蓬生《よもぎゅう》の下に）埋著《まいちゃく》せられ（埋められるが）、
曉月〈日〉何冥冥。　暁月《ぎょうじつ》〈日〉（暁の太陽）何ぞ冥冥《めいめい》たる（暗々としたことか）。
骨肉消散盡、　骨肉は（屍の骨も肉も）消散し尽くして（融けてなくなって）、
魂魄幾凋零。　魂魄《こんぱく》は（たましいも）幾《ほとん》ど（大方）凋零《ちょうれい》す（滅んでなくなってしまう）。
遮莫齩鐵口、　遮莫《たと》え鉄口《てつこう》（馬の鉄製のくつわ）を齩むも（口に噛んでいても）、
無因讀老經。　老経を読む（死後は『老子』を読むの）に因《よ》し無し（手立てがない）。

とある。本詩は、仏教（禅宗）の立場に立って道教・神仙思想、中でも『老子』に描かれている不老不死の養生思想を批判（嘲笑）した、代表的な作品である。

起聯第一句・第二句の「竟日常に酔えるが如く、流年暫くも停まらず。」は、主人公（一般に世間の人々）の、酔生夢死の日常の過ごし方、水の流れるように歳月が過ぎ去ってゆく様子を詠った句ではあろうが、特に尾聯第八句の「老経を読むに因し無し」から考えてみると、『老子』を信奉する道教・神仙思想の徒をターゲットにして

批判（嘲笑）したものであろう。第一句の「常に酔えるが如し」は、『毛詩』王風、黍離篇に「行邁靡靡、中心如醉。」（行き邁《ゆ》くこと靡靡たり、中心酔えるが如し。）とあり、鄭玄箋は「醉於憂也。」（憂いに酔うなり。）とする。(125)「流年」は、項楚『寒山詩注』、【注釈】（一二）は、「時光、年華。」の意として、若干の徴引を行っている（一三二ページ）。

頷聯第三句・第四句～頸聯第五句・第六句は、主人公の死後のありさまを詠う。頷聯第三句・第四句は、主人公が死んだ後、蓬蒿（蓬生）の下にある墳墓に埋葬されるが、その黄泉の国の暁の太陽は暗々として永遠に真っ暗闇だ、ということ。第三句の「蓬蒿」は、蓬草と蒿草のこと、どちらも「よもぎぐさ」と和訓するが、墓地に生える雑草である。これに関連して、釈交易『管解』・白隠『闡提紀聞』が、北宋の睦庵善卿『祖庭事苑』巻六に、

漢田横死。門人傷之、遂爲悲歌言、「人命如薤上露、易晞滅也。」亦謂人死精魂歸於蒿里。故辭有二章。其一曰、「薤上朝露何易晞、明朝更復露。人死一去何時歸。」其二曰、「蒿里誰家地、聚斂魂魄無賢愚。鬼伯一何相催促、人命不得久踟躕。」

漢の田横《でんおう》死す。門人之を傷み、遂に悲歌を為《つく》って言わく、「人命は薤上《かいじょう》の露の如し、晞滅《きめつ》し易きなり。」と。亦た人死して精魂は蒿里《こうり》に帰すと謂う。故に辞に二章有り。其の一に曰わく、「薤上の朝露何ぞ晞《かわ》き易き、明朝更に復た露あり。人死して一たび去れば何の時か帰らん。」と。其の二に曰わく、「蒿里は誰が家の地ぞ、魂魄を聚斂《しゅうれん》して賢愚無し。鬼伯《きはく》一に何ぞ相い催促する、人命は久しく踟躕《ちちゅう》するを得ず。」と。

などとあるのを引用する。(126)

第四句の「曉月〈日〉」は、底本（四部叢刊本）・五山本は「曉月」に作るが、宮内庁本・四庫全書本は「曉日」に作る。意味の上から、「曉日」に作るべきであると考えて改めた。「曉日」は、冥土の夜明けの太陽、という和訳になる。日本古注本の釈虎円『首書』・釈交易『管解』・白隠『闡提紀聞』・大鼎宗允『索賾』などは、いずれも「曉月」に作るので、これらの影響を受けた日本の訳注書の多くはそのまま「曉月」に作っており、[127]注意が必要である。「曉月〈日〉何ぞ冥冥たる」については、釈交易『管解』・白隠『闡提紀聞』が、『後漢書』張奐列伝に、

（奐）光和四年卒、年七十八。遺命曰、「……地底冥冥、長無曉期。而復纏以纊綿、牢以釘密、爲不喜耳。」

（奐は）光和四年に卒す、年七十八なり。遺命《いめい》して曰わく、「……地底は冥冥にして、長《とこ》しえに曉期無し。而《しか》れども復《ま》た纏うに纊綿《こうめん》を以てし、牢するに釘密を以てするは、喜ばずと為すのみ。」と。

とある文を引用するのが、有益である。また、『寒山詩集』の〇一七「**四時無止息**」に「唯有黄泉客、冥冥去不廻。」（唯だ黄泉の客の、冥冥として去《ゆ》きて廻《かえ》らざる有るのみ。）という句があり、〇四六「**誰家長不死**」に「黄泉無曉日、青草有時春。」[128]（黄泉に曉日無きも、青草は時に春有り。）という句があって、本詩（〇四八）と表現・思想の上で類似性がある。

尾聯第七句・第八句は、主人公が人間から馬類となって転生した後のありさまを詠う。第七句の「遮莫」は、入矢『寒山』、注が「たとい……でも。この語は古くから『サモアラバアレ』と読まれるため、どうあろうとも・ままよの意に誤解されることが多い。」とする（一五四ページ）のに従って、譲歩を表す構文と取る。[129]「鉄口を齕む」の趣旨は、主人公が生前の所行を裁かれた結果、人から転生して首尾よく馬となったと仮定して、その様

子を描くことである。入矢『寒山』が「鉄を齩むの口なりとも」と訓み下し、注で「未詳。文字通りには、鉄をも咬むほどの口ということ。おそらくその強欲貪婪さを喩えたのであろう。」などとする（一五四ページ）ように、現代においては「鉄を齩むの口」と訓読した上で、その「口」の字に拘泥するのが一般的である。(130) しかし、これは不適当。

第八句の「老経」は、もちろん『老子』を指す。『寒山詩集』の〇二〇「**欲得安身處**」にも「喃喃讀黄老」（喃喃として黄老を読む）とあり、一五六「**寒山有躶蟲**」にも「手把兩卷書、一道將一德。」（手に両巻の書を把《も》ち、一道と一徳となり。）とある。(131) それでは、第八句に至ってなぜ「老経を読むに因《よ》し無し」のように、読む手掛かりがないと言って『老子』に言及したのかと言えば、主人公が人として死んだ後に、転生して馬となっている身では、不老不死を説く『老子』を今さら読もうにも最早手遅れだとして、道教・神仙思想の不老不死を批判（嘲笑）(132) する狙いがあるためであろう。けれども、本詩の真に言いたいことは、それだけに止まるまい。——仮に人として生きている内に、『老子』を読んだ場合も同じことであって、道教・神仙思想の不老不死には何の効果も意義もないのだと、痛烈に批判（嘲笑）する狙いと把えるべきではなかろうか。

また、〇六四「**浩浩黄河水**」に、

浩浩黄河水、　浩浩《こうこう》たる（広くゆったりと流れる）黄河の水、
東流長不息。　東流して（東に流れて）長《とこ》しえに息《や》まず（永遠に止むことがない）。
悠悠不見清、　悠悠として（悠久の昔からその水は）清む（澄む）を見ざるも、
人人壽有極。　人人（すべての人は）寿《いのち》に極まり有り（寿命に限界がある）。
苟欲乘白雲、　苟《いやしく》も（仮に）白雲に乗らん（不死の仙人になろう）と欲するも、
曷由生羽翼。　曷《なん》に由《よ》ってか（どうして）羽翼《うよく》を生ぜんや（羽根が生えるだろうか）。

唯當鬢髮時、　唯だ鬢髪《しんぱつ》（元気な黒髪の少壮）の時に当たって（の時にこそ）、
行住須努力。　行住（行住坐臥）須《すべから》く努力すべし（仏道に努めるべきである）。

とある。本詩もまた、仏教（禅宗）の立場に立って道教・神仙思想、とりわけその羽化登仙を批判した作品である。起聯第一句の「浩浩たり」は、釈虎円『首書』が「水廣流貌。」（水の広く流るる貌なり。）とするのでよい。[133] 第二句の「東流して長しえに息まず」については、鮑溶「感懐」に「曠古川上懐、東流幾時息。」（曠古《こうこ》の川上《せんじょう》に懐《おも》うに、東流して幾時《いつ》か息まん。）とあり、顧非熊「天津橋晩望」に「流水東不息、翠華西未歸。」（流水は東して息まず、翠華は西して未だ帰らず。）とあるなど、同じ唐代の詩に近似した表現が少なくないことが、項楚『寒山詩注』、【注釈】によって指摘されている。[134]

頷聯第三句・第四句の趣旨は、黄河の水の流れる悠久無限に比べて、人間の寿命の限りある短さを嘆く、ということ。それゆえ、次の頸聯の二句に至って、道教・神仙の羽化登仙へのあこがれを詠うのだ。いわゆる「百年河清《かせい》を俟つ」という諺の最古の記事は、『春秋』左氏伝襄公八年の、「子駟曰、『周詩有之、曰、『俟河之清、人壽幾何。』』」（子駟《しし》曰わく、「周詩に之有り、曰わく、『河《か》の清むを俟てば、人の寿《いのち》は幾何《いくばく》ぞ。』と。」と。）であり、杜預注は、「逸詩也。言人壽促而河清遲。」（逸詩なり。人の寿は促やかにして河の清むは遅きを言う。）とする。[135]

頸聯第五句・第六句の「苟も白雲に乗らんと欲するも、曷に由ってか羽翼を生ぜんや。」の趣旨は、頷聯の第三句・第四句を踏まえつつ、人間として限りのない寿命を生きたいと願うのならば、道教・神仙思想の羽化登仙（不老不死）をあこがれることになろうが、それも実際のところは人間の身体に羽根が生えてくることなどありえない、と述べて道教・神仙を批判することである。

第五句の「白雲に乗る」は、白雲に乗って昇天し、不死の仙人になること。項楚『寒山詩注』、【注釈】〔三〕が「乘白雲：謂成仙。」とするのでよい。項楚は、嵇康「代秋胡行」其六に「思與王喬、乘雲游八極。」（思う王喬

と、雲に乗って八極に游ばんと。）とあり、『神仙伝』巻八「衛叔卿」に「函中有神素書、取而按方合服之。一年可能乗雲而行。」（函中に神素の書有り、取りて方に按《よ》って合《まさ》に之を服すべし。一年にして能く雲に乗って行く可し。）とあるなどを引用する（一八〇ページ）。第六句の「羽翼を生ず」は、人間の身体に昇仙するために必要な羽根が生えてくること、結局、不死の仙人になることを意味する。[136] 第六句全体は、そのようなことは起こるはずがないから、道教・神仙の羽化登仙（不老不死）は必ず失敗に帰すると言うのである。

　尾聯第七句・第八句の「唯だ鬒髪の時に当たって、行住須く努力すべし。」は、頸聯の二句において道教・神仙を批判した後、最後に作者寒山子の肯定する仏道修行のあり方を提唱したもの。元気のある少壮の時から、日常不断にこつこつと仏道修行に励むべし、と詠う。第七句の「鬒髪」は、『毛詩』鄘風、君子偕老篇の「鬒髪如雲、不屑髢也。」（鬒髪雲の如く、髢《かもじ》を屑《いさぎよ》しとせざるなり。）を踏まえる。毛伝に「鬒髪、黒髪也。」（鬒髪は、黒髪なり。）とある。[137] 第八句の「行住」は、行住坐臥、日常の不断の生活のこと。「努力」については、釈交易『管解』・白隠『闡提紀聞』が、古楽府「長歌行」（『文選』巻二十七所収）に「百川東到海、何時復西歸。少壮不努力、老大乃傷悲。」（百川《ひやくせん》東して海に到り、何《いず》れの時か復た西に帰らん。少壮に努力せざれば、老大にして乃ち傷悲せん。）とあるのを引用する。[138] この詩が本詩（〇六四）に大きなヒントを与えたことは疑うべくもないが、しかしその「努力」は一般的な「努力」であって本詩のとは異なる。本詩第八句の「努力」は、釈交易『管解』もすでに指摘していたとおり、『寒山詩集』〇五三「**有酒相招飲**」の「黄泉前後人、少壮須努力。」（黄泉に前後する人、少壮に須く努力すべし。）と同様、仏教（禅宗）を修行するための努力を言う。『寒山詩集』では他に、二三二「**如許多寶貝**」の「如何得到岸、努力莫端坐。」（如何ぞ岸に到るを得ん、努力して端坐する莫かれ。）ともある。[139] したがって、本詩もまた、仏教（禅宗）の立場から道教・神仙思想を批判した作品なのである。

　また、**〇九〇**「**惡趣甚茫茫**」に、

悪趣甚茫茫、　悪趣（地獄の三悪道）は甚だ茫茫たり（はなはだ広く果てしなく続き）、
冥冥無日光。　冥冥として（真っ暗闇で）日光無し（日の光も照らさない）。
人間八百歳、　人間《じんかん》の八百歳も（人の世の最長の長生きと言えば精々《せいぜい》八百歳であるが）、
未抵半宵長。　（化楽天《けらくてん》での）未だ半宵《はんしょう》（半夜）の長きに抵《あ》たらず（相当しない）。
此等諸癡子、　此等（これらの）諸々の癡子《ちし》（三悪道に堕ちた愚かな者たちに関しては）、
論情甚可傷。　情を論ずれば（実際を論ずると）甚だ傷む可し（気の毒である）。
勸君求出離、　君（読者）に勧む出離（生死の輪廻を超え出ること）を求めて、
認取法中王。　法中の王（万法の王、仏）を認取せん（自己の内面に把握する）ことを。

とある。本詩にもやはり、仏教（禅宗）の立場から道教・神仙思想の、特に八百歳の長寿を保ったとされる彭祖《ほうそ》を尊崇する、その不老長生思想を批判・揶揄したところがある。

起聯第一句・第二句は、衆生が生前に犯した重い罪業によって「三悪趣」（「三悪道」とも言う）などを輪廻するありさまを描く。いわゆる「六道輪廻」の長久かつ暗黒な世界である。『大宝積経』巻五十七に「云何惡趣、謂三惡道。地獄趣者、……。餓鬼趣者、……。傍生趣者、……。」（云何《いか》なるか悪趣ぞ、三悪道を謂う。地獄趣なる者は、……。餓鬼趣なる者は、……。傍生趣なる者は、……。）とあるが、最後の「傍生趣」は、「畜生趣」のこと。[140]

頷聯第三句の「人間」は、人間ではなくて、人の世の中。「三悪道」（第一句・第二句）や「六欲天」（第四句）などの異界に対して言う。「人間の八百歳も」は、『荘子』逍遥遊篇に「而彭祖乃今以久特聞、衆人匹之。不亦悲乎。」（而るに彭祖《ほうそ》は乃ち今久しきを以て特《ひと》り聞こえ、衆人之に匹《たぐい》せんとす。）とあり、成玄英の疏は、

彭祖者、姓籛、名鏗、帝顓頊之玄孫也。善養性、能調鼎、進雉羹於堯、堯封於彭城。其道可祖、故謂之彭祖。

歴夏經殷至周、年八百歲矣。特、獨也。以其年長壽、所以聲〔名〕獨聞於世。

彭祖なる者は、姓は籛《せん》、名は鏗《こう》、帝顓頊《せんぎょく》の玄孫なり。善く性を養い、能く鼎《かなえ》を調え、雉羹《ちこう》を尭《ぎょう》に進めれば、尭は彭城《ほうじょう》に封ぜり。其の道は祖とす可し、故に之を彭祖と謂う。夏《か》を歴《へ》殷を経《へ》て周に至るまで、年八百歳なり。特は、独なり。其の年長寿なるを以て、所以に声〔名〕独り世に聞こゆ。

と解説する。また、『列子』力命篇にも「彭祖之智不出尭舜之上、而壽八百。」（彭祖の智は尭舜《ぎょうしゅん》の上に出でざれども、寿《よわい》は八百なり。）とある。[141] これらによれば、戦国時代の彭祖はすでに大衆があこがれる長寿者とされていた（『荘子』逍遥遊篇）が、六朝時代になると「八百歳」の長寿を保ったと認められ（『列子』力命篇）、唐代初期までに道教・神仙思想の養生（性）を行って「年八百歳なり」を実現した者として人々の尊崇を受けていた（成玄英疏）、ことが知られる。

第四句の「未だ半宵の長きに抵たらず」は、そのように有名な人類最長の長寿者たる彭祖の「八百歳」ではあっても、たとえば、仏教の六欲天の中の化楽天《けらくてん》における寿命の長さに比べてみると、ほんの一夜の半分にも当たらない、短い時間でしかない、と言うのであろう。『雑阿含経』巻三十一に、

爾時世尊告諸比丘、「人間八百歲、是化樂天上一日一夜。如是三十日一月、十二月一歲、化樂天壽八千歲。」

爾《そ》の時世尊《せそん》諸々の比丘《びく》に告ぐらく、「人間《じんかん》の八百歳は、是化楽天上の一日一夜なり。是《か》くの如くして三十日一月、十二月一歳、化楽天の寿《いのち》は八千歳なり。」と。

とある(142)のを参照。

頸聯の第五句・第六句の「此等諸々の癡子、情を論ずれば甚だ傷む可し。」は、生前、仏道の修行を怠って「悪趣」に堕ちた「癡子」に憐れみをかけて、今後に続く者たちへの教訓としようという趣旨であろう。

尾聯第七句の「出離」は、生死の輪廻の境界から解脱すること。『拾得詩』の**拾一四「我勧出家輩」**に「我勧出家輩、須知教法深。専心求出離、輒莫染貪淫。」（我出家の輩に勧めん、須く教法の深きを知るべし。専心出離を求めて、輒《すなわ》ち貪淫《とんいん》に染まる莫かれ。）とあり、同じく**拾三四「出家求出離」**に「出家求出離、哀念苦衆生。助佛爲揚化、令教選路行。」（出家は出離を求めて、苦しき衆生を哀念せよ。仏を助けて化を揚ぐるを為して、路を選んで行かしめよ。）とあるのも、同じ内容・意味である。(143) 第八句の「法中の王」は、仏陀の尊称。(144) 永嘉玄覚「証道歌」に「法中王、最高勝、恆沙如來同共證。」（法中の王は、最も高勝なり、恒沙《こうさ》如来も同共《とも》に証す。）とあり、『寒山詩集』の**一六〇「我今稽首禮」**にも「我今稽首禮、無上法中王。……。頂禮無所著、我師大法王。」（我今稽首《けいしゅ》して礼す、無上の法中の王に。……。著わるる所無きに頂礼《ちょうらい》す、我が師なる大法王よ。）として見える。そして、この「法中の王」は、すべての人々の心の根底の本来的に具わる仏性、つまり「心王の主」と同定してよいと考えられる。**一六三「男兒大丈夫」**に「不要求佛果、識取心王主。」（仏果を求むるを要せず、心王の主を識取《しきしゅ》せよ。）とある。(145)

さらに、**二三六「人生在塵蒙」**に、

人生在塵蒙、　人生（人の生涯）の塵蒙《じんもう》（塵のかかる中）に在る（過ごすの）は、
恰似盆中蟲。　恰《あたか》も（ちょうど）盆中の虫に似たり（鉢の中をめぐる虫に似ている）。
終日行遶遶、　終日（一日中）行くこと遶遶《じょうじょう》たるも（ぐるぐる這い回るけれども）、
不離其盆中。　其の盆中を（その鉢の中から）離れず（離れることができない）。
神仙不可得、　（そもそも）神仙は（不死の仙人に）得可《うべ》からず（なることはできず）、

煩悩計無窮。　（身心を苦しめる）煩悩は計るに窮まり無し（計り知れず無数である）。
歳月如流水、　歳月（年月）は流水の如く（流れる水のように過ぎ去ってゆき）、
須臾作老翁。　須臾《しゅゆ》にして（ほんの少しの間で）老翁と作《な》る（老人となってしまう）。

とある。本詩中の頸聯第五句・尾聯第八句にも率直・明解に「神仙は得可からず、……。……、須臾にして老翁と作る。」などと詠われていて、道教の神仙・養生思想は疑問の余地なく批判・否定されている。作者は、頸聯第六句に「煩悩は計るに窮まり無し」とあるところから、仏教（禅宗）に立脚しているに違いあるまい。

起聯・頷聯の第一句～第四句の前半部分は、人間の一生は、塵埃《じんあい》に蔽われた中で過ごすことであり、それはあたかも鉢の中の虫が終日ぐるぐると這い回っているが、そこから出られないありさまに似ていると詠う。この前半について、西谷啓治『寒山詩』は、「それは人間が煩悩の三毒に駆り立てられて、果てしない六道輪廻の巷をあてどもなくさまよふ姿である。」と解釈する（三六ページ）。しかしこれは誤り。この部分が「人生」を詠うものであって、「六道輪廻」を詠うものでないことは自明だからである。また、第一句の「塵蒙」は、入矢『寒山』、注が「塵に覆われること」とする（一一六ページ）(146) のでよい。

頸聯・尾聯の第五句～第八句の後半部分は、たとえ道教・神仙の不老不死の修行に努めたとしても、所詮、仙人になることはできず（神仙思想への批判）、それどころか身心を悩まし苦しめる数限りない煩悩に苛まれるばかりだ（仏教・禅宗の立場の表明）。こうして歳月は流れる水のように過ぎ去り、人はたちまちの内に老人となってしまうのだと詠う（養生思想への批判）。

後半第六句の「煩悩」を西谷『寒山詩』が「六道輪廻」と結びつけて解釈するが、これが誤りであることは上に指摘したとおり。その直前の第五句「神仙不可得」の「得」の字は、宮内庁本・四庫全書本は「比」に作る。この件について、入谷・松村『寒山詩』、注は、「しかしおそらく四部叢刊本・五山本の得の方が正しく、仏教的

立場からの道教批判がこめられているものと思われる。」と推測する（三一六ページ）。これは、西谷『寒山詩』の解釈と全面的に矛盾・対立するわけではないけれども、西谷の解釈が超越的非実証的であるのに比べて、より実証的学問的であって優れている。(147)

本項の最後に、仏教（禅宗）の立場に立脚しつつ『寒山詩集』の中で最も詳細に道教・神仙思想を批判・否定した詩を見ておきたい。二四八「**昨到雲霞觀**」である。

昨到雲霞觀、　昨《きのう》（私はきのう）雲霞観《うんかかん》（道教の寺院）に到れば（行ったところ）、
忽見仙尊士。　忽《たちま》ち（ふと）仙尊士（道士の尊称、道教の坊さん）を見たり（に会った）。
星冠月帔横、　星冠（星飾りの冠）に月帔《げっぴ》（月模様の羽織）を横たえ（なびかせ）、
盡云居山水。　尽く（彼らはいずれも）山水に居《お》り（山水を住み処とする）と云う。
余問神仙術、　余《われ》（そこで私が）神仙（不死の仙人になる）の術を問えば（問うと）、
云道若爲比。　若為《いかん》ぞ（どうして）比せん（他と比べられようか）と云道《い》う（と言う）。
謂言靈無上、　謂《い》言えらく（彼らが言うには）霊にして無上に（それは霊妙無上であって）、
妙藥必神祕。　妙薬（道教の用いる霊薬）は必ず神秘なり（不思議な効力がある）。
守死待鶴來、　死を守って（一所懸命に）鶴の（鶴が登仙の迎えに）来たるを待ち、
皆道乘魚去。　皆な道《い》う（彼らはいずれも言う）魚に乗って（仙界に）去らんと。
余乃返窮之、　余は乃ち（私はそこで）之を返窮せり（彼らを反対に問いつめた）、
推尋勿道理。　推尋《すいじん》するに（追究してみると）道理勿《な》し（筋道が通らない）。
但看箭射空、　但《た》だ（ちょっと）箭《や》の空《そら》を射るを看れば（弓で空を射るのを見れば）、
須臾還墜地。　須臾にして（たちまちの内に矢は）還《ま》た地に墜つ（落ちてくるのだ）。

饒你得仙人、
恰似守屍鬼。
心月自精明、
萬像何能比。
欲知仙丹術、
身内元神是。
莫學黄巾公、
握愚自守擬。

饒《たと》い（たとえ）你《なんじ》（お前が）仙人を得るも（仙人になれたとしても）、
恰《あたか》も屍（死体）を守るの鬼《き》（離れられない鬼）に似たりと。
心月（人の満月のような心性）は自ずから精明なり（澄明《ちようめい》に輝いて）、
万像（森羅万象）も何ぞ能く比《よ》せんや（この心月に匹敵できるものはない）。
仙丹の術（真の不老不死の術）を知らんと（知りたいと）欲すれば、
身内《しんない》の（自己の身に具わる）元神《げんしん》（根源の心）こそ是なれ（それなのだ）。
黄巾公《こうきんこう》（黄色の頭巾を戴く道士の呼称）を学んで（まねをして）、
愚を握って（持して）自ら守擬《しゆぎ》する莫《な》かれ（守ろうとしてはならない）。

とある。五言二十二句の長大な詩であるが、そのほとんどの句が道教・神仙思想の批判・否定に費やされている。作者の依拠するものは、第十七句・第十八句の「心月は自ずから精明なり、万像も何ぞ能く比せんや。」、及び第十九句・第二十句の「仙丹の術を知らんと欲すれば、身内の元神こそ是なれ。」に端的に表現されているように、仏教（禅宗）の唱える、すべての人々の心の根底に本来的に具わる明月、すなわち身内の本源の心であり、結局のところ一人一人の内心に宿る仏性である。

第一句の「雲霞観」は、当時、天台山には多くの道教の道士の修行する道観が建てられていた。本句の「雲霞観」は、そのような固有の道観（固有名詞）を言うのか、それとも雲と霞に覆われた道観（普通名詞）を一般的に言うのかは、未詳。[148] 第二句の「仙尊士」は、道士に対する尊称。[149] 第三句の「星冠」と「月帔」は、道士の身に着ける服装。「星冠」は、「星の飾りの附いた冠」。「月帔」は、「月の模様を織り出した短いガウン」。「横たう」とは、そのガウン（羽織）を肩の上に横ざまに広げてまとうこと。[150]

第五句・第六句の「余 神仙の術を問えば、若為ぞ比せん云道う。」の大意は、そこで私が、不老不死の神仙になる術について尋ねてみたところ、彼らは、それは他の何物にも比べられないほど貴いと答えた、ということ。

「云道」は、入矢『寒山』、注の説くとおり、「この二字で『いう』の意。旧訓に『云く道……』と読むのは誤り。」である（一二〇ページ）。この誤りは、古注本の釈虎円『首書』・釈交易『管解』・白隠『闡提紀聞』・大鼎宗允『索賾』に淵源し、（漢語の口語的表現に不慣れな）日本人に多い誤りであるが、現代に至るまで続いている。(151) 第七句・第八句の「謂言えらく霊にして無上に、妙薬は必ず神秘なり。」は、第五句の「神仙の術」に関して、道士たちの述べ立てたところを紹介する句であるが、その中でも特に「妙薬」について、それが「霊にして無上なり」「必ず神秘なり」と述べたのを詠う句である。この「妙薬」は、道士たちの希求する不老不死を可能にする仙薬であるので、彼らはこのように言葉を極めて賛嘆したに違いない。(152)

第九句の「死を守って」は、『論語』泰伯篇に孔子の言葉として「守死善道」（死を守って道を善くす）とあり、命がけで、一所懸命に、の意。(153)「鶴の来たるを待ち」は、修行の成った道士が白鶴の出迎えに来るのを待ち、それに乗って天の彼方に昇仙して去ってゆくことを言う。『列仙伝』巻上に、

王子喬者、周靈王太子晉也。好吹笙、作鳳凰鳴。遊伊洛之間、道士浮丘公接以上嵩高山。三十餘年後、求之於山上、見桓良曰、「告我家、七月七日待我於緱氏山巔。」至時果乘白鶴駐山頭、望之不得到。擧手謝時人、數日而去。

王子喬なる者は、周の霊王の太子晋なり。笙を吹くを好み、鳳凰の鳴きごえを作《な》す。伊洛の間に遊び、道士浮丘公接して以て嵩高山に上る。三十余年の後、之を山上に求むれば、桓良《かんりよう》を見て曰わく、「我が家に告ぐ、七月七日我を緱氏《こうし》の山巔《さんてん》に待て。」と。至る時果たして白鶴に乗って山頭《さんとう》に駐《とど》まり、之を望むも到るを得ず。手を挙げて時人に謝し、数日にして去れり。

とあり、(154)また『太平広記』巻十五に、

桓闓者、不知何許人也。事華陽陶先生、爲執役之士、辛謹十餘年。性常謹默沈靜、奉役之外、無所營爲。一旦、有二青童白鶴、自空而下、集隱居庭中。隱居欣然臨軒接之。青童曰、「太上命求桓先生耳。」隱居默然、心計門人無姓桓者、命求之、乃執役桓君耳。問其所修何道而致此。桓君曰、「修默朝之道積年、親朝太帝九年矣、乃有今日之召。」……於是桓君服天衣、駕白鶴、昇天而去。

桓闓《かんがい》なる者は、何許《いずこ》の人なるかを知らざるなり。華陽の陶先生に事《つか》え、執役の士と為り、辛謹すること十余年。性は常に謹黙・沈静にして、役に奉ずるの外は、営為する所無し。一旦、二青童と白鶴と有り、空自《よ》りして下り、隠居の庭中に集《と》まる。隠居欣然として軒に臨んで之に接す。青童曰わく、「太上《たいじょう》の求むるを命ずるは桓先生《かんせんせい》のみ。」と。隠居黙然として、心に計るに門人に姓桓なる者無く、之を求むるを命ずれば、乃ち執役の桓君なるのみ。其の修むる所の何の道にして此を致すかを問う。桓君曰わく、「黙朝の道を修むること積年、親しく太帝に朝すること九年なり、乃ち今日の召し有り。」と。……是に於いて桓君天衣を服し、白鶴に駕《の》り、天に昇って去れり。

とある。(155)第十句の「魚に乗って去らん」は、上記の道士が白鶴に乗って昇仙するのと同じように、精進・潔斎した仙人が神魚（赤鯉など）に乗って去ってゆくこと。『列仙伝』巻上に、

琴高者、趙人也。以鼓琴爲宋康王舍人、行涓彭之術、浮遊冀州涿郡之間二百餘年。後辭入涿水中取龍子、與

諸弟子期曰、「皆潔齋、待於水旁、設祠。」果乘赤鯉來、出坐祠中、旦有萬人觀之。留一月餘、復入水去。

琴高なる者は、趙人《ちょうひと》なり。鼓琴を以て宋の康王の舎人《しゃじん》と為り、涓《けん》・彭《ほう》の術を行い、冀州《きしゅう》・涿郡《たくぐん》の間に浮遊すること二百余年なり。後《のち》辞して涿水《たくすい》の中に入《い》り龍子を取り、諸々の弟子と期して曰わく、「皆な潔《けっ》齋《さい》して、水旁《すいぼう》に待ち、祠を設けよ。」と。果たして赤鯉《せきり》に乗って来たり、出でて祠中《しちゅう》に坐し、旦《あした》に万人《ばんにん》之を観る有り。留まること一月余り、復た水に入って去れり。

とあり(156)、また同じく『列仙伝』巻下に、

子英者、舒郷人也。善入水捕魚。得赤鯉、愛其色好、持帰著池中、数以米穀食之。一年長丈餘、遂生角、有翅翼。子英怪異、拝謝之。魚言、「我來迎汝。汝上背、與汝倶昇天。」即大雨。子英上其魚背、騰昇而去。歳歳來帰故舎、食飲、見妻子、魚復來迎之。如此七十年。故呉中門戸皆作神魚、遂立子英祠。

子英なる者は、舒郷《じょきょう》の人なり。善く水に入《い》り魚を捕う。赤鯉を得、其の色の好きを愛し、持ち帰って池中に著《お》き、数々《しばしば》米穀を以て之を食《やしな》う。一年にして長ずること丈《じょう》余り、遂に角《つの》を生じて、翅翼《しよく》有り。子英怪異し、之を拝謝す。魚言わく、「我来たって汝を迎う。汝背に上り、汝と倶《とも》に天に昇らん。」と。即ち大い雨ふる。子英其の魚の背に上り、騰昇《とうしょう》して去れり。歳歳来たり故舎に帰って、食飲し、妻子を見れば、魚も復《ま》た来たって之を迎う。此くの如くすること七十年。故に呉中の門戸は皆な神魚を作り、遂に子英の祠を立てたり。

とある。(157)

第十一句の「余は乃ち之を返窮せり」は、私はそこで以上の道士たちの議論に反対・批判して、とことん問いつめてやった、という趣旨である。入矢『寒山』、和訳の言うように「さてわたしは改めてつらつら考えてみた」（一二二ページ）ではない。(158) そして、この第十一句のカヴァーする範囲は、以下、本詩（二四八）の最後までであろうと推測される。すなわち、第十二句の「推尋するに道理勿し」～第二十二句の「愚を握って自ら守擬する莫かれ」のすべて十一句が、以上の道教の道士たちの議論に対する「とことん問いつめた反対・批判」の内容であろうと考えられる。ここでは、訳読の便宜上、第十六句の「恰も屍を守るの鬼に似たりと」までで係る、としておいた。第十二句の「推尋す」は、入矢『寒山』、注の言うとおり「つきつめて吟味する」の意（一二一ページ）。「勿道理」は、「無道理」「没道理」に同じ。『寒山詩集』では、**○九五「噴噴買魚肉」**に「没道理」（道理没《な》し）、**一八七「客難寒山子」**に「無道理」（道理無《な》し）、**二三四「勸你三界子」**に「勿道理」（道理勿《な》し）、『拾得詩』では**拾五二「水浸泥彈丸」**に「無道理」（道理無《な》し）とある。筋道が通らないの意。

第十三句・第十四句の「但だ箭の空を射るを看れば、須臾にして還た地に墜つ。」は、永嘉玄覚「証道歌」に「住相布施生天福、猶如仰箭射虚空。勢力盡、箭還墜、招得來生不如意。」（住相の布施は生天の福なり、猶《な》お箭《や》を仰いで虚空を射るが如し。勢力尽くれば、箭も還《ま》た墜ちて、来生の不如意を招き得ん。）とあるのなどを踏まえた表現。最後は徒労無功に終わることの比喩である。(159) 人間の不老不死を唱える道教・神仙思想が結局は死の問題を超えることのできない欠陥を、仏教（禅宗）の立場から根本的に批判するものであるが、(160) その内容は次の第十五句・第十六句において明らかになる。

第十五句・第十六句の「饒い你仙人を得るも、恰も屍を守るの鬼に似たりと。」の大意は、万が一お前たち（道士たち）が不老不死の仙人になれたとしても、それはあたかも（生き続ける霊魂、つまり「鬼」）が死体に取りついて離れることができない（つまり「守る」）ようなものだ、ということ。「屍を守るの鬼」については、項楚

『寒山詩注』、【注釈】（一五）に詳細な検討があり、これに従った。それによれば、人は死後に化して鬼（霊魂）となるが、鬼が死屍を離脱しえないところから、これを「屍を守るの鬼」と呼ぶ（六五四～六五五ページ）。主に道教・神仙の不老不死やその影響を受けた思想に対して、仏教（禅宗）が批判・嘲笑する際に用いた言葉のようである。たとえば、黄檗希運『宛陵録』に、

一念不起、卽十八界空、卽身便是菩提華果、卽心便是靈智、亦云靈台。若有所住著、卽身爲死屍、亦云守死屍鬼。

一念起さざれば、即ち十八界は空《くう》なり、即ち身は便《すなわ》ち是菩提の華果なり、即ち心は便ち是霊智にして、亦《ま》た霊台と云う。若《も》し住著《じゅうちゃく》する所有れば、即ち身は死屍と為り、亦た死屍を守るの鬼と云う。

とあり、また『五灯会元』巻八「呂巌洞賓真人」に、

呂巖眞人、字洞賓、京川人也。……呂毅然出、問、「一粒粟中藏世界、半升鐺内煮山川。且道此意如何。」（黄）龍指曰、「這守屍鬼。」呂曰、「爭奈囊有長生不死藥。」龍曰、「饒經八萬劫、終是落空亡。」

呂巌真人《りょがんしんじん》は、字《あざな》は洞賓《どうひん》、京川《けいせん》の人なり。……呂毅然として出で、問う、「一粒の粟中《ぞくちゅう》に世界を蔵《おさ》め、半升の鐺内《とうない》に山川《さんせん》を煮る。且《しばら》く道《い》え此の意如何と。」（黄）龍指さして曰わく、「這《これ》屍を守るの鬼なるのみ。」と。呂曰わく、「争奈《いかに》せん嚢《ふくろ》に長生不死の薬有るを。」と。龍曰わく、「饒《たと》い八万劫《はちまんこう》を経《ふ》るも、終《つい》に是空亡に落つるのみ。」と。

とある。[161]

第十七句・第十八句の「心月は自ずから精明なり、万像も何ぞ能く比せんや。」の解釈は、入矢『寒山』、注が最も正しくかつ深いと思われる。入矢は言う、「○心月の句　『最上乗論』に『自心は本来清浄なり』とあり、その清浄さを澄明な月に喩えた言いかた。[162] 精明とは、ここではその月の純一無雑な輝きをいう。もと『楞厳経』巻一に本づく。『伝心法要』にはそれを引いて『一精明とは一心なり』と述べている。」と（一二一ページ）。二句の大意は、黄檗希運『伝心法要』を参照してパラフレーズすれば、以下のとおり。――すべての人々には生まれながらにして「精明なる本体」（つまり仏性）が具わっており、それは偏く十方を照らす大日輪（もしくは明月）にも喩えられる。その本源にある一つの澄明なものがすなわち一心（仏性）に他ならないのであって、万物・万事（「万像」）という存在などはそれに匹敵できるはずがなく、その役割を演じうるはずもない、ということ。[163]

第十九句の「仙丹の術」は、不老不死の仙人になる霊薬（「仙丹」）を錬成する術のこと。また、第二十句の「元神」は、道教・神仙思想で人の霊魂を言う。この点は、項楚『寒山詩注』、【注釈】が資料を挙げて指摘するとおりである。[164] 両句において作者寒山は、道教・神仙サイドに百歩譲って「仙丹の術」や「元神」の用語法（に現れた身心観）を正しいと認めることにした上で論を進めている。すなわち、百歩譲って「仙丹の術」（目的は身体の不老不死）を正しいと認めるにしても、それを「知らんと欲すれば」、身体レベル（第十八句の「万像」に相当）の不老不死などを目指そうとするのではなく、それを遥かに遠く越えて、すべての人々の身体内に天与として奥深く内在する、霊魂レベル（第十七句の「心月」に相当）の「元神」をこそ目指すべきだ、という趣旨である。「元神」という用語法（に現れた身心観）は、寒山の立場、つまり仏教（禅宗）から見て、適当なものではありえないけれども、しかし「仙丹の術」に慣れ親しんでいる道士たちに向かって、その浅薄な誤りに気づかせるために使用した方便であったと思われる。

第二十一句の「黄巾公」は、後漢の霊帝の時、張角という者が「太平道」（初期道教の一派）を創始した（『魏志』張魯伝注）が、中平元年（一八四年）になって張角は自ら「黄天」と称して叛乱に立ち上がり、その部隊の指導者は三十六方面に分かれ、いずれも「黄巾」（黄色の頭巾）を着けていた（『後漢書』霊帝紀）。「黄巾軍」は中央政府軍によってやがて平定されたが、その活動は他の多くの内乱や混乱を触発して、後漢王朝の崩壊を速めた。この史実に基づいて、江戸初期の釈虎円『首書』は張角のことを指すとしており、その後の諸説もこれを踏襲する。[165] これに対して、直後の釈交易『管解』は、宋代の胡継宗『書言故事』道教類という啓蒙書に、「稱道士、曰黄冠子、又曰黄冠師。」（道士を称して、黄冠子と曰い、又た黄冠師と曰う。）とあることを根拠にして、「此曰黄巾公、総指道士而言乎。不可爲張角事而看之也。」（此に黄巾公と曰うは、総《す》べて道士を指して言うか。張角の事と為して之を看る可からざるなり。）と述べていた。[166] この釈交易『管解』の見解（黄巾公とは道士のこと）が基本的に正しいと考えられるが、今日では、項楚『寒山詩注』、【注釈】（一九）が多くの資料を引用してこれを証明している（六五六～六五七ページ）。第二十二句の「愚を握って自ら守擬する莫かれ」の大意は、道士たちのように、自己内奥に「心月」「元神」が宿ることに気づかぬ愚かしさを握りしめたまま、いつまでもそれを守り続けようとしてはならない、ということ。

本詩（二四八）は、以上に見てきたように、仏教（禅宗）に立脚した道教・神仙に対する批判・否定の雄篇と評すべきものである。

なお、今本『寒山詩集』には、以上に検討した、仏教（禅宗）に立脚する道教・神仙思想を批判・否定した詩を除いて、他にもまだ同じく仏教（禅宗）の立場から道教・神仙（道家・養生・風水などを含む）を批判したり揶揄したりする詩作がいくつか収められている。ざっと気づいたところだけでも挙げてみると、〇〇八「荘子説送終」、〇一三「玉堂掛珠簾」、一五七「有人畏白首」、二五二「襤褸關前業」などがある。

これらは、曹山本寂が旗幟鮮明な仏教（禅宗）的立場で第三次『寒山詩集』を編纂した際、仏教（禅宗）にとって害悪をなすと見なして批判・否定したものと考えられる。そして、批判・否定された道教・神仙を詠った詩の中には、第一次の閭丘胤編纂『寒山子詩集』に収められた道教・神仙の諸詩も含まれていたかもしれない。しかし、批判・否定の主なターゲットはそれよりもむしろ、第二次の徐霊府編纂『寒山詩集』中のそれらの諸詩なのであって、曹山本寂にとっては、後者の方がより切実な問題を帯びていたと言ってよかろう。視角を換えて見るならば、このことは、『寒山詩集』に第二次編纂の時点で多くの道教・神仙思想の詩作が存在しており、それらがそのまま本寂の第三次編纂の時点まで受け継がれていたことを示すものと推測することができる。

第四項　『寒山詩集』中の道教・神仙批判の詩（その二）

『寒山詩集』の中には、同じく道教・神仙思想を批判・否定した詩ではあるけれども、しかし以上（第三項）のとは異なって、必ずしも仏教（禅宗）の立場に立って批判・否定するのではなく、一般人のごく普通の常識的な見方から道教・神仙思想を批判・否定するものもある。たとえば、『寒山詩集』〇三九「**白鶴銜苦桃**」に、

白鶴啣苦桃、　白鶴（一羽の白い鶴が）苦桃（にがもも）を啣《ふく》み（口にくわえて）、
千里作一息。　千里に一息《いっそく》を作《な》す（千里の飛行に一度休息しては長旅を続けた）。
欲往蓬萊山、　蓬萊山《ほうらいざん》（東海に在るとされる仙山）に往かんと欲し（行こうと思い）、
將此充糧食。　此（苦桃）を将《もっ》て（以て）糧食に充《あ》つ（道中の食糧にあてたのだ）。
未達毛摧落、　未だ達せざるに（目的地に着かぬ内に）毛は摧落《さいらく》し（傷み脱け落ち）、
離羣心慘惻。　群を（鶴の群から）離れて心は惨惻たり（悲痛にくれてしまった）。
卻歸舊來巢、　旧来の巣（白鶴がもとの古巣）に却帰すれば（帰ってみると）、

妻子不相識。　妻子も（白鶴の妻も子供も）相い識らず（自分のことが分からない）。

とある。本詩は、「白鶴」に比喩される道教・神仙思想の修行者が道教教団の活動に身を投じて、神仙の住むとされ不死の薬があるとされる「蓬萊山」を目指して教団とともに長い旅に出るが、まだ目的地に着かない内に病気に罹って教団から落後することになり、心が悲痛にくれてしまう。何年か経った後、「旧来の巣」である故郷に帰ってみると、妻も子供も自分が夫であり父であることを忘れてしまっていたと、このように詠って、道教・神仙が実現できない無意味な思想であることを批判・否定した作品である。ただし、これは仏教（禅宗）の立場からする批判・否定ではなく、一般人の普通の常識的な見方からする批判・否定である。

起聯第一句の「白鶴」については、入矢『寒山』は、

> 古い楽府に「飛鶴行」という歌があり、長い空の旅を続ける一群のなかで、連れ合いの雌が途中で病にかかって飛べなくなり、涙ながらに雄と別れて脱落することを詠じている。この歌が後に転化した「飛来双白鶴」という題の歌では、主題が変って、白鶴は神仙との関係において……、または神仙へのあこがれを象徴するものとして詠まれている（以上、「楽府詩集」巻三十九）。

と注する[167]が、この解釈がよいと思う[168]。「苦桃」は、『楚辞』東方朔「七諫」初放篇に「斬伐橘柚兮、列樹苦桃。」（橘柚を斬伐して、苦桃を列樹す。）とあり、王逸注は「苦桃、惡木。」（苦桃は、悪木なり。）とする。また、洪興祖の補注は「桃自有苦者、如苦李之類。『本草』云、『羊桃味苦。』『詩』『隰有萇楚』是也。」（桃に自ずから苦き者有り、苦李の類の如し。『本草』に云わく、「羊桃は味苦し。」と。『詩』の「隰有萇《しゅうようちょう》楚《そ》」是なり。）などとしている。味の苦い桃である。釈清潭『寒山詩新釈』の〈句釈〉が「所謂ゆる不老不死の霊薬である」（五一ページ）とし、久須本『寒山拾得

〈上〉』の和訳（一〇五ページ）がそれを襲うのは、何の根拠もなく不適当。(169) 第二句の「千里に一息を作す」は、釈虎円『首書』が訓読するように、白鶴が千里飛んでは一度休憩し、また千里飛んでは一度休憩して、長い飛行の旅を行うこと。入谷・松村『寒山詩』、和訳が「千里を一息に飛ぶ」と訳すのは、誤読であろう。(170)

頷聯第三句の「蓬萊山」は、東海に在るとされる伝説的な神仙思想の山。『史記』封禅書に、

自威宣燕昭使人入海求蓬萊方丈瀛洲。此三神山者、其傅〈傳〉在勃海中、去人不遠。患且至、則船風引而去。蓋嘗有至者、諸僊（仙）人及不死之藥皆在焉。其物禽獸盡白、而黃金銀爲宮闕。未至、望之如雲。及到、三神山反居水下。臨之、風輒引去、終莫能至云。世主莫不甘心焉。

威・宣・燕昭自《よ》り人をして海に入り蓬萊・方丈・瀛洲《えいしゅう》を求めしむ。此の三神山なる者は、其れ傅《うれ》〈伝〉えて勃海《ぼっかい》の中に在り、人を去ること遠からず。且《まさ》に至らんとすれば、則ち船を風引きて去るを患う。蓋《けだ》し嘗《かつ》て至れる者有り、諸々の僊（仙）人及び不死の薬皆な焉《ここ》に在り。其の物は禽獣も尽く白くして、黄金・銀もて宮闕《きゅうけつ》を為《つく》る。未だ至らざるとき、之を望めば雲の如し。到るに及んで、三神山は反って水下に居《お》り。之に臨めば、風輒《すなわ》ち引き去り、終《つい》に能く至る莫しと云う。世主《せいしゅ》甘心せざる莫し。

とあるのが、比較的古くかつまとまった記録である。(171)

頸聯第六句の「群を離る」については、釈交易『管解』・白隠『闡提紀聞』が『礼記』檀弓上篇に「子夏……曰、『吾離羣而索居、亦已久矣。』」（子夏……曰わく、「吾群を離れて索居すること、亦た已に久し。」と。）とあるのを引く。しかし、本詩の「群」は直接的には「白鶴」の属する鶴の群を指しており、比喩的には不老不死を目的に修行する道教・神仙思想のグループであるから、儒書である『礼記』檀弓上篇に現れる儒家グループとはあまり関係が

ない、と考えてよかろう。

尾聯第七句・第八句の「旧来の巣に却帰すれば、妻子も相い識らず。」の大意は、道教・神仙の修行に失敗して、何年か経った後に、やむをえず故郷に帰ってきてみると、妻も自分が夫であるとは分からず、子供も自分が父であることを忘れていたということ。ここから、道教・神仙が実現できない無意味な思想であることを言う結論が出てくるわけである。

また、○四七 **「騮馬珊瑚鞭」** に、

騮馬珊瑚鞭、　騮馬《りゅうば》（栗毛の馬）に（跨がり）珊瑚の鞭（を手に持って）、
驅馳洛陽道。　駆馳《くち》す（馳せまわる）洛陽の道（大都会の洛陽の大道を）。
自矜美少年、　自ら美少年なるを矜《ほこ》って（自分が美少年であることを誇りにして）、
不信有衰老。　衰老有るを信ぜず（自分に老衰の日があることを信じなかった）。
白髪會應生、　白髪は会《かなら》ず応《まさ》に生ずべし（やがてきっと生えるに違いない）、
紅顔豈長保。　紅顔（青春の美顔）は豈《あ》に長く保たんや（長く保持することができようか）。
但看北邙山、　但だ看よ北邙《ほくぼう》の山（洛陽の北にある、貴人の墓地を見さえすれば）、
箇是蓬萊島。　箇《これ》は是《これ》（これこそが）蓬萊の島なり（神仙の理想の島に他ならない）。

とある。本詩は、今、自分が美少年であることを過信し、やがて老衰の日の来ることに気づかない者たちに向かって、ただ彼らの行く先に待ちかまえているのは「北邙の山」の死の世界だけだと訴えるのが、その大雑把な趣旨である。本詩でもまた尾聯の二句において、道教・神仙思想の信奉者たちが、不老不死の神仙が住みその薬があると唱える「蓬萊の島」が、実際のところを直視すれば、単に人々が死後におもむく「北邙の山」（死の世界）

でしかないのだ、と詠うことを通じて、道教・神仙が実現できない無意味な思想であることを批判・否定している。

起聯第一句の「騮」は、『説文解字』馬部に「駵、赤馬黑鬃尾也。」（駵《りゆう》は、赤馬にして鬃尾《すうび》黒きなり。）とある「駵」と同じ字。[172] 栗毛の馬である。「珊瑚の鞭」は、貴重な珊瑚で鞭を作（って乗馬に用い）ること、当時の都会の貴公子たちのファッションであった。梁の元帝「紫騮馬」（『楽府詩集』巻二十四所収）に、「長安美少年、金絡錦連錢。宛轉青絲鞚、照耀珊瑚鞭。」（長安の美少年、金絡に錦の連銭あり。宛転たり青絲の鞚《おもがい》、照耀《しようよう》す珊瑚の鞭。）とあり、また梁の何遜「長安少年行」（『楽府詩集』巻六十六所収）に、「長安美少年、羽騎暮連翩。玉羈瑪瑙勒、金絡珊瑚鞭。」（長安の美少年、羽騎して暮に連翩《れんぺん》たり。玉羈《ぎよくき》に瑪瑙《めのう》の勒《くつわ》、金絡に珊瑚の鞭あり。）とある。[173]

頷聯第三句・第四句の「自ら美少年なるを矜って、衰老有るを信ぜず。」については、阮籍「詠懐詩」（『文選』巻二十三所収）の「朝爲媚少年、夕暮成醜老。自非王子晉、誰能常美好。」（朝《あした》には媚少年為《た》るも、夕暮《せきぼ》には醜老と成る。王子晋に非ざる自《よ》りは、誰か能く常《とこし》えに美好ならん。）とあるのが参照される。[174]

頸聯第六句の「紅顔」は、劉希夷「代悲白頭翁」[175]に「此翁白頭眞可憐、伊昔紅顏美少年。」（此の翁白頭真《まこと》に憐れむ可し、伊《これ》昔紅顔の美少年。）とある「紅顔」に同じ。

尾聯第七句・第八句の「但だ看よ北邙の山、箇は是蓬萊の島なり。」の直接の意味は、今を時めく美少年たちがただ「北邙の山」を真正面から直視しさえすれば、これこそが道教・神仙思想の唱える「蓬萊の島」に他ならぬことが分かる、ということ。すなわち、「蓬萊の島」（不死）などは存在せず、人はだれしも「北邙の山」（死）におもむく定めなのだ、という趣旨である。日本の江戸初期の釈交易『管解』は、

七八句意、謂不信有衰老、但看北邙山。世上之人、無一人不死而歸於北邙山下墳墓之中。由是觀之、豈可以此浮世爲長生不老之蓬萊島耶。此篇與阮嗣宗李長吉語意相似矣。

七八句の意は、謂うは衰老有るを信ぜざれば、但だ北邙の山を看よ。世上の人、一人として死して北邙山下の墳墓の中に帰せざるは無しと。是に由《よ》って之を観れば、豈《あ》に此の浮世《ふせい》を以て長生不老の蓬萊の島と為す可けんや。此の篇は阮嗣宗《げんしそう》・李長吉の語の意と相い似たり。

と注釈し、中国現代の項楚『寒山詩注』は、「寒山詩……二句、以墳地爲仙山、即長生不死不可得之意。」（寒山詩の……二句、墳地を以て仙山と為すは、即ち長生不死は得可からざるの意なり。）と注釈するが[176]、これらが最も明解で正確な解釈である。第八句の「蓬萊の島」は、前出の**〇三九「白鶴銜苦桃」**の第三句の「蓬萊山」と完全に同じ道教・神仙思想の仙山・仙島である。ところが、古注本の釈虎円『首書』・白隠『闡提紀聞』・大鼎宗允『索賾』などが、「蓬萊の島」に無理やり仏教（禅宗）的な意義を付加したために、その後第七句・第八句を中心に解釈に混乱が生じて現代に至っている。[177] たとえば、久須本『寒山拾得〈上〉』は、

墓地のある北邙の山を見なさい。あれが実は仙人が住むという蓬萊の島なので、そこに永遠の安らかな眠りが待っている。

と和訳する。[178] これは、死の世界の賛美であり、はなはだ珍奇かつ乱暴な解釈であって、そもそも『寒山詩集』に含まれない思想であるだけでなく、仏教（禅宗）とも道教ともまったく無縁な思想と言ってよい。

また、**二七四「常聞漢武帝」**に、

常（嘗）聞漢武帝、　常《かつ》（嘗）て聞けり（昔聞いたことがある）漢の武帝と、

爰及秦始皇。　爰及《およ》び（それから）秦の始皇と（二人の皇帝が不老不死を好んだことを）。
倶好神仙術、　倶《とも》に（どちらも）神仙の術（不老不死の神仙になろうとする術）を好んで、
延年竟不長。　年を延ばさんとするも（寿命の延長を図ったが）竟《つい》に（結局寿命は）長からず。
金臺既摧折、　金台（武帝が建てた神仙の住む高台）は既に（最早）摧折《さいせつ》し（破壊され）、
沙丘遂滅亡。　（始皇帝は）沙丘に遂に（最後に）滅亡せり（身を滅ぼしてしまった）。
茂陵與驪嶽、　茂陵《ぼりょう》（武帝の陵墓）と驪嶽《りがく》（始皇帝の陵墓のある山、驪山《りざん》）と、
今日草茫茫。　今日（今日いずれも）草茫茫たり（ぼうぼうと果てしなく生い茂っている）。

とある。本詩の詩趣は、極めて明瞭である。——かつて聞いたことのある漢の武帝と秦の始皇との、「神仙の術」「延年」を対象に、結局はそれらの取り組みが失敗に終わったのだと描いて、道教・神仙思想を批判的・否定的に詠うことに他ならない。

前半部分の起聯・頷聯第一句～第四句の「常（嘗）て聞けり漢の武帝と、爰及び秦の始皇と。倶に神仙の術を好んで、年を延ばさんとするも竟に長からず。」は、武帝（在位は紀元前一四一～八十七年）と始皇帝（在位は紀元前二四六～二一〇年）が、ともに「神仙の術」、「延年」（益寿・延寿、不老長寿）を好んでいた歴史的事実に基づいて、それらを得ることに成功しなかったありさまを詠う。この件については、古来はなはだ有名な史実であり、特に説明の必要もあるまいが、『史記』封禅書・秦始皇本紀に、両帝がそれぞれ「不死の薬」を得たいと求め「遷（仙）人」を招きたいと願った経緯が描かれている。[179]

頸聯第五句の「金台」は、東方朔『海内十洲記』に「金台・玉楼」という言葉が見える。本詩では、武帝が建てた通天台などの、仙人を招き寄せるための高台のこと。『史記』封禅書に、

公孫卿曰、「仙人可見、而上往常遽、以故不見。今陛下可爲觀、如緱城、置脯棗、神人宜可致也。且僊（仙）人好樓居。」於是上令長安則作蜚廉桂觀、甘泉則作益延壽觀、使卿持節設具而候神人。乃作通天臺、置祠具其下、將招來僊神人之屬。於是甘泉更置前殿、始廣諸宮室。

公孫卿《こうそんけい》曰わく、「仙人は見る可きも、上《しょう》の往くこと常に遽《にわ》かなり、故を以て見ず。今陛下観を為《つく》り、緱《こう》城《じょう》の如くして、脯《ほじし》・棗《なつめ》を置く可ければ、神人は宜しく致す可きなり。且つ僊《せん》（仙）人は楼居を好む。」と。是に於いて上《しょう》長安に令して則ち蜚廉桂観を作らしめ、甘泉に則ち益延寿観を作らしめ、卿《けい》をして節を持し具を設えて神人を候《うかが》わしむ。乃ち通天台を作り、祠《し》具を其の下に置き、将に僊（仙）神人《しんじん》の属を招来せんとす。是に於いて甘泉を更に前殿に置き、始めて諸々の宮室を広む。

とある[180]。第六句の「沙丘に遂に滅亡せり」は、始皇帝が東方を行幸中に、邢州平郷県《けいしゅうへいきょうけん》の沙丘台において崩御したことを言う（『史記』秦始皇本紀）[181]。その地は今の河北省平郷県にある。

尾聯第七句の「茂陵」は、漢の武帝の陵墓（『漢書』武帝紀）。長安（今の西安）の西北にある。第七句の「驪嶽」は、「驪山」に同じで、秦の始皇帝の陵墓のある山（『史記』秦始皇本紀）。長安の東にある。第七句・第八句「茂陵と驪嶽と、今日草茫茫たり。」全体の趣旨については、白居易の新楽府「海漫漫」に「君看驪山頂上茂陵頭、畢竟悲風吹蔓草。」（君看よ驪山の頂《いただき》上茂陵の頭、畢竟悲風の蔓草を吹くを。）とあるのを参照[182]。

さらにまた、〇七七「**縦你居犀角**」に、

縦你居犀角、　縦《たと》い（たとえ）你《なんじ》犀角（犀の角、解毒作用がある）を居《お》き（身に着け）、
饒君帯虎睛。　饒《たと》い君虎睛《こせい》（虎の目、悪霊駆除の作用がある）を帯《お》ぶとせん（としてみても）。

桃枝將辟穢、　桃枝（桃の枝、悪鬼を遠ざける作用）将《もっ》て（それによって）穢れを辟《さ》け、
蒜殼取爲瓔。　蒜殻《さんこく》（にんにくの塊、邪鬼を払う作用）取って瓔《えい》（首飾り）と為《な》さん。
暖腹茱萸酒、　腹《はら》を暖むるに茱萸《しゅゆ》の酒（茱萸《ぐみ》の実を入れた酒、邪気を払う作用）あり、
空心枸杞羹。　心を空しくする（腹を空かせるの）に枸杞《くこ》の羹《あつもの》（延年の作用）あらん。
終歸不免死、　終《つい》帰に（結局のところ、どんなことをやってもお前は）死を免れざるに、
浪自覓長生。　浪自《みだ》りに（無意味に）長生を覓《もと》むるのみ（不老長寿を追求するに過ぎぬのだ）。

とある。本詩もまた、詩趣の極めて明瞭な作品である。――起聯第一句の「你」（お前）、第二句の「君」（あなた）という、ごく普通の道教・神仙思想の信奉者を形式上の主体に設定して、起聯第一句の「你犀角を居き」より頸聯第六句の「心を空しくするに枸杞の羹あらん」までの、合計六句の長きを費やしながら、その道教・神仙信奉者に向かって不老長寿（または不老不死）を目指す、邪鬼・悪霊を祓除《ふつじょ》するためのあれこれの具体的な手立てを数多く、一応容認した上で、しかし最後の尾聯第七句・第八句の「終帰に死を免れざるに、浪自りに長生を覓むるのみ。」に至って、結局のところ、ジタバタとどんなことをやってみても人間は死を免れないのに、ただ無意味に道教・神仙の不老長寿（または不老不死）を追求しているに過ぎないのではないか、と結んでいる。

「縦」は、句頭に置いて譲歩条件を表す構文を作る連詞。「饒」も同じ役割の連詞であり、これを重用したのであろう。[183]「たとえ……であったとしても」の意。その係る範囲は、第六句の末まで。第七句・第八句はこれを受けて「しかし結局は……となる」と言って、逆方向の結論を導く。本詩全体がこういう構文に包まれて作られている。第一句の「犀角」は、古くから辟邪・解毒の効能があると考えられていた中薬（漢方薬）。『神農本草経』巻中に、

犀角、味苦寒。生川谷。治百毒蠱注邪鬼瘴氣、殺鉤吻鴆羽蛇毒、除邪、不迷惑魘寐、久服輕身。

犀角は、味は苦寒なり。川谷に生ず。百毒・蠱注・邪鬼・瘴気を治め、鉤吻・鴆羽・蛇毒を殺し、邪を除き、魘寐に迷惑せず、久しく服すれば身を軽くす。

とある[184]。これに対して、項楚『寒山詩注』は、「犀角」の主に邪鬼・悪霊を祓除する呪術的な作用を強調した注釈を施している[185]。第二句の「虎睛」は、虎の眼球。項楚『寒山詩注』、【注釈】は、これを身に帯びていれば辟魔・除邪でき、また服用して小児の驚癇《ひきつけ》の病に効果があるとして杜牧「杜秋娘詩」以下、多くの古典文献の用例を挙げる[186]。

頷聯第三句の「桃枝将て穢れを辟《さ》け」については、古来、桃の実や枝を鬼物・邪穢が畏れるという呪術的な信仰があることが広く知られている。釈交易『管解』は、『礼記』檀弓下篇の「君臨臣喪、以巫祝桃茢、執戈。悪之也。所以異於生者也。」（君臣の喪に臨むとき、巫祝《ふしゅく》の桃茢《とうれつ》を以てして、戈《ほこ》を執る。之を悪《にく》めばなり。生者に異なる所以なり。）とあり、その注に、

桃性辟惡、鬼神畏之。茢、苕帚也。所以除穢。巫執桃、祝執茢、小臣執戈。蓋爲其有凶邪之氣可惡。故以此三物、辟祓之也。

桃の性は悪を辟け、鬼神之を畏る。茢《れつ》は、苕帚《ちょうそう》なり。穢れを除く所以なり。巫は桃を執り、祝は茢を執り、小臣は戈を執る。蓋《けだ》し其の凶邪の気の悪む可き有るが為めなり。故に此の三物を以て、之を辟祓《へきふつ》するなり。

とあるのを引いていた。(187)第四句の「蒜殻」は、『顔氏家訓』書証篇によれば蒜の塊を言う。項楚『寒山詩注』が「『蒜殻』即未經剥皮的蒜頭、亦稱『顆』。」（「蒜殻」は即ち未だ皮を剥ぐを経ざる蒜頭なり、亦た「顆」と称す。）と解説するのは(188)、適当ではあるまい。「瓔と為す」は、首飾りとすること。悪鬼の畏れる蒜の一塊を持ってきて、それを首飾りにして身の安全を図ろうとするの意。(189)

頸聯第五句の「茱萸」は、古来、中薬（漢方薬）として用いられてきた。『神農本草経』巻中に、

呉茱萸、一名藙。味辛温。生川谷。主温中下氣止痛咳逆寒熱、除濕血痺、逐風邪、開湊理。根、殺三蟲。

呉茱萸《ごしゅゆ》は、一名は藙《ぎ》なり。味は辛温なり。川谷に生ず。温中・下気・止痛・咳逆・寒熱を主り、湿・血《けつ》痺《ひ》を除き、風邪を逐《お》い、湊理を開く。根は、三虫を殺す。

とあり、また同じく巻中に、「山茱萸、一名蜀棗。味酸平。生山谷。治心下邪氣寒熱温中。逐寒濕痺、去三蟲。久服輕身。」（山茱萸《さんしゅゆ》は、一名は蜀棗《しょくそう》なり。味は酸平なり。山谷に生ず。心下・邪気・寒熱・温中を治《ち》す。寒・湿痺《しつひ》を逐い、三虫を去る。久しく服すれば身を軽くす。）ともある。さらに、「茱萸」には邪悪の鬼神を払う呪術的な効能もあるとされていた。たとえば、『太平御覧』巻三十二は呉均『続斉諧記』を引いて、

汝南桓景、隨費長房遊學累年。長房謂曰、「九月九日、汝家中當有災。宜急去、令家人各作絳囊、盛茱萸以繫臂、登高飲菊花酒、此禍可除。」景如言、擧家登山。夕還、見雞犬牛羊一時暴死。長房聞之曰、「此可代矣。」今世人毎至九月九日、登高飲酒、婦人帶茱萸囊、蓋始於此。

汝南の桓景《かんけい》は、費長房《ひちょうぼう》に随って遊学すること累年なり。長房謂いて曰わく、「九月九日、汝の家中に当《まさ》に災い有るべし。宜しく急ぎ去って、家人をして各々絳囊《こうのう》を作り、茱萸を盛って以て臂を繋ぎ、高きに登って菊花の酒を飲ましむべく、此の禍い除く可し。」と。景言の如くし、家を挙げて山に登る。夕べに還れば、雞・犬・牛・羊の一時に暴死するを見たり。長房之を聞いて曰わく、「此代わる可し。」と。今世の人九月九日に至る毎に、高きに登って酒を飲み、婦人は茱萸の囊《ふくろ》を帯ぶるは、蓋し此に始まる。

とする。[190] なお、「茱萸の酒」については、中唐の権徳与「九日北楼宴集」に「風吟蟋蟀寒偏急、酒泛茱萸晩易醺。」（風に蟋蟀《しつしゅつ》を吟ずれば寒さは偏《ひとえ》に急に、酒に茱萸を泛《うか》ぶれば晩に醺《よ》い易し。）とある。[191] 第六句の「心を空しくするに枸杞の羹あらん」は、項楚『寒山詩注』、【注釈】の説くように、「謂空腹服用枸杞羹。『空心』卽空腹、空腹進補、藥效最佳。」（空腹のときに枸杞の羹を服用するを謂う。「空心」は即ち空腹なり、空腹のとき補を進むれば、薬効最も佳し。）という趣旨。[192] 「枸杞」は、古来、中薬として用いられてきた。『神農本草経』巻上に、

枸杞、一名杞根、一名地骨、一名苟忌、一名地輔。味苦寒。生平澤。治五内邪氣熱中消渇周痺。久服堅筋骨、輕身耐老。

枸杞《くこ》は、一名は杞根《きこん》、一名は地骨、一名は苟忌《こうき》、一名は地輔《ちほ》なり。味は苦寒なり。平沢《へいたく》に生ず。五内の邪気・熱中《ねつちゅう》消渇《しょうかち》・周痺を治す。久しく服すれば筋骨を堅くし、身を軽くして老いに耐ゆ。

とある。また同時に延年益寿を可能にし仙人になるための仙薬でもあった。『抱朴子内篇』仙薬篇に、「或云仙人

杖、或云西王母杖、或名天精、或名卻老、或名地骨、或名苟杞也。」（或いは仙人の杖と云い、或いは西王母の杖と云い、或いは天精と名づけ、或いは却老と名づけ、或いは地骨と名づけ、或いは苟（枸）杞と名づくるなり。）とある[193]。

尾聯第七句・第八句の「終帰に死を免れざるに、浪自りに長生を覔むるのみ。」は、以上の第一句～第六句の、道教・神仙思想に基づき邪鬼・悪霊を祓除《ふつじょ》して、不老長寿を目指すための具体的な手立てをすべて踏まえながら、ここに至ってそれらの一切を全面的に批判・否定し去った二句である。その内容は、人間どうあがいてみても結局、死を免れることができないにもかかわらず、道教・神仙信奉者が不老長寿を追求するのは何の効果もなく無駄である、ということ。

以上のように、本項で取り扱ったいくつかの詩は、道教・神仙思想を批判・否定した詩ではあるが、しかし以上（第三項）のとは異なって、必ずしも仏教（禅宗）の立場に立って批判・否定するのではなく、一般人のごく普通の常識的な見方から道教・神仙を批判・否定するものであった。これらの諸詩は、もちろん第二次の徐霊府編纂にかかる作品であるはずがなく、第三次の曹山本寂編纂にかかる作品でもない。恐らく第一次の閭丘胤編纂に由来するものと推測される。それかあらぬか、これらの諸詩には、先秦～魏晋南北朝時代の古典詩歌や伝統文化が『寒山詩集』の諸他の篇に比べて多く反映しているように感じられる。なお、『寒山詩集』中には、以上に検討した諸詩を除いて、他にもまだ同様に一般人のごく普通の常識的な見地に立って道教・神仙思想を批判したり否定したりする詩がある。それらの題名だけを挙げておく。――一八八「從生不往來」、二八一「元非隱逸士」、三〇二「出生三十年」、三〇四「沙門不持戒」など。

第五項　『寒山詩集』中の道教詩と仏教詩の比較

ここに、『寒山詩集』の中に、ある二首の詩を比較・対照することを通じて、『寒山詩』のいくつかに含まれている重要な性質を知ることができる、そのような二首がある。『寒山詩集』のある詩は、早い時期の道教・神仙思想を信奉する立場にあったものから転じて、やがて仏教（禅宗）の立場に立ち前者を批判・否定する作品に移行してゆくことになった、という経緯をうかがい知ることのできる二首である。それが、〇九四「賢士不貪婪」と二二〇「徒閉蓬門坐」である。

まず、〇九四「賢士不貪婪」は、以下のとおり。

賢士不貪婪、　賢士（賢明な人）は貪婪《どんらん》ならざるも（貪欲ではないけれども）、
癡人好鑪冶。　癡人《ちじん》（愚か者）は鑪冶《ろや》（鉱山を開発して金属を精錬すること）を好む。
麥地占他家、　麦地《ばくち》（麦畑）は他家《たか》（他人の畑まで）を占め（買い占めて）、
竹園皆我者。　竹園（竹林）は皆な我が者とす（すべて自分に所有物としてしまう）。
努膊覓錢財、　膊《うで》を努《いか》らせて（肩肘を突っ張らせて）銭財を覓《もと》め（財産を追い求め）、
切齒驅奴馬。　歯《きし》を切らせて（歯ぎしりをして無慈悲に）奴馬《どば》を駆る（奴隷と馬をこき使う）。
須看郭門外、　須く看るべし郭門の外（ぜひとも城郭の外の郊外を見る必要がある）、
壘壘松柏下。　塁塁たる（重なり続くさま）松柏の下（松柏の下にある墓の群）を。

起聯第一句・第二句の「賢士は貪婪ならざるも、癡人は鑪冶を好む。」は、「賢士」（賢い人）が「貪婪」（貪欲）に向かわず財物の獲得に奔走しないのに反して、「癡人」（愚か者）は「鑪冶」（鉱山を開発して鉄・銅を精錬する）を

好み、金属製品を生産して巨万の富を築く、ということ。「鑪冶を好む」については、『漢書』貨殖伝の猗頓伝に、「邯鄲郭縦以鑄冶成業、與王者埒富。」（邯鄲《かんたん》の郭縦《かくしょう》は鋳冶《ちゅうや》を以て業を成し、王者と埒《ひと》しく富めり。）とあり、『後漢書』循吏列伝の衛颯伝に「又耒陽縣〈山〉〔出〕鐵石、佗郡民庶常依因聚會、私爲冶鑄、遂招來亡命、多致姦盜。」（又た耒陽縣《らいようけん》は鉄石を〈山〉〔出〕《い》だし、佗《そ》の郡の民庶《みんしょ》常に因《いん》に依って聚会し、私《ひそ》かに冶鋳《やちゅう》を為《な》して、遂に亡命を招来し、多く姦盗《かんとう》を致せり。）とある。また、同じ『後漢書』百官志五に「出鐵多者置鐵官、主鼓鑄。」（鉄を出だすこと多き者には鉄官を置き、鼓鋳《こちゅう》を主らしむ。）とあり、その胡広注は、「鑄銅爲器械、當鑄冶之時、扇熾其火、謂之鼓鑄。」（銅を鋳して器械を為るに、鋳冶の時に当たって、其の火を扇熾《せんし》す、之を鼓鋳と謂う。）と言う。[194] 本詩（〇九四）は、以下、尾聯第八句の「塁塁たる松柏の下を」に至るまで、この「癡人」を主人公にして詠う。

頷聯第三句・第四句の「麦地は他家を占め、竹園は皆な我が者とす。」は、この主人公「癡人」が、およそ土地所有に関しては実益（「麦地」）であれ趣味（「竹園」）であれ、あらゆるタイプの土地所有に関して、飽くことのない強欲ぶりを示すことを詠ったもの。頸聯第五句・第六句の「膊を努らせて銭財を覓め、歯を切らせて奴馬を駆る。」は、その主人公「癡人」が、「膊を努らせ」るという常軌を逸した奮闘・努力の中で、金銭や財物を追い求めたり、「歯を切らせ」るという情け容赦もしない刻薄・不人情さで、奴僕や馬匹をこき使ったりする、その様態を詠ったもの。「膊を努らす」は、中国古典にあまり現れない表現である。『荘子』人間世篇に「怒其臂以當車轍、不知其不勝任也。」（其の臂を怒《いか》らせて以て車轍《しゃてつ》に当たるも、其の任に勝《た》えざるを知らざるなり。）とあり、同じく天地篇に「若夫子之言、於帝王之德、猶螳蜋之怒臂以當車軼、則必不勝任矣。」（夫子《ふうし》の言の若《ごと》きは、帝王の徳に於いて、猶《な》お螳蜋《とうろう》の臂を怒らせて以て車軼に当たるがごとし、則ち必ず任に勝えざらん。）とある「怒臂」（臂を怒らす）と、ほぼ同じ意味ではなかろうか。「歯を切らす」は、逆に古典に多く見える表現ではあるが、本句とぴたりと一致する例がない。[195]『史記』刺客列伝の荊軻伝に、「此臣之日夜切齒腐心也」（此臣の日夜切歯・腐心するものなり）という句があり、『索隠』に次のように述べるのがいくらか参考になろうか。――「切齒、齒相磨切也。……腐音輔、亦爛也。猶今人事不可忍云『腐爛』然、皆奮怒之意也。」（切歯は、歯の相い磨切《ませつ》するなり。……腐は音輔《ふ》なり、亦た爛なり。猶お今人《きんじん》事の忍ぶ可からざるを「腐爛」と云うがごとく然り、皆な奮怒の意なり。）。

尾聯第七句・第八句の「須く看るべし郭門の外、壘壘たる松柏の下を。」について、主人公は本詩（〇九四）の範囲の内では上来の「癡人」であろう。ただし、彼らだけを指示し批判・糾弾するのでなく、「賢士」をも含んで一般的にあらゆる人間をも指すと解しておいた方が、本句の意味の広さと深さが増すかもしれない。さて、その主人公（強欲・無慈悲一筋の「癡人」）に向かって、作者寒山子は、城郭の門外に拡がる広い荒野の中の松柏の茂み（古来、墳墓の上に松柏を植える習慣があった。）をとくと見たまえ、それらの下に壘壘と積み重なりあっている墳墓の群があるではないか、と詠いかける。その趣旨を把えるには、「紫騮馬歌辭」[196]（『楽府詩集』巻二十五所収）に「遙看是君家、松柏冢纍纍。」（遥か看れば是君が家、松柏 冢《つか》は累累たり。）とあり、また「古詩十九首」之十四（『文選』巻二十九所収）に「出郭門直視、但見丘與墳。」（郭門を出でて直視すれば、但だ丘と墳とを見るのみ。）とあるのを参照するのも悪くはない。[197]

しかしながら、尾聯の第七句・第八句を解釈する上で最も重要な参照資料は、何と言っても『捜神後記』巻一の丁令威の物語である。

丁令威、本遼東人、學道于靈虛山。後化鶴歸遼、集城門華表柱。時有少年、舉弓欲射之、鶴乃飛、徘徊空中而言曰、「有鳥有鳥丁令威、去家千年今始歸。城郭如故人民非、何不學仙冢壘壘。」遂高上沖天。今遼東諸丁云其先世有升仙者、但不知名字耳。

丁令威は、本と遼東の人なり、道を霊虛山に学ぶ。後鶴に化して遼に帰り、城門の華表柱に集《と》まれり。時に少年有り、弓を挙げて之を射んと欲すれば、鶴乃ち飛び、空中に徘徊して言いて曰わく、「鳥有り鳥有り丁令威、家を去って千年今始めて帰る。城郭は故《もと》の如きも人民は非《ひ》なり、何ぞ仙を学ばずして塚の塁塁たる。」と。遂に高く上って天に冲《いた》れり。今遼東の諸丁の其の先世升仙する有りと云う者は、
但だ名字《めいじ》を知らざるのみ。

入矢『寒山』、注が唱えるように、「終りの二句は、すでに述べた古代の仙人、丁令威の歌(198)——『城郭は故《もと》の如きも人民《ひと》は非《かわ》りぬ、何ぞ仙を学ばずして塚の塁塁たるや』に本づく。」（一三六ページ）ためである。尾聯の二句は、強欲・無慈悲一点張りの「癡人」に向かって、「郭門の外」の荒野の中の松柏の下に、塁塁と積み重なりあう墳墓の群をしっかりと見なさい、と詠いかける。その趣旨は、強欲・無慈悲の「癡人」にもこのまま行けば人としての最後（死）が待ち受けているが、速やかにあの丁令威の故事に倣って、仙道に目覚め修業に取り組み不老不死の仙人となって、「塁塁たる松柏の下」の墳墓の住人（鬼神）となることを克服すべきだ、というのである。

こうして見ると、本詩（〇九四）全体の趣旨が、最後の尾聯の二句に集中しており、道教・神仙思想を称揚・賛美する点にあったことは明らかである。そして、本詩には仏教・禅宗からの影響が、肯定的な意味でも否定的な意味でもまったく感取されないが、この点も注目に価《あた》いする。結局のところ、本詩は第一次あるいは第二次で編纂された作品と認めてよいであろう。

次に、二二〇「**徒閉蓬門坐**」は、第三次で編纂された詩であろうが、以下のとおり。

徒閉蓬門坐、　徒《いたず》らに（私は無駄に）蓬門（蓬《よもぎ》で葺いた門、貧者の住まい）を閉ざして坐し、
頻經石火遷。　頻《しき》りに（何度も）石火《せっか》（火打ち石を撃つかのような瞬時）の遷《うつ》るを経たり。
唯聞人作鬼、　唯だ人の（ただ人が）鬼《き》（死者の霊魂、死者のこと）と作《な》るを聞くのみ、

不見鶴成仙。　鶴の仙と成る（鶴が仙人となって飛んで行った例）を見ず（見たことがない）。
念此那堪説、　此を念《おも》えば那《なん》ぞ説くに堪えん（上の道教の修業説などは説くに堪えられない）、
隨緣須自憐。　縁（状況）に随って須く自ら憐れむべし（自己の内心を大切にすべきだ）。
廻瞻郊郭外、　郊郭の外（城壁の外の遠郊）を廻瞻《かいせん》すれば（遠く見わたしてみると）、
古墓犂爲田。　古墓は犂《す》かれて（古い墓は犂きかえされて）田と為《な》れり（田畑となっている）。

起聯第一句・第二句の「徒らに蓬門を閉ざして坐し、頻りに石火の遷るを経たり。」は、寒山子はかつて蓬門を閉ざして坐し、頷聯の二句にあるように、不老不死の神仙（仙人）になろうとして一途に修業に努めたけれども、しかしその修業はすべて無駄であり、火打ち石を撃つかの如く光陰がたちまち過ぎ去るのを何度も経てきた、と詠い起こす。[199]頷聯第三句・第四句の「唯だ人の鬼と作るを聞くのみ、鶴の仙と成るを見ず。」は、ただ人が死者となっただけで、仙人となることに成功した例がない、という意味。二句の趣旨は、かつての「蓬門を閉ざして坐す」という修業を通じて、不老不死を目指した神仙道は誤りだとする自己反省をも含んでいよう。これは入矢『寒山』、注の指摘するように、神仙道を求めることへの批判であるが、[200]それだけに止まらず、これを契機にして神仙道を捨てて仏教（禅宗）に向かうという、寒山子にとって大きな方向転換を示唆するものともなっている。

頸聯第五句・第六句の「此を念えば那ぞ説くに堪えん、縁に随って須く自ら憐れむべし。」は、その大きな方向転換を直接表現する重要な二句である。第五句の意味は、「此」つまり以上の第一句〜第四句に述べてきた、神仙道がまったく効果のない誤りであったという事実を思いめぐらすならば、第一句の「蓬門を閉ざして坐し」たという修業などは、とても自他に向かって説くに堪えられるものではない、ということであろう。[201]そこで寒山子は、視野狭窄による原理主義的な神仙道を通じた不老不死の探求を放棄して、第六句にあるように、状況の巡りあわせに従って（「縁に随って」）、もっと自分を大切にする必要がある（「須く自ら憐れむべし」）と自ら提唱する。

その「縁に随う」は、仏語（禅語）であり、事態を生ずる因縁に身を任せて行うというのが原意である。恐らく寒山子が以上の趣旨を明確に示すために、意図的に使用した言葉ではなかろうか。出典は、菩提達摩の本来の思想に最も近いと信じられる『二入四行論』である。柳田聖山『達摩の語録　禅の語録1――二入四行論』（筑摩書房、二〇一六年四月）によれば、以下のとおり。

第二、随縁行者、衆生無我、並縁業所轉、苦樂齊受、皆従縁生。若得勝報榮譽等事、是我過去宿因所感、今方得之、縁盡還無、何喜之有。得失従縁、心無増減、喜風不動、冥順於道、是故説言随縁行。

第二に、随縁行なる者は、衆生は無我にして、並びに縁業の転ずる所なれば、苦楽斉しく受くること、皆な縁に従《よ》って生ず。若《も》し勝報・栄誉等の事を得るも、是我が過去の宿因の感ずる所にして、今方《まさ》に之を得たるのみ、縁尽くれば還《ま》た無なり、何の喜ぶことか之有らん。得失は縁に従って、心に増減無く、喜風にも動ぜず、冥に道に順《したが》う。是の故に説いて随縁行と言うなり。

これは達摩が、道に入る入り方を二つに分けて説いて、「理入」（原理的アプローチ）と「行入」（実践的なアプローチ）の「二入」とし、その「行入」の実践のあり方を、「報怨行・随縁行・無所求行・称法行」の「四行」とした内の一つ。達摩が本当に唱えたか否かは別として、唐代初期の敦煌写本にもすでに含まれているので、比較的早くから禅道として流布していたものである。[202]

そして、本詩（二二〇）の第六句において、以上のような「縁に随う」仏教（禅宗）的な行き方とともに提唱されたのが「須く自ら憐れむべし」のテーゼであった。自己を「いとおしむ」「いつくしむ」ことが必要だとするこの思想は、探求している「仏・道」を、他ならぬあるがままの我が心、我が平常心と同定するレベルにおいて、当時の仏教（禅宗）界にあって革新的な禅師、馬祖道一の「即心是仏」「平常心是道」というテーゼと重なりあう。(203)したがって、この提唱の内容は中唐の馬祖道一を下敷きにしたものであり、またここには、道教・神仙思想を信奉する立場から仏教・禅宗を信奉する立場への移行という、複数の寒山子たちの中の一部分、『寒山詩』の中の一部分に発生した大きな方向転換が表現されている、と見て取ることができよう。

尾聯第七句・第八句の「郊郭の外を廻瞻すれば、古墓は犂かれて田と為れり。」は、「古詩十九首」之十四（『文選』巻二十九所収）の、「出郭門直視、但見丘與墳。古墓犂爲田、松柏摧爲薪。」(204)（郭門を出でて直視すれば、但だ丘と墳とを見るのみ。古墓は犂かれて田と為り、松柏は摧かれて薪と為れり。）を踏まえることが明らかである。この古来はなはだ有名な詩句を引用して、寒山子が言いたいことは何か。――人間はだれしもみな死んで鬼《き》と作《な》り不老不死はありえず、また仙人にも成れず神仙道も実現できない。単にそれだけでなく、「郊郭の外」の「古墓が田」に変えられている現実を見れば分かるとおり、人間が生の営みを行った後、その延長線上に建てられる墳墓ですら、将来はどう取り扱われるか分かったものではなく、いずれはみな無意味に帰してしまうのだ、という生の虚しさの感慨の強調であったと思われる。

このように、○九四「賢士不貪婪」と二二〇「徒閉蓬門坐」との両詩を並べて比較・対照してみると、○九四「賢士不貪婪」が「癡人」の強欲・無慈悲一筋に生きる生き方に向かって、それを批判・否定し糾弾すると同時に道教・神仙思想の不老不死を称揚・賛美するのに対して、二二〇「徒閉蓬門坐」はその道教・神仙の修業に長年取り組んできた自己に向かって、不老不死を目指した神仙道は誤りだと認めつつ、「縁に随って」我が内なる平常心こそを大切に守るべし、という仏教（禅宗）的な命題を提出する。両者の相異・対立は一目瞭然であり、○九四「賢士不貪婪」は道教・神仙思想的、二二〇「徒閉蓬門坐」は仏教・禅宗的である。

それのみならず、前者の尾聯における仙道の提唱（鶴に化した丁令威の物語を参照）を直接受けて、後者の仙道への批判、特に頷聯の「唯だ人の鬼と作るを聞くのみ、鶴の仙と成るを見ず。」への批判は成り立っている。[205]その上、前者は第一次（閭丘胤）編纂にかかる道教・仏教の緩やかな混淆、または第二次（徐霊府）編纂にかかる旗幟鮮明な道教・神仙思想であるが、後者はそれをターゲットにして否定し代わりに仏教（禅宗）を打ち出した第三次（曹山本寂）の編纂にかかる、と理解しなければならない。

両詩の比較・対照から得られる成果は、これだけに尽きるものではない。二二〇「徒閉蓬門坐」の起聯第一句・第二句に「徒らに蓬門を閉ざして坐し、頻りに石火の遷るを経たり。」と詠っていたように、寒山子には、第一次編纂または第二次編纂を迎えた時点において、これ（〇九四）と類似する多くの道教・神仙思想（道家・養生などをも含む）の詩作があった、と推測される。すべての寒山子、すべての『寒山詩』がそうだと主張することはできないけれども、一定数の寒山子、何人かの『寒山詩』の作者たちにとって普遍的支配的であった関心事は、〇九四「賢士不貪婪」の起聯・頷聯・頸聯第二句〜第六句に描かれているような、強欲・無慈悲一筋の生き方をする「癡人」のうごめく俗世間を避けるために、ひとまず出家して天台山・寒山に己の安心の場を求めることであった。そして、この時、これらの寒山子たちの思想的な拠りどころになったものは、道教・神仙思想の不老不死であったり、道教・神仙と仏教・禅宗との緩やかな混淆であったり、仏教（禅宗）であるにしても必ずしも純粋ではなく俗信化・大衆化したものであったり、と考えるのが事実に近いのではなかろうか。このような状況は、第二次編纂（徐霊府）を通じて理論的に整った旗幟鮮明な道教・神仙思想へと方向づけられたが、その後はさらにそれを批判・否定して、二二〇「徒閉蓬門坐」の頸聯第五句・第六句で「此を念えば那ぞ説くに堪えん、縁に随って須く自ら憐れむべし。」と詠うように、道教・神仙から仏教（禅宗）へという内容面における『寒山詩』の方向転換の道が模索されたのであった。

こうしてみると、道教・神仙から仏教（禅宗）へという、複数の寒山子の内容面における方向転換は、第一次（閭丘胤）・第二次編纂（徐霊府）から第三次編纂（曹山本寂）へという複数の『寒山詩』の形式面の展開と、かなりの程度、呼応するものとなっているのである。

最後に本節「中唐の道士、徐霊府による『寒山詩集』編纂」の結論を述べる。

この第二次編纂の『寒山詩』の最大の特徴は、『仙伝拾遺』に描かれた、中唐の徐霊府の手に成る『寒山詩』の内容分析（上述の第三点）を根拠にする限り、あまり仏教（禅宗）臭がない、たとえ仏教（禅宗）臭があったとしても少ない、ということである。その詩作の一半である「多く山林幽隠の興を述べ」る詩は、恐らく第一次〜第三次『寒山詩』の通奏低音であって、今本『寒山詩集』にもその至るところに現れている。他の一半である「或いは時態を譏諷し、能く流俗を警励す」る詩は、その中に、前の第一次『寒山子詩集』を受け継いで、仏教（禅宗）風味のある勧戒詩もまた含まれていたかもしれない。しかし、それは後の第三次の曹山本寂の場合のような、馬祖道一以来の頓悟禅・南宗禅の流れに棹さす顕著な禅宗詩などではなくて、それ以前の微弱・淡泊な詩であり、徐霊府に許容されうるものだったのではなかろうか。この一半で多く収められていたのは、編纂者の好尚にふさわしく俗信化・大衆化された仏教的・道教的な風味のある作品であったと思われる。

したがって、今本『寒山詩集』中に見える、「仏教の基礎的教義によって俗世の人々を戒める通俗詩」の約六十五首や、特に南宗禅・頓悟禅の「古典禅思想を表現した偈頌」の約五十四首、合計約一一九首の仏教と密接に関わる詩[206]は、この第二次編纂の時点ではまだあまり書かれていなかったと考えるべきである。

第四節　晩唐の禅僧、曹山本寂による『対寒山子詩』編纂

第一項　曹山本寂による『寒山詩集』の本文校訂と注釈

第三の寒山子は、晩唐の禅師 曹山本寂（八四〇～九〇一年）が『寒山詩集』に注を付けたが、それに伴ってできた寒山子像である。すなわち、第三次編纂の『寒山詩集』の作者ということになる。

北宋の賛寧『宋高僧伝』（端拱元年、九八八年成立）巻十三の曹山本寂伝をひもとけば、

> 復注『對寒山子詩』、流行寓内、蓋以寂素修舉業之優也。文辭遒麗、號富有法才焉。
>
> 復《ま》た『対寒山子詩』に注して、寓内に流行するは、蓋し寂 素《も》と挙業を修むるの優れたるを以てなり。文辞遒麗《しゅうれい》なれば、法才を富有すと号せらる。

とある。また、同じく『宋高僧伝』巻十九の寒山子伝には、

> 閭丘……乃令僧道翹尋其遺物、唯於林閒綴葉書詞頌、竝村墅人家屋壁所抄錄、得二〈三〉百餘首。今編成一

集、人多諷誦。後曹山寂禪師注解、謂之『對寒山子詩』。

閭丘……乃ち僧道翹に令して其の遺物を尋ねしむれば、唯だ林間の綴葉に於いて書ける詞頌、並びに村墅の人家の屋壁に抄録する所、二〈三〉百余首を得たり。今一集に編成して、人多く諷誦す。後に曹山寂禅師注解し、之を『対寒山子詩』と謂う。

とあり、また北宋の『景徳伝灯録』（一〇〇四年成立）巻二十七の寒山子章にも、

閭丘哀慕、令僧道翹尋其遺物、於林閒得葉上所書辭頌、及題村墅人家屋壁、共三百餘首、傳布人閒。曹山本寂禪師注釋、謂之『對寒山子詩』。

閭丘《りよきゆう》哀慕し、僧道翹に令して其の遺物を尋ねしむれば、林間に於いて葉上に書ける所の辞頌、及び村墅の人家の屋壁に題せしものを得たり、共《あ》わせて三百余首、人間に伝布せり。曹山本寂禅師注釈し、之を『対寒山子詩』と謂う。

とある。以上の三資料を読むと、曹山本寂が『寒山詩集』に注釈を施したことは事実として間違いないようであるけれども、前の資料と後の二つの資料との間に相異があり、本寂の行った仕事の内容が今一つはっきりしない。すなわち、「対寒山子詩」という表現は、『対寒山子詩』という種類の『寒山詩集』のテキストが当時存在していて、本寂はそれに手を加えまた注釈を施したが、その注釈書をも『対寒山子詩』と呼ぶ[207]という意味である（前の資料）のか、それとも、当時の『寒山詩集』のテキストを『寒山子詩』と呼び、それに本寂が注釈を付けた注釈

書を『対寒山子詩』と呼ぶという意味である（後の二資料）のか、不分明なのである。

そこで、正史である『新唐書』（一〇六〇年成立）芸文志三「道家類」を見てみると、

> 對寒山子詩七卷。（原注）天台隱士。台州刺史閭丘胤序、僧道翹集。寒山子隱居唐興縣寒山巖、於國清寺與隱者拾得往還。

> 『対寒山子詩』七巻。（原注）天台の隠士なり。台州刺史閭丘胤の序、僧道翹《どうぎょう》の集。寒山子は唐興県の寒山巌に隠居し、国清寺に於いて隠者拾得と往還せり。

とある。この記述は、文意が極めて単純・明解であって、まったく誤解の余地がない。ここには曹山本寂の名は現れず、また彼が『寒山詩集』の注釈を付けたことも見えないから、その趣旨は、本寂の『寒山詩集』の注釈書を著録することにあったのではなくして、寒山子の『寒山詩集』自体を著録することにあったのだと認めなければならない。そして、この記述に基づいて判断する限り、『対寒山子詩』は当時の『寒山詩集』の名称であることになるはずである。[208] そうだとすれば、上文で引用した三資料の読み取り方は、前の資料、つまり、最も古く最も信憑性の高い、『宋高僧伝』巻十三曹山本寂伝を主としながら、後の二資料をその補助として総合するのが適当であろう。すなわち、曹山本寂の行った仕事の内容は、一つには、当時存在していた『寒山詩集』の諸テキストを取り上げ、それに整理・編纂を加えて『対寒山子詩』という底本を定めたこと、二つには、そのテキスト『対寒山子詩』に注釈を施して、その注釈書『対寒山子詩』を広く「寓内（世の中）に流行せ」しめたこと。この二つである。

第二項　余嘉錫『四庫提要弁証』四の見解をめぐって

以上の諸問題に関して、余嘉錫『四庫提要弁証』四は、以下のように、従来の研究の粗略を批判しつつ、『対寒山子詩』が曹山本寂の注釈書の名称であることなどを中心として、自己の見解を提起する。大略は次のとおり。

――第一点、もともと『四庫提要』は、

『唐書』藝文志載『寒山子詩』入「釋家類」、作七卷、今本併爲一卷。

『唐書』芸文志は『寒山子詩』を載せて「釈家類」に入れ、七巻と作す、今本は併わせて一巻と為す。

と言うが、これには誤りが含まれる。その元となった資料は『新唐書』芸文志三「道家類」の後に、「『対寒山子詩』七巻」とある記述であって、『四庫提要』が「対寒山子詩」の意を解せず、「対」字を刪去してしまったのは誤りである。

第二点、『宋高僧伝』巻十三曹山本寂伝に、

復た『対寒山子詩』に注して、寓内に流行するは、蓋し寂 素と挙業を修むるの優れたるを以てなり。

とあり、また同じく巻十九曹山本寂伝に、

後に曹山寂禅師 注解し、之を『対寒山子詩』と謂う。

とあるように、『対寒山子詩』というのは本寂が『寒山詩』に施した注釈書の名称である。

第三点、『対寒山子詩』の「対」の字については、思うに、『寒山詩』には深い意味が含まれており、人が理解できないことを懼れて、その意義を敷衍して、元の詩と応答しあうようにさせた、あたかも『楚辞』の「天問」に（柳宗元の）「天対」があるかのようにし、それを「対」と言ったのであろう。ところが、『新唐書』芸文志三は『対寒山子詩』とはしたもののそのことを言わず、また本寂の名を出して彼の注釈書であることを説明しておらず、特に粗略である。『崇文総目』「釈書類」に「『寒山子詩』七巻」とあるのは、本寂の注釈書のはずであり、だから巻数も同じなのである。しかし、書名はまた誤って「対」の字を刪去してしまった。『遂初堂書目』「釈書類」にも『寒山子詩』はあるが、巻数は著さず、何本であるかも分からない。

第四点、四部叢刊第一次影印本『寒山詩』は唐人が輯めて、宋人が刻したもので、みなただ一巻である。『新唐書』芸文志三が七巻としたのは、恐らく本寂がその注釈書を作った時に分けたのであろう。『四庫提要』が『宋高僧伝』及び『宋史』芸文志を考察せず、また宋刻『寒山詩』を見ず、ついに一巻本を明人が合併したものと見なしたのは、はなはだしい誤りであった。(209)

余嘉錫『四庫提要弁証』四の提起した以上の四点について、筆者の考えを簡単に述べよう。

「第一点」について。『四庫提要』が『対寒山子詩』と書くべきところを「対」の字を刪去して『寒山子詩』に誤ったと余嘉錫が指摘したのは、そのとおりである。しかし『四庫提要』の時代（一七八二年成立）には、『寒山詩集』の通行する諸テキストから「対」の字は消え去っており、曹山本寂の名もさらにその注釈書もなくなっていたと思われる。それゆえ、この誤解にはやむをえない面もある。ただし、『四庫提要』は、『寒山詩集』の晩唐のテキストが「七巻」であることは正しく伝えており、またその後（余嘉錫の説く「明代」ではなく、それ以前の宋代のはず）「一巻」に整理されたのが「今本」であることも伝えている。[210]

「第二点」について。『対寒山子詩』が晩唐に本寂が『寒山詩集』に施した注釈書の名称であることは、『宋高僧伝』巻十九寒山子伝や『景徳伝灯録』巻二十七寒山子章に根拠があって、余嘉錫やそれ以後の研究者の説くとおり、確かな事実として認められてよい。それとともに、当時において、『対寒山子詩』は『寒山詩集』経文のテキストの名称でもあって、そのことは、『宋高僧伝』巻十三曹山本寂伝や『新唐書』芸文志三によっても確認することができる。この件については、すでに上文や諸注において述べてきたが、さらに蛇足を加えて強調しておきたい。――『宋高僧伝』巻十三曹山本寂伝には、「復た『対寒山子詩』に注し」たとある。余嘉錫や賈晋華などの唱えるように、本寂が「注し」た結果、『対寒山子詩』という注釈書ができ上がったのだとするならば、それでは、本寂に「注さ」れる以前の、『対寒山子詩』とは一体、何であろうか。これについて、余嘉錫や賈晋華などは一切説明をしていないのだ。

これは筆者の推測であるが、晩唐の曹山本寂の眼前には整理・編纂を必要とするいくつかの『寒山詩集』テキストが存在していた。この問題に関して、余嘉錫は、本寂が注釈を付けた『寒山詩』のテキストは、中唐の道士、徐霊府の編纂したテキストに基づくはずだとし、また賈晋華もこの説に賛成する。[211] けれども、霊府の道教・神仙色のある第二次本と、本寂の仏教・禅宗色のある第三次本との間に、相当はっきりした相異・対立のあったことは上述したとおりである（第二章、第二節、第一項を参照）。それゆえ、余嘉錫・賈晋華の見解は放棄されなければならない。[212]

『寒山詩集』から一例を挙げてみよう。二七一「**五言五百篇**」に、次のようにある。

五言五百篇、（私の詩集の収められている詩は）五言（五言の詩）は五百篇（あり）、
七字七十九。七字（七言の詩）は七十九（七十九首ある）。

三字二十一、　三字（三言の詩）は二十一（二十一首あり）、
都來六百首。　都来《すべ》て（合計して）六百首（ある）。
一例書巖石、　一例に（一律に）巌石（岩石の上）に書き、
自誇云好手。　自ら誇って好手なりと云う（自分では名人だぞと自慢している）。
若能會我詩、　若《も》し能く我が詩を会《え》すれば（もし私の詩を理解することができれば）、
眞是如來母。　真に是如来の母なり（それが本当に般若の智慧に他ならない）。

本詩は、内容から判断して第三次で編纂された詩であるに違いない。その前半部分の「五言詩が五百篇、七言詩が七十九首、三言詩が二十一首、合計して六百首」という詩数は、本書が底本に採用した四部叢刊景宋刻本『寒山子詩集』（晩唐の『寒山詩集』に最も近い形態と認められる。）の、「五言詩が二八六首、七言詩が二十首、三言詩が六首、合計して三一三首」と、大きくかけ離れている。このことに関して、賈晋華は、本詩（二七一）は、本来の『寒山詩』ではなく後代の人が付け加えたものであり、そこに反映されているのはまさに、寒山の原詩と曹山の注釈とが混淆して、『詩集』全体が「六百余首」になった状況である、と主張する。しかし、賈晋華が、本詩（二七一）を後代の竄入としたり、ここに原詩と注釈との混淆が反映しているとするのは、いずれも無理なこじつけに過ぎない。ただし、賈晋華があえてこうした無理を犯したのは、本寂の『対寒山子詩』の「七巻」を説明したいためであった。(213)

　思うに、前半起聯・頷聯四句の「五言は五百篇、七字は七十九。三字は二十一、都来て六百首。」というのは、晩唐、曹山本寂が整理・編纂の手を下す以前の『寒山詩集』のテキストの状態であったと考えられる。これに類するテキストは、他にまだ存在していた可能性がある。本寂は、それらを素材にして一首一首「対校」して、今本「五言詩が二八六首、七言詩が二十首、三言詩が六首、合計して三一三首」の原型を定め、「対校」し終えた

『寒山詩集』と「対校」の記録とを合わせて『対寒山子詩』「七巻」と呼んだに違いない（『新唐書』芸文志三）。それゆえ、「対」とは、『寒山詩集』のさまざまなテキストを「対校」を通じて整理して、その結果を編纂して底本に定めるという作業を指す、のであろう。しかし、これはまだ『寒山詩集』の諸テキストを『対寒山子詩』に整理・編纂するという前段階の仕事であり、それに注釈を施して注釈書を作るという後段階の仕事と手続き上、同じではない。後段階の仕事は「『対寒山子詩』に注す」る（『宋高僧伝』巻十三曹山本寂伝）という形で、その次の手続きとなるものである。

　頸聯第五句・第六句の「一例に巌石に書き、自ら誇って好手なりと云う。[214]」は、第二次編纂の「好んで詩を為り、一篇一句を得る毎に、輒《すなわ》ち樹間・石上に題す。」とほぼ同じ内容で、その直接の影響を感じさせる表現である。[215]しかしながら、尾聯第七句・第八句の「若し能く我が詩を会すれば、真に是如来の母なり。」は、第二次の道士徐霊府によって編纂された内容、「多く山林幽隠の興を述べ、或いは時態を譏諷し、能く流俗を警励す。」を規準にして図れば、遥かに遠くに隔たってしまったことが分かる。特に後半の「或いは時態を譏諷し、能く流俗を警励す」る詩は、第二次では、当時の世態・流俗に対する道教（神仙・養生）的な批判・勧戒であって、そこには仏教（禅宗）臭はなく、仮にあったとしても微弱であり強烈ではなかったはずである。それに引き替え、本詩の尾聯は、第七句の「若し能く我が詩を会すれば」のように、読者に向かって『寒山詩集』に含まれる作品の理解を要求しつつ、第八句の「真に是如来の母なり」のように、仏教（禅宗）の精神を高らかに強調・鼓吹するに至っている。[216]これは、第三次の曹山本寂の場合のように、馬祖道一以来の頓悟禅・南宗禅の流れに棹さす、顕著な仏教（禅宗）詩などを言うのであり、その勧戒詩や説理詩とも十分に整合すると見なすことができよう。[217]

　事実を述べれば、曹山本寂が『寒山詩集』に注釈を付ける前に、その整理・編纂を行ったという明文は存在していない。けれども、注釈を付ける前のテキストと付けた後の注釈書とがともに『対寒山子詩』と呼ばれる場合のある（『宋高僧伝』巻十三曹山本寂伝）ところから推測して、『寒山詩集』テキストの整理・編纂作業と注釈作業とは、本寂の下で手続き的にも時間的にも相い次いで始められ、かつ進められたのではなかろうか。このような状況であったから、『宋高僧伝』巻十九寒山子伝・『景徳伝灯録』巻二十七寒山子章の段階では、『対寒山子詩』という書物の二つの側面――テキスト経文としての側面と注釈書としての側面――は、すでに人々に不可分・一体のものとして受けとめられていた、と思われる。上引の三資料には、こうした事情がきれいに反映しているわけである。

「第三点」について。『対寒山子詩』の「対」字をどのように解釈するかは、極めて重要な問題であり、余嘉錫を始めとして従来より多くの見解が表明されてきた。たとえば、余嘉錫より前に、中華民国時代の葉昌熾が、「『対』というのは、詩を問いと見なし、言葉を設けてそれに答えるのであり、禅機が活き活きとし、互角に渡りあっており、まさに向秀が『荘子』に注し、張湛が『列子』に注したかのようにする。ただ奥深い言葉によって名称と道理を分析するのであり、必ずしも経典の訓詁学のように文に沿って注釈するのではない。」という見解を提出していた。[218] これらに対して、賈晋華は、「しかし『対』字には恐らく別のもっと重い意味が含まれる。それは対法、つまり阿毘達摩である。阿毘達摩のサンスクリット語の原文はabhidharmaであり、この言葉はabhiとdharmaの二つの部分から成る。abhiは対向・対観の意、dharmaは法の意であり、二つを合わせれば、仏法・仏経に対して整理・分類・訓詁・注釈の研究を行うことを指す。これはまた『一切経』中の『論』の部分の内容でもある。だから、『対寒山子詩』の『対』の本来の意味は『注』のはずである。」と唱える。[219] さらに、張伯偉は、余嘉錫の説を踏まえて「曹山が寒山詩に注したのは、詩を以て詩に注した、つまり詩の形式によって寒山詩を解明・敷衍・解釈したに違いない。その根拠は三つある。第一に、柳宗元が『天対』を作って屈原『天問』を解明した時、様式上では『天問』を模倣して四言詩の形式をとった。第二に、……。第三に、……。」などと指摘しており、賈晋華は張伯偉の説にかなりの程度賛意を表している。[220] このように、「対」字をどのように解釈するかをめぐっては、近代・現代の中国において、活発な議論が続けられてきたが、今日まで結論を得るには至っていない。

筆者の立場から論評するならば、これらはいずれも、『対寒山子詩』を『寒山詩集』の注釈書と見なした上での立論であるから、議論の出発点においてすでにつまずいてしまっており、その内容がゆがんだものになるべく方向づけられている。しかし、上文において何度も確認してきたように、『対寒山子詩』とは『寒山詩集』テキスト経文について言った言葉である。少なからぬ隠者たちの書いた『寒山詩』の集合という浮動・不確定な作品の性質から、また加うるに、第一次編纂から数えて二三五年、第二次編纂から数えて六十年の、作品に訛伝・散逸を生ぜしめるに十分な時が経過したことから、当時、晩唐の曹山本寂の眼前には、整理・編纂を必要とするいくつかの『寒山詩集』テキストが存在していたのではないかと想像される。

「対」という言葉は、このように見てくると、近代・現代の中国の葉昌熾・余嘉錫・張伯偉・賈晋華などの研究者が解明に努めてきたような、『寒山詩』の内面的・内在的な精神世界に対する解釈や注釈のことではなくて、それらに入る前段階に位置づけられる、しかし重要な意義のある、外面的・形式的な文献学的作業を意味していたのではなかろうか。すなわち、対校・校勘の整理を通じて『寒山詩集』の底本を作るという意味である。『宋高僧伝』巻十三曹山本寂伝と『新唐書』芸文志三の『対寒山子詩』は、対校を行って整理を終えた後の『寒山詩集』テキストであり、特に『新唐書』芸文志三の『対寒山子詩』には対校の記録（札記）をも含んで「七巻」となっていたと考えられる。本寂の後段階の注釈書を作る仕事は、以上の『寒山詩集』テキストの整理・編纂の後に、手続き的にも時間的にも相い次いで始められ、かつ進められた。その時、でき上がった注釈書も『対寒山子詩』と呼ばれはしたが、正しくは「注『対寒山子詩』」（『宋高僧伝』巻十三曹山本寂伝）あるいは「『対寒山子詩』注」と呼ばれるべきであって、この場合「対」の字は注釈書のあり方と格別の関係はない。『寒山詩集』テキストの整理・編纂作業と注釈作業とは、本寂の下でこのような状況にあったから、『宋高僧伝』巻十九寒山子伝・『景徳伝灯録』巻二十七寒山子章の段階では、『対寒山子詩』という書物の二つの側面――テキスト経文の側面と注釈書の側面——は、すでに人々に不可分・一体のものとして受けとめられていたのである。

「第四点」について。唐代のテキストが一巻本だけであったと余嘉錫が唱えるのは、徐霊府本が「三巻」だったという事実によって容易に覆ること、また、『新唐書』芸文志三が七巻とした『対寒山子詩』は本寂の作った注釈書ではなく、彼の整理・編纂した『寒山詩集』の対校本だったと考えられること、さらに、晩唐を経て唐末五代以降になると、本寂の『対寒山子詩』七巻が世の中に盛行して、該書のテキスト経文でもあり注釈書でもある両側面が人々に不可分・一体のものとして受けとめられたこと、などについては、上文にすでに詳述した。

余嘉錫が宋代の刻本はすべてが「一巻」であるとするのは、与えられた資料で見る限りではそのとおりかもしれないが、当時、中国では『寒山詩』を評価する者は朱熹・陸游・王応麟などのごく少数の例外を除いてほとんどいなかった（第一章、第一節に略述）。そのために、経文（校勘記を含む）と注釈から成る『対寒山子詩』七巻は、禅宗各派が偈頌として利用するのを除けば読む者がおらず、廃れるにまかされてやがて曹山本寂の名とその本文校訂・注釈が失われ、作品の内容にも散佚や混乱が発生した可能性がある。だから、『四庫提要』が「今本は併わせて一巻と為す」としたのは、こうした状況を背景に置くならば、宋代以降の中国のテキスト事情として大筋は正しい指摘のようである。[221] ただし、中国の研究者は最近に至るまで、日本に伝わる『寒山詩集』の版本は重視するけれども日本の古注本はほとんど無視してきた。しかし、古注本は早ければ鎌倉中期つまり南宋時代に日本に伝入したテキストに基づいており、これらの古注本の基づくテキストはただ一種類とは限らないので、詳細に検討した方がよいと思う。たとえば、釈虎円『首書寒山詩』・白隠慧鶴『寒山詩闡提紀聞』・大鼎宗允『寒山詩索賾』はいずれも三巻であり、連山交易『寒山子詩集管解』は七巻である。

以上の考察をまとめれば、第三次『寒山詩集』編纂で曹山本寂の行った仕事とは、一つは、当時存在していた『寒山詩集』の諸テキストを取り上げ、それに対校・校勘を施すなど整理・編纂を加えて『対寒山子詩』という一つの底本を定めたこと。二つは、以上の仕事と時を置かずに、その『対寒山子詩』に注釈を施して、その注釈書『対寒山子詩』を広く禅宗世界や一般社会にまでに流行せしめたこと。以上の二つである。
すでに見たとおり、今本『寒山子詩集』に唐初の閭丘胤の序がついていること、序中に道翹が『寒山詩』を集めたと記されていることなどについては、余嘉錫や賈晋華はそれらを事実でないと言って一概に否定した上で、晩唐の禅師曹山本寂が『対寒山子詩』という注釈書を作った時に、それ以前にあった徐霊府の序を嫌って捨て去り、この序を作って「閭丘胤の序」と偽り自作の『対寒山子詩』の巻頭に掲げたのであろうと推測した。けれども、これが到底成り立たない荒唐無稽な議論であることは、今までに詳細に述べてきたとおりである。

第三項　終わりに

以上のことを前提にして、本節の終わりに、曹山本寂の整理・編纂した『対寒山子詩』というテキストと注釈書の中身の問題に触れておきたい。この本寂『対寒山子詩』のテキスト・注釈書の成立を、仮に広明元年（八八〇年）、本寂四十一歳ごろのことと暫定して、以下、話を進めてみよう。

さて、『新唐書』芸文志三に、

『対寒山子詩』七巻。（原注）天台の隠士なり。台州刺史閭丘胤の序、僧道翹の集。寒山子は唐興県の寒山巌に隠居し、国清寺に於いて隠者拾得と往還せり。

とあるのによれば、『対寒山子詩』の七巻は、本寂が諸テキストを対校して作り、対校の記録（札記）をも伴っていたと考えられるが、そのことは表面に出ておらず、ただ作詩者が寒山子、序の撰者が閭丘胤、集詩者（整理者）が道翹、であると明記されている。一方、『宋高僧伝』巻十九寒山子伝に、閭丘……乃ち僧道翹に令して其の遺物を尋ねしむれば、唯だ林間の綴葉に於いて書ける詞頌、並びに村墅の人家の屋壁に抄録する所、二〈三〉百余首を得たり。今一集に編成して、人多く諷誦す。後に曹山寂禅師注解し、之を『対寒山子詩』と謂う。

とあり、『景徳伝灯録』巻二十七寒山子章に、

閭丘哀慕し、僧道翹に令して其の遺物を尋ねしむれば、林間に於いて葉上に書ける所の辞頌、及び村墅の人家の屋壁に題せしものを得たり、共わせて三百余首、人間に伝布せり。曹山本寂禅師注釈し、之を『対寒山子詩』と謂う。

とあるのは、本寂が対校してテキスト『対寒山子詩』七巻を定めた後、その注釈書『対寒山子詩』を作ったことに言及した文章であるが、両者の前書きを読めば分かるとおり、閭丘胤の序を伴っている。

このような経緯の中で、本寂が注釈書『対寒山子詩』を書いた当時（八八〇年ごろ）、第三次編纂の『寒山詩集』三〇〇余首は、第一次から数えて約二三五年後のこの時点まで原形のままで保全されることはありえず、第二次（約六十年前）に比べてもさらに多くの内容が散佚・混乱したのではないかと想像される。上文に何度も述べたことであるが、本寂が注釈を付けた時、『寒山詩集』三〇〇余首の内容については、余嘉錫は徐霊府の定めたテキストを使用したと推測し、賈晋華もそれに同調していた。そして、第二次編纂の『寒山詩集』の内容は、徐霊府の立場でまとめると、一半は「山林幽隠の興を述べ」る詩、他の一半は、「時態を譏諷し、流俗を警励す」る詩の、二種類であった。これらの内、一半の詩は、山中幽居の楽しみを詠う作品であり、第一次から第三次に至る

まで一貫して流れている通奏低音であって、すでに散佚・混乱した部分もあろうが、本寂はこれを閭丘胤・徐霊府からそのまま素直に継承したと考えられる。けれども、他の一半の詩は、基本的に当時の世態・流俗に対する道教・神仙思想的な批判・勧戒の詩であったので、馬祖道一以来の頓悟禅・南宗禅の流れに棹さす顕著な仏教詩・禅宗詩などを求める曹山本寂にとって、その多くは継承しうるものではなかったと思われる。

ところで、今本『寒山詩集』中に見える、仏教の通俗的教理による勧戒の詩や、南宗禅・頓悟禅の精神を詠った偈頌的な詩は、早くから書かれていたものではなかったことが、実証的な根拠をもって先学によって提示されている。この問題に先鞭を着けたのは、入矢義高「寒山詩管窺」である。[222]本論文は、その「四」において、類似点のある寒山子と王梵志とを比較しながら、王梵志には、

説教者としての平明通俗な勸世の詩ないし嘆世の詩……が壓倒的に多く、……。それらの教訓詩の内容は、佛教的なものと然らざるものとを併せ有する。佛教的なものでも、それはみな平俗な説教であり、人生の無常や因果應報の教え、殺生や貪婪の戒めなどを、日常的な人事と結び付けながら極めて卽物的に、且つ俗耳に入り易い形で説いたものが大部分である。そのような内容の詩は寒山にも甚だ多い。

などと指摘する。[223]その上で、寒山子の「勧世詩」の表現の特徴を二三指摘した後、

これがやはり基本的には當時（中唐以降）の一般的なアフォリズムの型から外れていないことを見たのであるが、そのことは寒山の佛教的内容を持たない勸世詩についても、もちろん同様である。……しかし、寒山の勸世詩に支配的なのは、やはり佛教的な内容のものであつて、……最も大きな兩者（寒山子と王梵志）のちがいの一つは、説理の詩にある。……寒山にはこれが甚だ多いだけでなく、その内容は明らかに南宗系の頓

悟禪の立場を表明している。このような思想内容が、寒山詩成立の當初からあつたのか、それとも、寒山説話の發展に伴う彼の人間像のふくらみとして附け加わってきたものであるのか、その邊の消息は甚だ把捉し難い。

と結論している。[224]そこで次に、その「五」において、五代末の永明延寿（九〇四～九七五年）『宗鏡録』を取り上げ、その中に引かれた五言詩の『寒山詩』五首に関して、

いま右の五首を通覽してみるに、これらを一貫するところの主旨は、いわゆる心地の法であり、特に南宋禪の精神を明らかに示している。ことにその發想のしかたや用語から見ると、中唐以降に旺盛な活動を見せた南嶽・青原二系の、禪宗五家と稱せられる禪家たちのものした詩偈と極めてよく似ている。

のように、主旨は「南宋禪の精神」の「心地の法」、発想・用語は「南嶽・青原二系の、禪宗五家」に酷似すると指摘する。[225]また、

いま右の詩（『宗鏡録』引用の五首）に見られる心王・天然物・天眞・天眞佛・無一物などの術語は、みなこの頃の禪家が好んで用いた言葉である。しかもこれらの術語は、この時期の禪門で廣く愛讀された傅大士の「心王銘」、僧璨の「信心銘」、永嘉玄覺の「證道歌」などに出るものが大部分である……。寒山のほかの詩に頻りに用いられる「法王」「眞實」「眞源」「眞佛」「無事」「無爲」「任運」「無事人」「箇中意」などの用語も、やはり同様である。……

などのように、『寒山詩』のあれこれの具体的な詩における禅思想を――それが、独特の発想・用語を伴って南宗禅の精神を詠っている様相を――を解明する。[226] その上で、

> 右に擧げたような諸例（『寒山詩』に見える馬祖・藥山・嵩山の言葉を利用した詩）は、みな當時から禪家の閒で有名な話柄となつていたものを利用したのであつて、馬祖や嵩山は後世には南嶽系とされ、藥山や洞山は青原系とされるけれども、當時にあつてはこれら諸家の交渉は極めて密接であり、師承關係も互に入りまじつていたのが實情であつた。そのような環境のなかで、寒山の詩が右のような諸例をもつことは、極めて自然な現象であつたと言つてよいであろう。

と要約している。[227] 最後に、その「六」において、『宗鏡録』の引用する『寒山詩』の（「天眞佛」という言葉を含む）第五首を「樂道歌」と呼ぶにふさわしいとして特に取り上げ、「寒山の樂道歌と極めてよく似た詩を残している人がある。それは、やはり中唐のひと龐蘊である。」として、以下、寒山子と龐蘊（?～八〇八年）との共通点を探って、自らの見解の補強を行っている。[228]

以上の入矢「寒山詩管窺」の所説によって、今本『寒山詩集』中の、仏教の通俗的教理による勧戒詩や南宗禅・頓悟禅の心を詠った詩は、基本的に中唐～晩唐になったものであることが、実証的な根拠をもって確実になったと思う。入矢は、従来の通説に拘泥して『寒山詩集』の編纂を基本的に一回限りのことと考えるので、こうした多種多様の勧戒詩や説理詩を後代に、三々五々その度ごとに『寒山詩集』に「附け加わってきたもの」と見なしている。しかしながら、曹山本寂が晩唐に『対寒山子詩』の経文対校と注釈書作りを行ったのは事実であるから、たとえ個々の勧戒詩や説理詩はあれこれの時期に作られたのではあるにしても、それらを一括して整

理・編纂したのは本寂がこの時（つまり第三次）に行った仕事と見なす方が合理的なのではなかろうか。

その後に出た賈晋華『古典禅研究』、「附録三」は、既引のとおり、今本『寒山詩集』の三〇〇余首の内、合計約一一九首が仏教と密接に関わる詩であると認める。すなわち、仏教の教義によって人々を戒める通俗的な勧戒詩を「約六十五首」と数え、他方、南宗禅・頓悟禅の精神を表した偈頌的な詩は「約五十四首」を占めるとする。晩唐の曹山本寂による第三次編纂の時点（八八〇年ごろ）では、仏教の通俗的教理による勧戒詩は、すでに目新しい傾向ではなくなっており、であるから、相当数採用された可能性があると把えて差し支えあるまい。他方、南宗系・頓悟禅の心を表した偈頌的な詩は、第三次編纂の時点でもまだ始まって間もない新傾向であって、それゆえ、採用数はやや少ないのかもしれない。

第五節　結語

以上、本書の第二章「三次にわたる『寒山詩集』の編纂」において解明してきた三人の寒山子は、結局のところ、三次に及ぶ『寒山詩集』の編纂に伴ってその度ごとに作られた作者（作詩者）像である。

まず、作者像を作る上で重要な影響力を発揮した『寒山詩集』の序に注目すると、第一次編纂は閭丘胤の序、第二次は徐霊府の序、第三次は閭丘胤の序である。これらの内、第二次の徐霊府の序はすでに散佚して伝わらず、第三次の序は第一次のを踏襲したものである。そして、今本『寒山詩集』が直近の第三次編纂に由来することは明らかであるから、現代の読者としてはやはり第一次の閭丘胤の序、その寒山子像を重視した方がよいという結論に落ち着く（第二章、第三節、第一項）。とは言うものの、今本『寒山詩集』の閭丘胤の序が、第一次編纂時の閭丘胤の序そのままであるか否かという問題になると、そこにはさまざまの事情があり、本来の内容が説話化・神話化を通じて改修・粉飾されている可能性も否定することはできない。

次に、『寒山詩』の記録者（収集・記録した者）または整理者も重要である。これに関しては、第一次の場合は、台州刺史 閭丘胤というお上の命令を否応なし聞かざるをえない、国清寺の僧 道翹という義務的立場の者が、第二次の場合は、そこに変化が起こって、『寒山詩』に積極的な興味と関心を抱きそれを愛好する「好事者」的立場の者が、それぞれ記録・整理を行っている（第二章、第三節、第一項）。それに対して、第三次の場合は、明文はないけれども、曹山本寂自身が、『寒山詩集』に発生していた散佚・混乱を補足したと推測することができよう。

『寒山詩集』テキスト経文の対校と注釈書の作成の両者からなるその取り組みは、三次に及ぶ『寒山詩』の記録・整理の中で最も力のこもった仕事であったことは間違いない。

さらに、『寒山詩集』の編纂者とそれと密接に関連する『寒山詩』の内容の特徴について言えば、再三引用したとおり、杜光庭『仙伝拾遺』が、第二次編纂の『寒山詩』の内容を、「多く山林幽隠の興を述べ、或いは時態を譏諷し、能く流俗を警励す。」と特徴づけたのが第一級の重要な資料である。前の一半の「山林幽隠の興を述べ」る詩は、山中幽居の楽しみを詠う作品であり、第一次の閭丘胤から、第二次の徐霊府を経て、第三次の曹山本寂に至るまで一貫して流れている通奏低音であったと考えられる。後の一半の「或いは時態を譏諷し、能く流俗を警励す」る詩は、第二次の徐霊府本に含まれる、世態・流俗に対する道教・神仙思想的な批判・勧戒の詩であって、ここには基本的に仏教・禅宗臭はなかったと思われる（第二章、第三節、第一項）。

この地点からさかのぼって、第一次の閭丘胤本『寒山子詩集』の（後の一半の）内容を推測するならば、俗信化・大衆化された、仏教・禅宗風味または道教・神仙風味のある勧戒詩も多数含まれていたのではなかろうか（第二章、第二節、第一項）。さらに、第三次の曹山本寂本の（後の一半の）内容について言えば、第二次の徐霊府本に含まれる、世態・流俗に対する道教・神仙的な批判・勧戒の詩に対して、不寛容に排除する処置を取りながら、それとともに、晩唐の八八〇年ごろという時点に立って、中唐以来、開始・成熟・蓄積されてきていた、仏教の通俗的教理による勧戒詩や南宗禅・頓悟禅の精神を詠った詩偈を相当数取り入れたのである（第二章、第四節、第三項）。

注

はじめに

（1）中国においてこの詩人を「寒山子」と称するのは、すでに唐代後期から禅宗の各宗派がその偈頌《げじゅ》（禅僧が法話をしめくくるのに短い詩句の体裁で述べたもの）に、『寒山詩』を使用して寒山子に敬意を表していた事実に、淵源があることであろう。しかし、何といっても決定的に重要なのは、宋代（北宋）に正史である欧陽脩等『新唐書』芸文志三「道家類」に、『寒山詩集』の経文が以下のように著録されたことであると思われる。

對寒山子詩七卷。（原注）天台隱士。台州刺史閭丘胤序、僧道翹集。寒山子隱居唐興縣寒山巖、於國清寺與隱者拾得往還。

『対寒山子詩』七巻。（原注）（寒山子は）天台の隠士なり。台州刺史閭丘胤の序、僧道翹の集。寒山子は唐興県の寒山巌に隠居し、国清寺に於いて隠者拾得と往還せり。

（2）森鷗外『山椒大夫・高瀬舟　他四篇』（岩波文庫、二〇〇二年）所収、「附寒山拾得縁起」、一四四ページ。

（3）森鷗外『山椒大夫・高瀬舟　他四篇』所収、斎藤茂吉の「寒山拾得」の「解説」が、その誤りを指摘している（一六六〜一六七ページ）。

（4）「学問上の問題」は、筆者が鷗外の小説から勝手に読み取った問題であるかもしれない。本書は、この件についても重要だと把えており、いくらか具体的に進めるところがあった。「思想上の問題」が、この小説の肝心要であることは言うまでもない。ところで、後に入矢義高『寒山』の「解説」は、

その「序」は、伝記ふうとはいっても、相当に神話化された記述であって、すでに寒山を文殊菩薩の、拾得を普賢菩薩の化身と見なしている。

と述べる（五ページ）。確かにこの小説を読んだのではあろうが、鷗外の心を踏まえることはなかったのであろうか。

第一章　第一節

（5）本書では、底本に四部叢刊（後印本）景宋刻本を用いる。また、引用する『寒山詩』には便宜のために項楚『寒山詩注』（中華書局、二〇〇〇年）によって番号を付した。

（6）唐代の崇禅者の中で『寒山詩』を読み、寒山子の名を挙げる少数の者については、入矢義高「寒山詩管窺」、「二」（八四～八五ページ）に禅月大師貫休の「赤松《せきしょう》の舒道士《じょどうし》に寄す」詩（『禅月集』巻十一）を引いた紹介があり、また〔附記〕（一三七～一三八ページ）にその補足がある。

ちなみに、入矢義高は『寒山』においてこの詩を引用して、

ここには、あの閭丘胤が語ったような神話はまだなく、ただ山中に幽居して道を楽しむ高風の士として、しかも現実の舒道士の居る境地との親近さの中に寒山を置いている。そしてこれが寒山という人物像の本来の――神話的・宗教的に潤色される以前の姿の、少なくとも一面を示すものではないかと、私は考える。

と唱えている（一〇ページ）。しかし、筆者には、本詩における禅月貫休の寒山子に対する眼差しには、すでに「神話的・宗教的」な尊崇が始まっているように感じられる。禅月大師「寄赤松舒道士二首」を、『全唐詩』巻八三〇を主な資料とし、小林太市郎『禅月大師の生涯と芸術』（創元社、一九四七年）、第二章、二「山寺修禅の十年」（六四～六五ページ）を副の資料として読むと、

不見高人久、　高人（心の高尚な人、舒道士を指す）に見《あ》わざること久しく（長い期間）、
空令鄙吝多。　空しく（無駄に）鄙吝《ひりん》をして多からしむ（私に卑しい根性が多くなった）。
遙思青嶂下、　遥かに（遠く）青嶂《せいしょう》の下（青く連なる天台山下のあなたのこと）を思うも、
無那白雲何。　白雲（が二人の間を隔てるの）を那何《いかん》ともする無し（どうすることもできない）。
子愛寒山子、　子《し》（あなた、天台山下の赤松山に住む舒道士を指す）は寒山子を愛して、
歌惟樂道歌。　歌うは惟《た》だ楽道歌のみ（ただ寒山子の作った楽道歌だけを歌っている）。
會應陪太守、　会《かな》らず応《まさ》に（私はきっと）太守に陪して（長官のお供をして……するはずだ）、
一日到煙蘿。　一日《いちじつ》（ある日）煙蘿《えんら》に到るべし（雲霧《もや》のこもる蘿《かずら》の地、天台山に趣く）。

とある（『禅月集』との表現上の差異はわずか）。さらに、『全唐詩』巻八三〇の後の一首も参照に価《あた》いする。

余亦如君也、　余《われ》（私、禅月大師を指す）も亦た君（あなた、舒道士のこと）の如く、

詩魔不敢魔。　詩魔（己に詩を作らせる不合理な魔力）を敢えて魔とせず（魔力とも思わない）。
一餐兼午睡、　（毎日）一餐《いつさん》兼《ま》た午睡のみなるも（一食と昼寝だけで詩作に耽っているが）、
萬事不如他。　万事（私がどんなに努力しても）他《かれ》に（寒山子の詩には）如《およ》ばず（かなわない）。
雨陣衝溪月、　雨陣《にわ》かにして（にわか雨が降って）渓月（渓水に映った月）を衝き（突き刺し）、
蛛絲罥砌莎。　蛛の絲（蜘蛛の巣の糸が）砌莎《せいさ》（石畳のはますげ）を罥《おお》えり（覆っている）。
近知山果熟、　近く知る（最近知ったことだが）山果の熟せるを（山の果物が熟したそうだ）、
還擬寄來麼。　還《ま》た（また）寄せ来たらんと擬《ほっ》す（あなたに贈りたいと思う）。

（7）江戸時代の禅僧の『寒山詩集』注釈書（いわゆる「日本の古注本」）に対する入矢義高『寒山』と入谷仙介・松村昂『寒山詩』の評価には、筆者には、一種の無いものねだりの不公平さがあるように感じられる。ここでは、特に白隠慧鶴『寒山詩闡提紀聞』を中心にして二三の注意点を記しておく。――一つには、入矢と入谷・松村は、江戸時代のこれらの注釈が今日から二百数十年前の作品であることを無視しており、当時の社会・政治状況下、文化・学術環境下の作であることに対して配慮を加えていないこと。唐代の口語への正確な理解などは、近代日本の学術研究を通じてかろうじて可能になった分野であって、江戸時代の禅僧が十分にできなくて当然ではなかろうか。

二つには、入矢は「『闡提紀聞』は……仏典を引き且つ禅意を説くこと詳密を極める」と言い、入谷・松村も「ことに仏教関係のものを調べるにはかなり役に立つ」と言うが、現代の（敦煌写本その他による）先端的研究では、これらの点がもっと詳細かつ具体的に分かるようになってきており、実は『闡提紀聞』は白隠の勝手な思いこみで、深掘りし過ぎていて役に立たないことが少なくない。

三つには、入矢と入谷・松村が得意とする、『文選』などの魏晋南北朝前後の文学作品中の故事や出典の指摘とそれらを踏まえた『寒山詩』の解釈については、意外にも白隠『闡提紀聞』に先立つ釈虎円『首書寒山詩』・連山交易『寒山子詩集管解』からしてすでによく健闘している。それだけでなく、入矢と入谷・松村が見逃した故事や出典を釈虎円『首書』・釈交易『管解』・白隠『闡提紀聞』などがきちんと抑えている個所すら多くある。以上の一・二・三に関しては、これらは白隠個人の問題ではな

くて、当時の文化人たち（禅僧・儒者・武士）の間に知識の蓄積が行われていたことが、今日では判明している。
四つには、入矢と入谷・松村が『寒山詩』に求めるものは、結局、二十世紀の現代世界に住まう自己の鑑賞に堪える文学作品としての詩に傾いているように見える。しかし寒山子の実際の存在は中国唐代の、詩作を愛する主として崇仏・崇禅の居士である。仏教・禅宗だけでなく儒教（聖賢・経学）、道教（神仙・養生）と深く関係する詩歌を詠う場合もある。これらを軽視・無視したのでは、寒山子・『寒山詩』の真実はわれわれから遠ざかってしまうのではなかろうか。

（8）余嘉錫『四庫提要弁証』第四冊を指す。本書が使用するのは中華書局版、一九八〇年五月、全四冊本である。その「出版説明」によれば、著者は一九三七年七月に史部と子部の未完稿十二巻を排印した。一九四九年の新中国建国後も、書作を継続し、さらに全稿を修訂して二十四巻として、一九五八年十月、科学出版社より出版した。この一九五八年十月の科学出版社版の誤字などを訂正して重排したのが、一九八〇年五月の中華書局版である。

（9）入矢義高は、『寒山詩』の内容と『寒山詩集』の成立に関して、その一般的原則的な見方を、『寒山』の「解説」で以下のように唱える（一一〜一二ページ）。

寒山の詩の内容はすこぶる雑多である。それを一人の作者の制作として統一しようとしても、そこには多くの無理が伴う。……私はこれらの詩を強いて統合的に把える必要はないと考える。というのは、この詩集の作者を誰か或る一人に限定することが困難なだけでなく、その作者と伝えられる寒山についても、詩集とは別箇に、彼についての説話の発展が考えられるからである。

これだけでは入矢が寒山子をいつごろの人、『寒山詩』をいつごろの作と考えているか曖昧であるので、同じく入矢義高「寒山——その人と詩」（同『求道と悦楽——中国の禅と詩』所収、岩波書店、一九八三年四月。本論文の原載は、『古美術』第二十七号［三彩社、一九六九年九月］である）を調べてみると、

資料の第一は唐末の詩僧貫休（八三二—九一二）の詩であって、……。第二の資料はやはり唐末（九世紀後半）の詩人李山甫の「山中より梁判官に寄す」と題する詩で、……。第三は、これまた唐末の詩人で、上記の李山甫とも交際のあった詩僧斉己の、「渚宮問う莫れ」と題する連作の詩の第十五首であるが、……。そ（寒山）の在世の時期は依然として明らか

ではないが、以上の三例が実は唐代の文人が彼に言及した例のすべてであることをここに付言しておきたい。と述べる（二五～二六ページ）。すなわち、同時代人の証言に基づいて唐末の人、唐末の作と考えているのである。

（10）その中国語の原本は、賈晋華『古典禅研究――中唐至五代禅宗発展新探（修訂版）』（上海人民出版社、二〇一三年六月）。日本語版は、齋藤智寛監訳・村田みお訳『古典禅研究――中唐より五代に至る禅宗の発展についての新研究』（汲古書院、二〇一七年十一月）。なお、齋藤・村田の訳書は、「現著者から提供された未公開の再修訂本を用いた。そのため、……論旨に若干の変更がある箇所がある」ということである（「凡例」、ⅳページ）。こうした事情があるために、本書では日本語版を引用する。

第一章　第二節

（11）『津田左右吉全集』第十九巻所収（岩波書店、一九六五年四月）、四八二～四八三ページ。本論文の原載は『饗宴』（日本書院、一九四六年五月）である。

（12）入矢『寒山』、「解説」、八～九ページ。

（13）入矢義高「寒山――その人と詩」は、また、

この閭丘胤なる人物がまた問題であって、果たして実在した人なのかどうかさえ疑わしいのである。右の序では、彼には堂々たる肩書が附いていて「朝議大夫・使持節台州諸軍事・守刺史・上柱国・賜緋魚袋」とあるが、しかしこの人の名は唐代のいかなる文献にも現われない（『続高僧伝』巻二十五の智巌の伝に麗州刺史として同名の人が出ているが、全く無関係である）。のみならず、この序の文章の拙劣さ、ぎこちなさは、方外の世界に遊ぶ風狂の人たちを叙するには相応しからぬ、おそろしく格調の低いものであり、およそ詩集に冠せられる序としての風格を欠いている。

とも述べる（二六～二七ページ）。

（14）入谷・松村『寒山詩』、「解説」、四八四及び五〇一～五〇二ページ。

（15）前漢長沙国の丞相である軑侯利蒼《だいこうりそう》の息子で、文帝初元十二年（紀元前一六八年）に葬られたことが判明している墓から、副葬品として大量の医学書が出土した。その中に『胎産書・雑禁方・天下至道談・合陰陽方・十問』（東方書店、「馬王堆出土文献

訳注叢書」、二〇一五年三月）があるが、該書訳注の著者、大形徹は、

呪術的な医療というのは、神と悪鬼の関係を中心とした医療の体系である。悪鬼すなわち悪霊が人の体内に入り込んだり、取り憑いたりすることによって病がおこる。そこで、強い神に力を借りて、悪鬼を追い払う、あるいは殺して病を治療する。この考え方は『神農本草経』のような本草書の中に一部、残されている。……中国医学はのちに陰陽五行の気にもとづく『黄帝内経』系統の医学が主流になる。これは病について、神や悪鬼の関係を考えない当時の新しい医学体系である。これらを「気系の病因論」と呼ぶ……。……馬王堆のこの墓では、鬼系と気系という、新旧の全く異なる病因論にもとづく書物が混在しているところが興味深い。

と述べている（三九～四一ページ）。中国医学はこのような原点にはじまり、さまざまな試行錯誤を重ねたのち前漢・後漢を経て、少しずつ上記のような二大分に向かっていったのであろう。

(16) 入矢『寒山』、「解説」、八ページ。また、入矢「寒山――その人と詩」、二六ページもほぼ同じ。

(17) 吉川忠夫・船山徹訳『高僧伝』（三）（岩波書店、二〇一〇年三月）、一三三～一三八ページを参照。また、富世平点校『高僧伝』上（中華書局、二〇二三年六月）、三〇七～三一〇ページをも参照。これと同様、中興寺の斎会に「天安」から慧明なる異僧が来て忽然として姿を消したという怪異譚は、広く流布した物語だったようであって、沈約『宋書』巻九十七天竺伝、魏収『魏書』巻一一四釈老志、王琰『冥祥記』（『法苑珠林』巻十七所収）にも見えている。しかし、これらの中で、普賢菩薩の顕現を明確に言う資料は、本文で解説した『高僧伝』を措いて他にない。

(18) 『魏書』二（中華書局、一九七四年六月）、四四五ページ。

(19) 塚本善隆『北朝仏教史研究』、「北魏の仏教匪」、一六五～一八五ページ。なお、谷川道雄・森正夫編『中国民衆叛乱史』1（平凡社、「東洋文庫」、一九七八年八月）、九七～一〇一及び一四五～一五二ページをも参照。

(20) ちなみに、牧田諦亮「中国における民俗仏教成立の過程」（同『中国仏教史研究』第二所収、大東出版社、一九八四年十一月）は、甲篇「僧伽和尚」において、景竜四年（七一〇年）に入寂した僧伽和尚が、その後次第に民俗信仰（航路安全神・治水神）と融合して「観音の化身」（『太平広記』巻九十六）と称えられるなど、民俗仏教となっていくありさまを広角度に追求してい

る（二八～五五ページ）。閻丘胤の序における「寒山文殊、拾得普賢」の表象（その成立、時代と背景）は、このような仏教の俗信化・大衆化という視野の下で、より冷静かつ具体的に議論されるべきであろう。

(21)「国清寺碑并序」の「寺主道翹」の次に見える「都維那首那」の「都維那」は、全国中央において僧侶を監督する行政の長官たる「道人統」または「沙門都統」を補佐する次官の職名。北魏中期には制度として確立しており（塚本善隆『北朝仏教史研究』、二五、七六、三六六ページなどを参照）、以後、隋唐に至るまで踏襲されていったものらしい。「首那」は未詳であるが、推測するに国清寺の僧侶の名であって、その人がこの時「都維那」に任じられていた、というのであろう。隋代における国清寺の高い地位から判断して、この推測はあながち無理ではないと思われる。また、「都維那首那」の次に見える「法師法認」も未詳であるが、やはり隋～唐初の国清寺の僧侶で、それを代表する高僧ではなかろうか。

(22)『津田左右吉全集』第十九巻所収、五一二～五一三ページ。

(23)『高僧伝』巻三の釈法顕伝には以下の物語があるが、これがさらにその原型ではないかと思われる。なお、この部分の読解には、吉川・船山訳『高僧伝』（一）、二四一～二四三ページ、及び富世平点校『高僧伝』上、九六～一〇〇ページを参照した。

将至天竺、去王舍城三十餘里、有一寺、逼冥過之。……至夜、有三黑師（獅）子來蹲顯前、舐唇搖尾。顯誦經不輟、一心念佛。師（獅）子乃低頭下尾、伏顯足前、顯以手摩之。……師（獅）子良久乃去。明晨還返、路窮幽梗、止有一徑通行。未至里餘、忽逢一道人、年可九十、容服粗素、而神氣俊遠。顯雖覺其韵高、而不悟是神人。後又逢一少僧、顯問曰、「向耆年是誰耶。」答云、「頭陀迦葉大弟子也。」顯方大惋恨、更追至山所、有横石塞於室口、遂不得入。顯流涕而去。

将《まさ》に天竺に至らんとするに、王舎城を去ること三十余里に、一寺有り、冥《くら》きに逼《せ》まりて之を過《よ》ぎる。……夜に至って、三黒師（獅）子有り来たって顕の前に蹲《うずく》まり、唇を舐め尾を揺る。顕経を誦して輟《や》めず、一心に念仏せり。師（獅）子乃ち低頭し尾を下れ、顕の足前に伏すれば、顕手を以て之を摩《な》づ。……師（獅）子良《やや》久しくして乃ち去れり。明晨還返せんとするに、路は窮めて幽梗《ゆうこう》なり、止《た》だ一径のみ通行する有り。未だ里余《りよ》に至らざるに、忽《たちま》ち一道人に逢えり、年は九十可《ばか》り、容服粗素なれども、神気は俊遠なり。顕其の韵高きを覚ゆと雖も、是の神人なるを悟らず。後又た一少僧に逢い、顕問いて曰わく、「向《さ》きの耆年《きねん》は是誰ぞや。」と。答えて云わく、「頭陀迦葉《ずだかしょう》の大弟子なり。」と。顕方《はじ》めて大いに惋恨《えんこん》し、更に追って山所に至れば、横石有りて室口を塞ぎ、遂に入るを得ず。顕 流涕して去れり。

この物語は、藍本となった法顕（三三七ごろ～四二二年）の撰した『仏国記』（一名、『法顕伝』）には、対応する記事が存在していない。約百年後、仏教の俗信化・大衆化を伴いつつ、法顕旅行記が説話化・神話化された産物の一つと見なすべきものであろう。寒山の話もその後また同じように、俗信化・大衆化を伴って説話化・神話化されたわけである。

第二章　第一節

（24）入谷・松村『寒山詩』の「解説」は、

そ（『寒山詩』）の多様性にとまどった釈清潭『寒山詩新釈』（鶴声堂、明治四十年）は偽寒山・真寒山の区別をたてているほどである。

という、一九〇七年時点での新解釈を紹介する（四八四ページ）。入谷・松村のように、こうした早期の取り組みを一笑に付してしまうのではなく、どれが「真」でありどれが「偽」であるかの価値評価は別にしてすべてを同等に取り扱い、その上なお作詩の作者と時期を多様化・複数化する作業を行っていくならば、ここにも現代の『寒山詩』研究の先駆として学ぶべきものがあるように感じられる。

ちなみに、さきに注（9）で引用したように、入矢『寒山』の「解説」は、

寒山の詩の内容はすこぶる雑多である。それを一人の作者の制作として統一しようとしても、そこには多くの無理が伴う。

と唱えていた（一一ページ）。この卓越した見解を研究方法論としてより徹底させていたならば、現代の『寒山詩』理解はもっと開かれた地平に達していたと思われるが、入矢の実際の取り扱いでは、寒山子は唐末までの人、寒山詩は唐末までの作と考えていたのである。

（25）仏僧が高徳によって虎を馴化するという物語は、古くから『高僧伝』や『続高僧伝』などに数多く見える。この説話・神話の中に、閭丘の豊干に対する俗信的大衆的な崇敬という真実が宿されている。以上の点については、上文の第一章、第二節、第三項の『解説』その八・その九及び注（23）を参照。

(26) 誤解を避けるために、この部分の意図を補足しておく。――『寒山詩』の作者としての「寒山」「寒山子」という人名の中には、相互に異なる若干名の個人が含まれており、彼らが拾得・豊干と呼ばれるか、何と呼ばれるかは別にして、それが実際に詩作を行っていた人たちである。これを総称して「寒山」「寒山子」と呼称したのであり、同時にこれが隠者グループ・隠者群の実態に他ならない、ということ。あらためて断るまでもなく、このことは、現存する宋刊諸本『寒山詩集』の内部に『豊干詩』『拾得詩』が織りこまれているか否かという問題とは、直接的には無関係であるし、また、同じく宋刊諸本『寒山詩集』の後に『豊干詩』『拾得詩』が付載されている事実とも、直接関係することではない。

(27) 第六句の「合同」は、釈虎円『首書』・釈交易『管解』・白隠『闡提紀聞』・大鼎宗允『索賾』以来、「同《どう》ず合《べ》し」と読む者が多い。明治以降も同じであって、渡邊海旭『寒山詩講話』、経文と訓読（七一ページ）、太田悌蔵『寒山詩』（岩波書店、一九三四年十月）、訓読（四二ページ）、延原大川『平訳　寒山詩』、訓読（四三ページ）、西谷啓治『寒山詩』（筑摩書房、一九八六年三月）、訓読（一六八ページ）などがこれを踏襲する。久須本文雄『寒山拾得〈上〉』（講談社、一九八五年十一月、書き下し、一〇六ページ）は「合《まさ》に同《どう》ずべし」と訓むが、以上の諸書と本質的な相異はない。これらに対して、入谷・松村『寒山詩』は「合同」と訓読して「団欒の楽しみ」と和訳し（七〇ページ）、項楚『寒山詩注』、【注釈】〈五〉も「合同：和睦、志同道合。」とする（一一二ページ）。最後の項楚の見解が比較的よいが、（寒山子と）同一の道という意味であろう。だからこそ、尾聯に至って道がテーマとなるのである。

(28) 本詩（〇四〇）の尾聯第七句・第八句「無源の水を尋究《じんきゅう》すれば、源は窮まるも水は窮まらず。」は、非常に難解な句であり、『寒山詩集』のすべての語彙を総検討してもよい解釈は出てこない。思うにその趣旨は、水の流れに沿ってさかのぼりその無限の源にある「水」（道の比喩）を探求しようとしても、源にたどり着くことはできるが、「水」の真の源（真の道）は窮めることができない、ということではなかろうか。項楚『寒山詩注』、【注釈】〈六〉は、「形容『禪』的境界。……『祖堂集』巻三『司空山本淨和尚』：『身心本來是道者、道亦本是身心。身心本既是空、道亦窮源無有。』」とする（一一二ページ）が、本詩に「身心」「空」「無有」など概念が登場するわけではないので、これは無理な解釈である。また、白隠『闡提紀聞』の「評曰」は、第七句の「無源の水」を「人人心上に生滅する妄心」のことだとして、それなりの深い思弁的解釈を展開する。しかしこれも本詩や『寒山詩集』に何の明証もなく、牽強付会な説としか言いようがない。ちなみに、西谷啓治と久須本文雄は、ともに白隠『闡提紀聞』の「評曰」に基づいて本詩を解釈するが、白隠『闡提紀聞』の所説に対する理解の点では、西谷『寒山詩』の解釈（一七四〜一七五ページ）よりも、久須本『寒山拾得〈上〉』の和訳（一〇六ページ）の方が正確である。

(29)『豊干詩』のテキストは四部叢刊景宋刻本『寒山子詩集』による。

(30)第十六句の「罕期來」は、底本の四部叢刊本や五山本は「罕期來」に作るが、宮内庁本は「常往來」に作る。「罕期來」であるとすれば、拾得が豊干のところに滅多に会いに来ないという意味になる。これは奇妙だから、やはり宮内庁本の「常往來」に訂正するのがよいかもしれない。入谷・松村『寒山詩』、注、四一七ページ、及び久須本『寒山拾得〈下〉』、注、二〇二ページを参照。

(31)『拾得詩』のテキストは四部叢刊景宋刻本『寒山子詩集』による。また、引用する『拾得詩』には便宜のために項楚『寒山詩注』（中華書局、二〇〇〇年）によって番号を付した。

(32)項楚『寒山詩注』、「我見凡愚人」（二三三）、**【注釈】**〔一〕、五九四ページを参照。

(33)項楚『寒山詩注』、「我見凡愚人」（二三三）、**【注釈】**〔一〕、五九四ページを参照。

(34)このことを最初に指摘したのは、釈交易『管解』、『拾得詩』其十五の注である。その後、入谷・松村『寒山詩』、注（四四四ページ）及び久須本『寒山拾得〈下〉』、注（二三一ページ）がこれを踏襲した。

(35)永嘉玄覚「証道歌」の徴引については、釈交易『管解』・白隠『闡提紀聞』に従った。項楚『寒山詩注』、**【注釈】**〔四〕が「無爲：即「涅槃」之異名、是佛教修行的最高境界。」とする（八五三ページ）のも、釈交易『管解』・白隠『闡提紀聞』以来の解釈とほぼ同じ。

(36)項楚『寒山詩注』、**【注釈】**〔一〕は、『寒山子詩集』の『拾得録』（四部叢刊本）を引用して、資料を確認している（八五四ページ）。

(37)項楚『寒山詩注』、**【注釈】**〔二〕、八五四ページ。

(38)現代の研究を見ると、久須本『寒山拾得〈下〉』、注（二三二ページ）及び項楚『寒山詩注』、**【注釈】**〔三〕、注（八五五ページ）

は、『寒山詩集』の「我見黄河水」（二五三）に、「我見黄河水、凡經幾度清。」（我黄河の水を見るに、凡そ幾度か清むを経たる。）とあるのを引用して、本詩（拾一六）の解釈に参照すべきことを主張する。しかしながら、この詩（二五三）は「黄河の水が清む」ことを、輪廻の迷いを克服する比喩とした後代の発達した思想を表現しており、本詩（拾一六）と同じレベルで取り扱うことは不適当。釈交易『管解』が本詩（拾一六）の注においてこの詩（二五三）に言及していないのは、理由のあることであった。

　ちなみに、本詩（拾三一）の解釈に『拾得録』を参照すべしと唱えたのは、釈交易『管解』であり、その後、入矢『寒山』、注（四五五ページ）及び項楚『寒山詩注』、「楚按」（八八二～八八三ページ）がこれを襲った。項楚は『拾得録』が本詩（拾三一）の語句を拾い集めたものとしている。

(39) 本詩の「出頭」については、項楚は、『寒山詩集』の「可畏三界輪」（二一五）の【注釈】〔三〕において、同じく「出頭：脱身。」と解釈した上で、『王梵志詩』〇一〇首の「冥冥地獄苦、難見出頭時。」（冥冥たる地獄の苦しみ、出頭の時を見難し。）を始めとする多くの「出頭」の用例を集めている（五五一ページ）。

(40) 渡邊『寒山詩講話』の「本志慕道倫」（二八〇）、講話は四六八ページ。「自〈目〉見天台頂」（二二九）、講話は三七〇ページ。

(41) 延原大川『平訳　寒山詩』、和訳、一九八ページ。さらに、延原は「自〈目〉見天台頂」（二二九）の「道倫」をも「道」と和訳し、かつその方向で註を加えている（一五八ページ）。

(42) 『法苑珠林』六道篇「地獄部」などの「杜源の客」を含む資料は、『寒山詩』研究の日本古注本の釈虎円『首書』・釈交易『管解』・白隠『闡提紀聞』・大鼎宗允『索賾』がすでに指摘していた。その後、「杜源」に関する意味や資料の若干の補足が、入谷・松村『寒山詩』、注（三七七ページ）、及び項楚『寒山詩注』、【注釈】〔二〕（七三六ページ）で行われている。

(43) 項楚『寒山詩注』、【注釈】〔四〕と〔五〕、七三六～七三七ページ。

(44) 項楚『寒山詩注』、【注釈】〔六〕、七三七ページ。

(45) 項楚『寒山詩注』、【注釈】〔七〕、七三七ページ。

(46) 尾聯第八句の「道倫」について、項楚『寒山詩注』、【注釈】〔六〕は、「指僧侶」と解釈するがそうではあるまい。この「道倫」

は第七句の「山水」に対しており、人である点が重要である。「道」（仏教・禅宗だけに限定されない、道）を語りあえる友人、という意味でなければならない。

（47）古注本の釈虎円『首書』・釈交易『管解』・白隠『闡提紀聞』・大鼎宗允『索賾』はいずれも「月見」に作る。

（48）本詩第四句の徴引については、入谷・松村『寒山詩』、注（三〇五ページ）及び項楚『寒山詩注』、【注釈】〔二〕（五八三ページ）を参照した。

（49）『拾得詩』の**拾一〇**「**有偈有千萬**」にも「巖中深處坐、説理及談玄。」（巌中の深処に坐して、理を説き及《ま》た玄を談ず。）とある。この詩（拾一〇）については、以下の（62）を参照。なお、項楚『寒山詩注』、本詩（二二九）、【注釈】〔四〕が、さらに若干の「玄理」の資料を収集している（五八三ページ）。

（50）「野情」の解釈については、項楚『寒山詩注』の本詩、【注釈】〔五〕（五八三ページ）及び同じく「自樂平生道」（二二七）の【注釈】〔三〕（五七九ページ）を参照。

（51）「偃息《えんそく》」の資料は、項楚『寒山詩注』、【注釈】〔一〕による（二七六ページ）。

（52）入谷・松村『寒山詩』、和訳（一四三ページ）、及び久須本『寒山拾得〈上〉』、和訳・注（一八六、一八七ページ）は、いずれも入矢『寒山』の解釈を踏襲する。

（53）入谷・松村『寒山詩』、和訳（一四三ページ）及び久須本『寒山拾得〈上〉』、注（一八六ページ）も「出身」と解釈する。

（54）本詩第五句の解釈に、『韓詩外伝』逸文（『文選』鮑昭「擬古三首」李善注所引あるいは『芸文類従』巻八十三所載）の楚襄王と荘子の故事を利用するのは、日本古注本の釈交易『管解』・白隠『闡提紀聞』が始めたことである。現代では、入谷・松村『寒山詩』、注（一四三〜一四四ページ）や久須本『寒山拾得〈上〉』、注（一八六ページ）がこれを踏襲している。

（55）入矢『寒山』、注が、「君とは自らを二人称で呼んだ言いかた」とする（六七ページ）が、そうではない。

（56）第六句の「珠」に関連して、これを「寒巖深更好」（二七八）の「心珠《しんしゅ》」と同じとしたのは、入矢『寒山』、注（六七ページ）である。すべての人々に本来具わる真如の性を比喩したもの。

（57）第六句の「珠」を『荘子』天地篇の「玄珠」と同定したのは、項楚『寒山詩注』、【注釈】〔四〕である。項楚はさらにその「玄《げん》珠《しゅ》」は「道」の比喩であり、それゆえ本詩の「珠を得」は「道を得」の比喩であるとする（二七七ページ）。

(58) この誤読は久須本『寒山拾得〈上〉』、和訳（一八六ページ）も同じ。ただし、これらに先立つ若生国栄『寒山詩講義』、講義（一二〇ページ）や、渡邊『寒山詩講話』、講話（一七七ページ）は、これを正読している。後者は、恐らく古注本の釈虎円『首書』・釈交易『管解』・白隠『闡提紀聞』・大鼎宗允『索賾』などに由来するのではなかろうか。「焉んぞ能く……」の句法は、『寒山詩集』では他に〇二五「**智者君抛我**」にも「焉能拱口手、端坐鬢紛紛。」（焉んぞ能く口手を拱《こまね》いて、端坐して鬢《びん》の紛紛たらん。）とあり、『拾得詩』の**拾一八**「**運心常寛廣**」にも「後來人不知、焉能會此義。」（後来《こうらい》人知らざれば、焉んぞ能く此の義を会《え》せしめん。）とある。

(59) 現代では、入矢『寒山』、注（六七ページ）及び入谷・松村『寒山詩』、注（一四四ページ）がこれを支持する。

(60) 「時人《じじん》」という言葉は、『寒山詩集』では他に、一**七〇**「**儂家暫下山**」に「時人皆顧眄」（時人皆な顧眄《こべん》す）とあり、二**五七**「**時人尋雲路**」に「時人尋雲路」（時人雲路を尋ぬ）とある。

(61) さらに、すでに検討した『寒山子詩集』閭丘胤序の第一段落（第一章、第二節、第一項）に、

詳夫寒山子者、不知何許人也。自古老見之、皆謂貧人風狂之士。……時僧遂捉罵打趂、乃駐立撫掌、呵呵大笑、良久而去。

夫《か》の寒山子なる者を詳《つまび》らかにせんとするに、何許《いずこ》の人なるかを知らざるなり。古老の之を見し自《よ》り、皆な貧人・風狂の士と謂う。……時に僧遂に捉罵《そくば》・打趂《だちん》せんとすれば、乃ち駐立して掌《たなごころ》を撫《う》ち、呵呵大笑《かかたいしょう》して、良《や》や久しくて去る。

とある。これも「時人」一般の資料ではなく、むしろ天台山の国清寺サイドの資料と見なすべきものであろう。

(62) 本詩（二二一）の第八句と類似する句が、『拾得詩』の**拾一〇**「**有偈有千萬**」に見える。これは、呼びかける主体が寒山子ではなく拾得となっている点に相異があるけれども、大略、修道上の友人たる「道倫」を求める句である、と言って差し支えないと思われる。

有偈有千萬、　偈《げ》有り（私の作った偈頌《げじゅ》があり）千万あり（千首万首もある）、

卒急述應難。　卒急に（にわかに）述ぶるは応《まさ》に難《かた》かるべし（当然難しいはずだ）。

若要相知者、　若《も》し相い知らんと要《ほっ》する者（私の偈頌を知りたいと思う者）は、

但入天台山。　但だ天台山に入《い》れ（唯一、天台山にやって来るに限る）。
巖中深處坐、　巖中（天台山の岩窟の中）の深処に坐して（深い場所で坐禅を組んで）、
説理及談玄。　理（至上の真理）を説き及《ま》た玄を談ぜん（奥深い道理を議論しよう）。
共我不相見、　（この時）我と相い見ざれば（私と会って語り尽くさなければ）、
對面似千山。　面を対するも（顔を合わせても）千山（千山を隔てる）に似たり。

(63) 項楚『寒山詩注』、【注釈】（一）、四七三ページ。項楚が引用した『臨済録』の読み方は、以下の両書の、日本の伝統的な『臨済録』研究を踏まえた、日本を代表する解釈とは異なる。すなわち、秋月龍珉『臨済録』（「禅の語録」10、筑摩書房、一九七二年四月）の三九ページ（四一、四四ページ）と五二ページ（五三、五四ページ）、及び入矢義高『臨済録』（岩波文庫、一九九九年一月）の四二ページ（四四ページ）と四七ページ（四八ページ）である。筆者は、つぶさに比較・検討した結果、項楚の読み方を取りたいと思う。

第二章　第二節

(64) 序の撰者としての閭丘胤について、現代の有力な『寒山詩』研究はほとんど無視している。たとえば、入矢『寒山』、「解説」は、「この人の名は唐代のどの文献にも現われない。」と述べ（八ページ）、入谷・松村『寒山詩』、「解説」は「閭丘胤自身に関する資料が他に全く存在しない。」と唱える（四八四ページ）。いずれも事実に反する解説である。この件については、上文の第一章、第二節、第一項の解説「その一」と「その二」に略述した。

(65) 道翹について、余嘉錫『四庫提要弁証』四は、

　蓋閭丘胤之事、本屬誣妄、所謂僧道翹者、子虛烏有之人也、安得輯寒山之詩。

　蓋し閭丘胤の事は、本と誣妄《ぶもう》に属す、所謂ゆる僧 道翹なる者は、子虚・烏有《うゆう》の人なり、安《いずく》んぞ寒山の詩を輯《あつ》むるを得んや。

と断言する（一二六四～一二六五ページ）。ところが実際には、李邕「国清寺碑并序」に「寺主道翹」として現れている（入矢

『寒山』、「解説」、一四ページ）。この件については、上文の第一章、第二節、第三項、解説「その七」に述べた。

(66) 賈晋華『古典禅研究』、「附録三」も、余嘉錫のこの説に賛同している。賈晋華は次のように言う（五八七ページ）。

　その説にはある程度の可能性があり、……そうすると閭丘序も晩唐の人の手になることになり、曹山がこの序を偽作したという余氏の推測を傍証しうる。

(67) 初唐以来の道教と仏教との相互に対立しあう関係、李姓を同じくすることを通じた唐王室と道教との利害の一致、それによる唐王室の道教保護などを始めとする宗教政策、特に玄宗の開元九年（七二一年）以降の道教に対する心酔ぶり、さらに武宗の仏教大弾圧に至るまでの経緯などについては、窪徳忠『道教史』（「世界宗教史叢書」山川出版社、一九八〇年八月）、二一九～二四五ページを参照。

(68) 徐霊府に関する基礎的な事実は、卿希泰『中国道教史』第二巻（四川人民出版社、一九九二年七月）、四〇八、四一〇ページを参照。

(69) 杜光庭の唐末～五代の道教の発展に対する貢献については、卿希泰『中国道教史』第二巻が丸々一節を割いて詳細に論じている（四二一～四七七ページ）。また、杜光庭などの重玄派の再検討を行った最近の研究に、李龢書『晋唐道教の展開と三教交渉』（汲古書院、二〇二二年三月）がある。杜光庭については、その一一五～一五七ページを参照。

(70) この件に関しては、前者の主張としては注（13）をも参照。また後者の主張としては注（14）をも参照。なお、閭丘胤序の内容に即した筆者の「解説」としては、第一章、第二節、第一項の「その三」を参照。

(71) 使用したテキストは、『宋高僧伝』上（中華書局、二〇一二年三月）である（三〇八ページ）。

(72) 使用したテキストは、『祖堂集』上（中華書局、二〇一八年十二月）である（三七七～三九一ページ）。また、北宋の釈道原『景徳伝灯録』（一〇〇四年成立）巻十七の曹山本寂章にも、

　撫州曹山本寂禪師、泉州莆田人也。姓黃氏。少慕儒學、年十九出家。入福州福唐縣靈石山、二十五登戒。

　撫州の曹山本寂禅師は、泉州の莆田の人なり。姓は黄氏。少《わか》くして儒学を慕い、年十九にして出家す。福州の福唐県の霊石山に入り、二十五にして戒に登れり（具足戒を受けた）。

とあり、以下、詳しくその事跡などが紹介されている。しかしそこに紹介された本寂の人柄にも、余嘉錫の主張を裏づけるような事実は見出せない（『景徳伝灯録』、新文豊出版公司、一九九七年十二月、一三五〜一三七ページ）。

（73）以下、智巌伝の引用は、『続高僧伝』中（中華書局、二〇〇四年九月）による（七九二〜七九四ページ）。

（74）智巌の出家の理由は、『続高僧伝』中に「栄官の雲の若きを審《つまび》らかにして、遂に棄てて舒州の皖公山に入る。」のように描かれている。このことをも含めて、背景には智巌の巻きこまれた隋末・唐初の革命戦争における、命を賭けた死闘の連続があったものと想像される。

（75）『続高僧伝』智巌伝の文章から察するに、智巌はこのグループの代表格、他の四名は弟分であったに違いない。この時、智巌は「武徳四年、……時年四十」。弟分の閭丘胤は三十歳〜三十五歳であったと仮定することが許されよう。四名が舒州の皖公山に智巌を説得に出かけたのは、武徳四年から数年以内、武徳八年まで（六二一〜六二五年）のこと。その時、閭丘は三十歳〜三十九歳であった。その後、貞観十六年（六四二年）台州刺史に任ぜられた（『嘉定赤城志』による）時、閭丘は五十一歳〜五十六歳になっていた。

（76）本書で言う「今本《きんぽん》」とは、主として底本に採用した四部叢刊景宋刻本や、宮内庁書陵部宋刊本などを指す。

（77）賈晋華『古典禅研究』、「附録三」は、『寒山詩』の作者を探し出そうとするこれまでの努力の一つを紹介して、次のように言う（注（57）、五九七ページ）。

　呉其昱は寒山が初唐の僧の智巌であると推測し、根拠としたのは唐の道宣『続高僧伝』智巌伝に記載されている、麗州刺史の閭丘胤が舒州皖公山に行って山で修行している智巌を訪ねたという事跡である。"A Study of Han-shan"411。この説は閭丘の序を基礎としており、閭丘の序がもし信頼できないなら、この説も成り立ち難いことになる。

呉其昱《ごきいく》という研究者の論文は、Wu Chi-yu, "A Study of Han-shan", *T'oung Pao* 45 (1957): 392-450. である。はなはだ遺憾なことであるが、筆者は今日に至るまで本論文の存在を知らなかったし、また読んだ経験もない。それゆえ、筆者が本書において以下に述べることは、呉其昱論文の影響を受けたものでないことをお断りしておく。なお、その内容について述べれば、寒山子を智巌であろうとする推測には、筆者は賛成できない。一つには、智巌の武徳四年（六二一年）と寒山子の貞観十九年

（六四五年）とでは二十数年の隔たりがある。二つには、智巌の舒州皖公山と寒山子の台州天台山とでは遠く離れていて、同一視することはできない。三つには、智巌はプロフェッショナルの出家僧であるのに対して、寒山子はアマチュアの居士であり、両者の身分の差は大きい。

（78）第一句・第二句が『毛詩』邶風、柏風篇の「我心匪席、不可卷也。」を踏まえることは、日本古注本の釈虎円『首書』・釈交易『管解』・白隠『闡提紀聞』・大鼎宗允『索賾』がすでに指摘している。「須知」（須く知るべし）は、知る必要があるの意。この二字は、本詩が下敷きにした『毛詩』柏風篇には存在しないが、本詩では特にこれを加えて「弁士」や読者に対して宣言し、寒山子の修道の決意が堅いことを示したものである。

（79）「盤陁《ばんた》の石」は、入矢『寒山』、注の説くとおり、「ペタリとした平らかな石のこと」（六六ページ）。項楚『寒山詩注』、【注釈】（三）も、この見解を支持して若干の考証を追加した。また、項楚によれば、天台山に「磐陀石」という名の巨石があったことが、『天台山方外志』巻三に、「磐陀石、在縣東北五十里天封山。」（磐陀石は、県の東北五十里の天封山に在り。）とあることで知られる（四六六ページ）。

（80）「弁士」は、本詩（一七六）のキーワードであるが、引用した現代日本・中国の三著はいずれもステレオタイプ化した解釈に終始していて、残念ながら本詩の真相に迫っていない。入矢『寒山』の注と和訳は六六ページを、入谷・松村『寒山詩』の和訳は二四五ページを、久須本『寒山拾得〈下〉』の和訳は一六ページを、項楚『寒山詩注』は【注釈】（四）の四六六ページを、それぞれ参照。このようなステレオタイプ化した解釈は、日本の江戸時代の『寒山詩』研究に源がある。すなわち、釈交易『管解』と白隠『闡提紀聞』が、『韓詩外伝』の「楚の襄王 使者を遣《つか》わし、金千斤・白璧百双を持って荘子を聘《へい》して以て相《しょう》と為さんとするも、荘子許さず。」という文章を引用し、また釈交易『管解』が、『史記』虞卿列伝の「虞卿《ぐけい》なる者は、游説《ゆうぜい》の士なり。蹻《わらぐつ》を躡《ふ》み簦《かさ》を檐《にな》いて趙の孝成王に説く。一たび見ゆれば、黄金百鎰《ひゃくいつ》・白璧一双を賜わる。再び見ゆれば、趙の上卿と為る、故に号して虞卿と為す。」という文章を引用して、本詩第五句の「弁士」を、中国戦国時代の「弁士」や「游説の士」と同じと見なしたことに由来している。これらの先行研究の影響を受けて、上記の現代日本の諸研究は、寒山子に「金璧（黄金と玉璧）を受けしめんとし」た者を、「王様」（入矢、六六ページ）、「天子」（入谷・松村の二四五ページ、久須本の一六ページ）とする。

しかし、天台山に隠棲する寒山子が「王様」や「天子」から招聘を受けたというのは、前代未聞の話であり、事実無根の解釈である。

(81) 入矢『寒山』、注は、六六ページ。入谷・松村『寒山詩』、一〇二「偃息深林下」の注は、一四三〜一四四ページ、一七二「我見世間人」の注は、二三八ページ、本詩（一七六）の注は、二四五ページ。

(82) 項楚『寒山詩注』、【注釈】〔五〕、四六六ページ。

(83) 尾聯が『荘子』庚桑楚篇を踏まえることは、古注本がいずれも指摘していた。——たとえば、釈虎円『首書』、釈交易『管解』、白隠『闡提紀聞』、大鼎宗允『索賾』。これらの内、大鼎宗允『索賾』は「弁士」の行動の微妙なニュアンスをも解説している。

(84) 本詩の尾聯第七句と『荘子』庚桑楚篇首章との照応関係の指摘については、項楚『寒山詩注』、【注釈】〔六〕が最も妥当である（四六六〜四六七ページ）。一方、入矢『寒山』は、『荘子』庚桑楚篇の「是其の辯に於けるや」を「彼等（いにしえの聖天子といわれる尭・舜）の知弁ときたら」と注した（六六ページ）上で、これに基づいて第七句を解釈する。久須本『寒山拾得〈下〉』、注もこれを踏襲した（一七ページ）。本詩の「弁士」の「辯」と『荘子』庚桑楚篇の「辯」とを混同しており、誤読である。

(85) 第七句「牆《かき》を鑿《うが》って蓬蒿《ほうこう》を植う」の趣旨は、項楚『寒山詩注』、【注釈】〔六〕によって解釈するのがよい（四六六〜四六七ページ）。

(86) 第八句を、入矢『寒山』は「やくたいもない話だ」と訳し（六六ページ）、入谷・松村『寒山詩』は「こんなのは何の役にたつもんかね」と訳し（二四五ページ）、久須本『寒山拾得〈下〉』は「全くつまらない話である」と訳し（一七ページ）、項楚『寒山詩注』、【注釈】〔六〕は「徒労無益」と注する（四六六ページ）。これらはいずれも古代漢語の語法を無視した解釈である。あらためて説くまでもなく、「非」は判断を否定する否定詞であり、本詩の「非有益」は項楚の言う「無益」とは異なる。

(87) この部分の入矢「寒山詩管窺」の「二」からの引用は、八七〜九三ページ。

(88) 『津田左右吉全集』第十九巻所収、四八七〜四八九ページ。

第二章　第三節

(89)『仙伝拾遺』に「其の山は深邃《しんすい》にして、当暑にも雪有り、亦た寒厳と名づく。」とある部分は、閭丘胤序に基づくとは必ずしも言えない。しかし、『寒山詩集』をひもとくならば、われわれは多くの『寒山詩』が、天台山の深邃なたたずまい、夏でも雪のある冷ややかさを詠っていることを見出す。それゆえ、この部分は、恐らく杜光庭の見た『寒山詩』の内容に直接由来する紹介であろう。ここでは、そのことを根拠づける一例として、○六七「**山中何太冷**」を挙げておく。

山中何太冷、　山中何ぞ太《はなは》だ冷ややかなる（何という冷ややかな気に包まれていることか）、
自古非今年。　古自《よ》りにして（昔からのことであって）今年《こんねん》のみに非ず（今年だけではない）。
沓嶂恆凝雪、　沓嶂《とうしょう》（重なる山並み）は恒《つね》に雪を凝《こ》らして（常に雪を凝結させて）、
幽林毎吐煙。　幽林（奥深い林）は毎《つね》に煙（たえず霞霧の気）を吐く（吐き出している）。
草生芒種後、　草は芒種《ぼうしゅ》（二十四節気の一つ、夏至の前）の後に生じて（になってやっと生え）、
葉落立秋前。　葉は立秋（二十四節気の一つ）の前に落つ（早くも枯れ落ちてしまう）。
此有沈迷客、　此（寒山）に沈迷の客（官僚生活に沈没して迷った人、自分自身を指す）有り、
窺窺不見天。　窺窺《きき》するも（しきりに窺い見るが）天を見ず（真実の道はまだ見えない）。

本詩は、寒山子が俗世間の人としての生活を捨て、天台山に登り修業を始めたころの作であって、第一次編纂かもしくは第二次編纂かに分類されるに適わしいものと思われる。起聯・頷聯・頸聯の第一句～第六句は、基本的に天台山・寒山の叙景であり、『仙伝拾遺』の言う「其の山は深邃にして、当暑にも雪有り」というたたずまいが、十分に描かれている。ただし、これら（特に「山中何ぞ太《はなは》だ冷ややかなる」）は単なる叙景ではなく、天台山に来て修道を始めたばかりの寒山子にとっては、寒山における禅修行の苦しさをも言う心の叫びともなっている。

頷聯第三句の「沓嶂」は、重なった山並みのこと。丘遅「旦発魚浦潭」（『文選』巻二十七所収）に「櫂歌發中流、鳴鞞響沓障（嶂）。」（櫂歌《とうか》中流に発し、鳴鞞《めいへい》沓障（嶂）に響く。）とあるが、李善注は「『爾雅』曰、山正（重）曰障（嶂）。」（『爾雅』に曰わく、「山の正《かさ》（重）なれるを障（嶂）と曰う。」と。）とする。『文選』中に同じ用例の「沓嶂」があることは、日本古注

本の釈虎円『首書』・釈交易『管解』・白隠『闡提紀聞』がつとに指摘するところであった。また、大鼎宗允『索賾』も「杳、音蹋、重疊也。」と解釈する。

頸聯第五句・第六句の「芒種」と「立秋」は、農暦二十四節気の一つ。「芒種」が五月節、「立秋」が七月節である。これらについても、釈虎円『首書』・釈交易『管解』・白隠『闡提紀聞』・大鼎宗允『索賾』が指摘している。

尾聯第七句の「沈迷の客」については、入矢『寒山』は「ここに一人、この寒く暗い山の住まいに沈湎している者がいる。」と訳し（五〇ページ）、また入谷・松村『寒山詩』は「この境界に踏み迷った漂泊者がいる。」と訳す（一六ページ）が、ともに不適当。白隠『闡提紀聞』のように、無明長夜の煩悩に沈湎している者のことを指すとするのが何の根拠もない解釈であることは、言うまでもない。渡邊『寒山詩講話』、講話（一一四〜一一五ページ）、太田悌蔵『寒山詩』、脚注（六〇ページ）、延原大川『平訳　寒山詩』、註（六〇ページ）、久須本『寒山拾得〈上〉』、解説（四八ページ）などが白隠禅師の説を踏襲して、現代に至っている。項楚『寒山詩注』が【注釈】〈五〉で、独孤及「酬皇甫侍御望天灊山見示之作」に「愧作拳僂人、沈迷簿書内。」（愧ず拳僂の人と作りて、簿書の内に沈迷せるを。）とあるのなどを引用する（一八六〜一八七ページ）のが有益である。尾聯第二句・第八句の趣旨は、寒山子が天台山に来る以前、かつては俗世間の官僚生活に沈没して迷っていた人であったので、新天地においていくら頻りに天（真実の道の世界）を窺い見ようと努めても、それは難しいことだ、と言うのである。ちなみに、第八句「窺窺するも天を見ず」は、入矢『寒山』、注（五〇ページ）、項楚『寒山詩注』、【注釈】〈六〉（一八七ページ）の言うように、『楚辞』「九歌」山鬼篇の「余處幽篁兮終不見天」（余《われ》幽篁に処りて終《つい》に天を見ず）を下敷きにしている。しかし、その趣旨は、寒山子が過去の官僚生活を捨て現在の隠遁の「窺窺する」前向きの姿勢ではあっても、「沈迷」から抜け出しただけでまだ到底「天」にまでは達していないことを言う。

(90)「南岳天台派」とは、卿希泰『中国道教史』第二巻の概念を借用したもの。該書は、「道教の各派は、隋唐を経て徐々に融合し、混一の趨向を出現させた。中唐・晩唐から五代十国にかけて、道派の系統の最も明確なものは、茅山宗とそれから派生した南岳天台派である。」（四〇六ページ）と規定した上で、その歴史を詳細にたどり（四〇五〜四二一ページ）、その歴史の中に徐霊府を位置づけている（四〇八及び四一〇ページ）。

(91) テキストは、『古逸叢書』中（江蘇広陵古籍刻印社、一九九〇年六月）所収の『影旧鈔巻子本天台山記』による。

(92) 余嘉錫『四庫提要弁証』四は、徐霊府は『天台山記』において寒山子のことを言っておらず、恐らく寒山子を識らなかったであろう、と述べる（一二五九ページ）。また賈晋華『古典禅研究』、「附録三」も、余嘉錫に同調した上で、「『仙伝拾遺』も霊府が寒山に出会ったとは述べていないので、遅くとも元和年間（八〇六～八二〇）初めには、寒山はこの世にいなかったのであろう。」と述べる（五七三～五七四ページ）。

(93) 賈晋華『古典禅研究』、「附録三」及び注（41）を参照（五七三、五九六ページ）。

(94) 『仙伝拾遺』の「凡そ三百余首あり」は、寒山子の作詩の首数の「三百余首」なのか、それとも徐霊府による編纂後の「三百余首」なのか、読解するわれわれとして両様に読むことが可能であり、迷うところである。両者の中間の「好事者有り、随って之を録すれば、凡そ三百余首あり。」という記録者・整理者は、『仙伝拾遺』の文脈から判断するに編纂者サイドではなく作詩者サイドに属するので、「凡そ三百余首あり」の結果も「大暦中」に行われたことと考えることにしたい。ちなみに、『寒山子詩集』閭丘胤序の末尾にも「乃ち僧 道翹に令して、其の往日の行状を尋ねしむ。唯だ竹木・石壁に於いて書ける詩、并びに村《そん》墅《しょ》の人家の庁壁の上に書く所の文句 三百余首、」などとあって、「三百余首」は寒山子が書き散らした詩の、編纂に至る前の数である。ただし、閭丘胤の場合も徐霊府の場合も、結局「三百余首」は恐らくそのまま第一次編纂と第二次編纂の『寒山詩』の総詩数でもあると認められよう。

(95) この問題については、上文の第二章、第二節、第一項を参照。ちなみに、この場合、（余嘉錫が推測する）曹山本寂が「喜んだ」徐霊府の編纂した『寒山詩』の「仏理」とは、第二類中のそれだけでなく、第一類と第二類の両者を合わせた『寒山詩』中に広く漠然と含まれる「仏理」を言うのであろう。

(96) 入矢「寒山詩管窺」、「一」～「四」からの引用は、八一～一一五ページ。

(97) 公平を期して述べれば、入矢「寒山詩管窺」は『寒山詩集』に「佛教的内容をもたない勧世詩」が存在することをも認める（「四」、一一二ページ）し、また「寒山の詩には道家思想を盛つたものがかなりある」ことをも認める（「一」、八三ページ）。それゆえ、『寒山詩』を仏教・禅宗一色と見なしているのではないことは明らかである。ただし、杜光庭という人物が当代道教の最大の理論家であることを明確に把えていない。他方、余嘉錫『四庫提要弁証』四は、『寒山詩集』に存在する道教・神仙思想の詩を極めて重視して、寒山子を内丹術を実践した唐末の仙人であると規定している（一二六一〜一二六二ページ）。しかし、『寒山詩集』に含まれる、（道教・神仙思想に限っても）詩篇ごとに現れる措辞や内容の多様なバラツキ、作詩者の違いに基づく感性や作風の多彩な相異性、作詩の時代背景の違いによる詩意・詩旨の多様性、編纂時の相異による内容の根本的な改変の可能性、などをいずれも無視しているために、この見解は十分な説得力を持っていない。

(98) その後、渡邊『寒山詩講話』、講話（一三八ページ）、久須本『寒山拾得〈上〉』、和訳（一五五ページ）もこの誤りを踏襲した。釈清潭の時代には道教研究がまだ進展していなかったし、渡邊海旭の時代にも道教研究は広く知られていなかったので、このような誤解にはやむをえない面があるかもしれない。

(99) 本詩を正解するために『漢武内伝』と『雲笈七籤』とを引用したのは、入谷・松村『寒山詩』、注（一一六〜一一七ページ）が最も早いようである。しかしながら、入谷・松村『寒山詩』の引用は、第一に、本詩と『漢武内伝』とで重複する、肝心の「益とは精を益すなり、易とは形を易うるなり、能く益し能く易うれば、名は仙籍に上り、益さず易えざれば、死厄を離れず。」を引用していない。『雲笈七籤』の引用ではその部分を引用してはいるけれども。第二に、本詩が『漢武内伝』『雲笈七籤』の当該個所（の道教・神仙思想）の丸写しであり、その言葉使い・思想内容から一歩たりとも外に出るものでないことを明確に指摘してはいない。第三に、本詩頸聯の第六句中の「上仙籍」（仙籍に上る）を「上仙の籍」と誤読し、『雲笈七籤』中の当該個所の「名上仙籍」（名は仙籍に上る）を「上仙籍と名づく」と誤読している。

その後、入谷・松村『寒山詩』、注を踏まえた久須本『寒山拾得〈上〉』もこれらの三点の問題をそのまま温存している（訓読・和訳・注、一五四〜一五五ページ）。これに引き替え、項楚『寒山詩注』、「楚按」は、本詩に登場する重要な句を、『漢武内伝』と『雲笈七籤』以外からも捜集《そうしゅう》している（二一九ページ。以上の「第一」）。第二について言えば、古注本の釈交易『管解』が「此篇不易解。」（此の篇解し易からず。）と断って、趣旨を把えることにほとんど匙を投げていたし、若生国栄『寒山詩講義』、講義が、「この詩の主意は、道士が鍛錬の術を学ぶも、終に益無きことを呵す。」（一〇〇ページ）と述べたように、真逆な理解を示す者も少なくなかったのである。第三については、本詩第六句の「上仙籍」は、釈虎円『首書』・白隠『闡提紀聞』も「上仙の籍」と誤読しており、「仙籍に上る」と正しく読むのは、釈交易『管解』・大鼎宗允『索賾』に始まる。現代では、項楚『寒山詩注』、【注釈】（一）が「上仙籍：名登仙籍、亦即成仙之意。『仙籍』即神仙之名冊、仙籍有名者方得成仙。」とした上で、多くの実証資料を挙げている（二一七〜二一八ページ）。これに従うべきである。

(100)『雲笈七籤』巻五十六「元気論」は、以下のとおり。

仙經云、「一陰一陽謂之道、三元二合謂之丹、泝流補腦謂之還、精化爲氣謂之轉。一轉一易一益、每一轉延一紀之壽、九轉延一百八歳。」西王母云、「呼吸太和、保守自然、先榮（營）其氣、氣爲生源。所謂易益之道、益者益精也、易者易形也、能益能易、名上仙籍、不益不易、不離死厄。行此道者、謂常思靈寶。靈者神也、寶者精也。但常愛氣惜精、握固閉口、吞氣咽液、液化爲精、精化爲氣、氣化爲神、神復化爲液、液復化爲精、精復化爲氣、氣復化爲神。如是七返七還、九轉九益（易）、既益精矣、即（既）易形焉。此易非是其死、乃是生易其形、變老爲少、變少爲童、變童爲嬰兒、變嬰兒爲赤子、即爲眞人矣。」

仙経に云わく、「一陰一陽之を道と謂い、三元二合之を丹と謂い、流れに泝《さかのぼ》り脳を補う之を還と謂い、精化して気と為る之を転と謂う。一転・一易・一益あり、一転毎に一紀の寿《いのち》を延ばし、九転すれば一百八歳を延ばす。」と。西王母云わく、「太和を呼吸し、自然を保守して、先ず其の気を栄（営）めば、気は生の源と為る。所謂ゆる易益の道は、益とは精を益すなり、易とは形を易《か》うるなり、能く益し能く易うれば、名は仙籍に上り、益さず易えざれば、死厄を離れず。此の道を行う者は、常に霊宝を思うを謂う。霊とは神《しん》なり、宝とは精なり。但だ常に気を愛み精を惜《おし》しみ、握ること固く口を閉ざし、気を呑み液を咽《の》めば、液は化して精と為り、精は化して気と為り、気は化して神と為り、神は復《ま》た化して液と為り、液は復た化して精と為り、精は復た化して気と為り、気は復た化して神と為る。是《か》くの如く七返七還し、九転九益（易）すれば、既に精を益せり、即（既）に形を易えたり。此の易は是《これ》其の死を是《ぜ》とするに非ず、乃ち是生きながら其の形を易え、老を変えて少と為し、少を変えて童と為し、童を変えて嬰児と為し、嬰児を変えて赤子と為して、即ち真人と為るなり。」と。

注(99)に述べたように、入谷・松村『寒山詩』、注（一一七ページ）は、『雲笈七籤』巻五十六の引用では、本詩と『漢武内

伝』とが「所謂ゆる易益の道」前後の部分で重複する事実をほぼ的確に指摘している。この点は、久須本『寒山拾得〈上〉』、注（一五五ページ）も同じ。

(101)「雉《ち》」字の訓詁・考証について、古注本の釈虎円『首書』・釈交易『管解』・白隠『闡提紀聞』・大鼎宗允『索賾』による。

(102)「堞《ちょう》」及び「雉堞《ちちょう》」の考証については、釈虎円『首書』・白隠『闡提紀聞』・大鼎宗允『索賾』を参照。

(103)第五句の「自ら振るう孤蓬の影」が鮑照「蕪城賦」の「孤蓬は自ら振るう」を踏まえるという指摘は、釈交易『管解』・白隠『闡提紀聞』がすでに行っていた。

(104)第六句の「拱木」が『春秋』左氏伝僖公三十二年に基づくという指摘は、釈虎円『首書』・釈交易『管解』・白隠『闡提紀聞』・大鼎宗允『索賾』がつとに行っている。

(105)第六句の「拱木」に関して、江淹「恨賦」を踏まえるという指摘は、釈虎円『首書』・釈交易『管解』・白隠『闡提紀聞』がすでに行っている。

(106)入矢『寒山』、注（一〇〇ページ）のこの説は、ただ表面的な解釈であって物足りない。その後は、入谷・松村『寒山詩』、和訳（一〇三ページ）や、項楚『寒山詩注』、【注釈】〔一〕（一八七ページ）もこの表面的な解釈を踏襲している。

(107)「山客」を道士とする白隠禅師の説は、その後、若生国栄『寒山詩講義』、講義（九〇ページ）、渡邊『寒山詩講話』、講話（一一五ページ）、久須本『寒山拾得〈上〉』、注（一四二ページ）に、支持・継承されていった。

(108)第一句の「悄悄」について、『毛詩』、邶風、柏舟篇を引用するのは、釈虎円『首書』・白隠『闡提紀聞』に始まる。本詩（〇六八）はこれを踏まえていると考えられる。

(109)起聯二句の解釈に関しては、白隠『闡提紀聞』、若生国栄『寒山詩講義』、講義（九〇ページ）、渡邊『寒山詩講話』、講話（一一五〜一一六ページ）を参照。

(110)「芝《し》・朮《じゅつ》」についての許渾の詩とその注の徴引は、釈交易『管解』・白隠『闡提紀聞』による。その後、項楚『寒山詩注』、【注釈】〔三〕は、さらに詳細に資料を収集している（一八八ページ）。

(111)白隠『闡提紀聞』の後は、渡邊『寒山詩講話』、講話（一一六ページ）、久須本『寒山拾得〈上〉』、解説（一四二〜一四三ページ）が、同じ把え方である。

(112) 白隠『闡提紀聞』の後は、渡邊『寒山詩講話』、講話（一一六ページ）、久須本『寒山拾得〈上〉』、解説（一四三ページ）がこの解釈を踏襲している。

(113) 第七句を解釈するために『楚辞』招隠士篇を引用したのは、釈交易『管解』・白隠『闡提紀聞』・大鼎宗允『索賾』に始まる。

(114) 入矢『寒山』、注（一〇〇～一〇一ページ）、入谷・松村『寒山詩』、「欲向東巖去」（二九七）、注（二一一ページ）、久須本『寒山拾得〈上〉』、注（一四二ページ）は、両者の「山」を混同して立論している。

(115) 尾聯二句を解釈するために沈約「学省愁臥」を引用したのは、古注本の釈虎円『首書』・釈交易『管解』・白隠『闡提紀聞』に始まる。現代になって、入矢『寒山』、注（一一〇ページ）、入谷・松村『寒山詩』、「欲向東巖去」（二九七）、注（二一一ページ）、久須本『寒山拾得〈上〉』、注（一四二ページ）、項楚『寒山詩注』、【注釈】〔五〕（一八八～一八九）が、これらを踏襲した。しかしいずれも不適当。

(116) 孫綽「遊天台山賦」の「八桂」の存在の指摘は、入矢『寒山』、注（一〇九ページ）による。その後は、入谷・松村『寒山詩』、「欲向東巖去」（二九七）、注（二一一ページ）、久須本『寒山拾得〈上〉』、注（一四二ページ）が、これを襲った。ちなみに、孫綽「遊天台山賦」の李善注は、次のように記す。

『山海經』曰、「桂林八樹、在賁隅東。」郭璞曰、「八樹成林、言其大也。賁隅音番禺。」『神農本草經』曰、「桂葉冬夏常青不枯。」又曰、「赤芝一名丹芝、黄芝一名金芝、白芝一名玉芝、黒芝一名玄芝、紫芝一名木芝。馮衍『顯志賦』曰、『食五芝之茂英。』」

――『山海経』に曰わく、「桂林の八樹は、賁隅《ばんぐう》の東に在り。」と。郭璞《かくはく》曰わく、「八樹 林を成すとは、其の大なるを言うなり。賁隅は音は番禺なり。」と。『神農本草経』に曰わく、「桂葉は冬夏に常に青くして枯れず。」と。又た曰わく、「赤芝は一名丹芝、黄芝は一名金芝、白芝は一名玉芝、黒芝は一名玄芝、紫芝は一名木芝なり。馮衍『顕志賦』に曰わく、『五芝の茂英を食らう。』と。」と。

(117) 本詩（〇六八）の尾聯二句の解釈と関連づけて、**二九七「欲向東巖去」**の「茲《こ》の丹桂の下に住《とど》まって、且《しばら》く白雲に枕して眠らん。」を引用するのは、入矢『寒山』、注（一〇九ページ）である。その後、入谷・松村『寒山詩』、「欲向東巖去」（二九七）、注（二一ページ）が、これを詳述している。なお、入矢『寒山』、注（一〇九ページ）は、『拾得詩』、拾三八「若論常快活」の「旋瞻見桂輪」の「桂」をも桂樹の意として挙げるが、「見桂」を宮内庁本・正中本・高麗本・四庫全書本は「丹桂」に作るものの、底本（四部叢刊本）は「見桂」に作っており、テキスト上問題があるので、ここでは取り上げないこととする。

(118) 第三句の「石橋苺苔緑なり」については、釈交易『管解』の先駆的な仕事を除けば、項楚『寒山詩注』、本詩（拾四八）、【注釈】〔一〕（九一〇ページ）及び項楚『寒山詩注』（〇四四）、【注釈】〔五〕（一二二～一二四ページ）が、最も詳細であり参照に価いする。

(119) 第五句の「瀑布は懸かりて練の如し」に関する徴引は、釈交易『管解』に従った。項楚『寒山詩注』、本詩（拾四八）、【注釈】〔二〕にも若干の補足がある（九一〇～九一一ページ）。

(120) 第七句・第八句の「更に華頂の上に登り、猶お孤鶴の期を待つ。」に関する徴引は、釈交易『管解』に従った。また、項楚『寒山詩注』、本詩（拾四八）、【注釈】〔四〕をも参照（九一一ページ）。

(121) 第一句の「双渓」の考証については、項楚『寒山詩注』、【注釈】〔一〕の引く徐霊符『天台山記』（八六六ページ）を参照。ちなみに、釈交易『管解』は、『寒山詩集』の一九五「丹丘迥聳與雲齊」の詩と関係の深い天台山中の「雙澗」のことではないかと推測する。

(122) 第一句の「春を計えず」の考証については、項楚『寒山詩注』、【注釈】〔一〕を参照（八六六ページ）。

(123) 第二句の「黄精」の考証については、釈虎円『首書』・釈交易『管解』によった。項楚『寒山詩注』、【注釈】〔二〕は、これらを補足してさらに詳しい（八六七ページ）。

(124) 正中本系統の「招手石」に作るテキストに基づき、「招手石」を『景徳伝灯録』巻二十七天台山智者禅師智顗章の記事によって解釈するのは、釈虎円『首書』・白隠『闡提紀聞』に始まる。その後は、若生『寒山詩講義』、講義（二五六ページ）、渡邊『寒山詩講話』、講話（五六一～五六二ページ）、太田悌蔵『寒山詩』、脚注（二五六ページ）、項楚『寒山詩注』、【注釈】〔五〕（八六七～八六八ページ）が、これを踏襲した。中でも項楚が最も詳しい。また、釈交易『管解』は北宋の睦庵善卿『祖庭事苑』巻五を引用するが、内容的にはまったく同じ踏襲である。

　本詩第七句において、「拍手去」または「招手石」を天台大師智顗と結びつけるのが誤りである理由は、第一に、本詩の第一句から第六句まで、すべて道教・神仙思想に基づく「仙薬」「仙食」の錬製とそれを食らうことだけが詠われており、智顗のような仏教（禅宗）の思想・文化はここには全然登場してこないからである。ここに、智顗の「招手石」説話を結びつけるのは、無理な牽強付会に過ぎない。第二に、第七句の中においても、「齢を延ばし寿尽くれば」と言うのは、もちろん、道教・神仙の不老不死・養生思想である。本句の中にも、智顗のような仏教（禅宗）の思想・文化はやはり含まれておらず無関係である。

(125) 第一句の「常に酔えるが如し」を解釈するために、『毛詩』王風、黍離篇の「中心如酔」（中心酔えるが如し）を引用するのは、釈交易『管解』・白隠『闡提紀聞』に始まる。また、釈交易『管解』・白隠『闡提紀聞』は、『後漢書』劉寛列伝に、

　靈帝頗好學藝、毎引見寛、常令講經。寛嘗於坐被酒睡伏。帝問、「太尉醉邪。」寛仰對曰、「臣不敢醉、但任重責大、憂心如醉。」帝重其言。

　霊帝頗《すこぶ》る学藝《がくげい》を好み、寛を引見する毎に、常に経を講ぜしむ。寛嘗《かつ》て坐に於いて酒を被《こうむ》り睡伏せり。帝問う、「太尉酔えるか。」と。寛仰対えて曰わく、「臣敢えて酔わず、但だ任重く責大なり、憂心酔えるが如し。」と。帝其の言を重んず。

とある事実を指摘する。本詩（〇四八）がこれらを読みこんでいるという認識であろう。なお、現代に至って、項楚『寒山詩注』、【注釈】〔一〕にこれらへの補足がある（一三一ページ）。

(126) 第三句の「蓬蒿」に関する資料収集は、項楚『寒山詩注』、【注釈】〔三〕も基本的に釈交易『管解』・白隠『闡提紀聞』と同じ。ただし、項楚は晋の崔豹『古今注』巻中などのより古い資料を挙げている（一三二ページ）。

(127)「暁月」に作る訳注書をいくつか挙げれば、たとえば、以下のとおり。――若生『寒山詩講義』、経文・講義（七一〜七二ページ）、釈清潭『寒山詩新釈』、経文・〔句釈〕（五九ページ）、渡邊『寒山詩講話』、経文・〔訓読〕（八三〜八四ページ）、太田『寒山詩』、経文・訓読（四七ページ）、延原『平訳　寒山詩』、経文・訓読（四八ページ）、入谷・松村『寒山詩』、経文・訓読・注（八〇〜八一ページ）。

(128) 第四句と〇一七「四時無止息」中の類似表現については、項楚『寒山詩注』、【注釈】〔四〕を参照（一三二ページ）。また、第四句と〇四六「誰家長不死」中の類似表現については、入矢『寒山』、〇四六「誰家長不死」、注（一五二ページ）を参照。

(129) 「遮莫」の入矢説は、項楚『寒山詩注』、【注釈】〔六〕が「遮莫：縦然、儘管。」とする（一三二ページ）のに同じ。ただし、これは入矢・項楚の現代における新発明ではなく、日本古注本の釈交易『管解』・白隠『闡提紀聞』がすでに提唱していた見解である。釈交易『管解』・白隠『闡提紀聞』は、『事文類聚別集』巻六に引かれた、『芸苑雌黄』の「遮莫、蓋俚語、猶言儘教也。自唐以來有之。」（遮莫は、蓋《けだ》し俚語《りご》なり、猶《な》お儘教《じんきょう》と言うがごときなり。唐自《よ》り以来之有り。）を引用してこれを提唱したのであった。

(130) 「鉄口を齩む」の趣旨の誤解については、入谷・松村『寒山詩』、訓読・和訳（八一ページ）、久須本『寒山拾得〈上〉』、訓読・和訳（一一八ページ）が、入矢『寒山』を襲っている。その遠因は、同様の訓み方を始めた古注本の釈虎円『首書』・釈交易『管解』・白隠『闡提紀聞』・大鼎宗允『索賾』にある。ちなみに、旧説の中でも、渡邊『寒山詩講話』、講話は、「かくて今世の罪業に因りて、鐵を啣み鞍を負はされるやうな畜身に生れ更つて來たところで、……」（八四ページ）と解釈し、また太田『寒山詩』、脚注は、「〇鐵を齩む。鐵を啣み鞍を負ふ底の畜生のこと。前世の縁にてこゝに堕するなり。」（四八ページ）と解釈して、すでに正解に達していた。

(131) 「老経」が『老子』を指すことは、釈交易『管解』・白隠『闡提紀聞』以来の不動の定説である。現代の項楚『寒山詩注』、【注釈】〔七〕は、この件を考証して最も詳しい（一三三ページ）。

(132) 白隠『闡提紀聞』の「評曰」が示唆するように、『老子』（河上公本）第六章に「谷神不死、是謂玄牝。」（神《しん》を谷《やしな》えば死せず、是を玄牝《げんぴん》と謂う。）とある。これは道教の不老長生の原型に近い思想であって、五臓の神を谷（養）うことによって「玄」（天）と「牝」（地）にも通ずる不死を得ようとするものである。これ以外にも、『老子』中に道教・神仙思想の「不死」の願いを根拠づける章が多くあることは、あらためて述べるまでもない。

(133) 少し後の白隠『闡提紀聞』も同じ見解である。

(134) 項楚『寒山詩注』、【注釈】〔一〕の一七九ページ。

（135）第三句・第四句を解釈するために『春秋』左氏伝襄公八年を引用するのは、日本古注本の釈交易『管解』・白隠『闡提紀聞』に始まる。釈交易『管解』・白隠『闡提紀聞』は、さらに東晋の王嘉『拾遺記』巻一の「又有丹丘千年一焼、黄河千年一清、至聖之君、以爲大瑞。」（又た丹丘千年に一たび焼け、黄河千年に一たび清むも、至聖《しせい》の君は、以て大瑞《たいずい》と為す。）、及び『後漢書』文苑列伝（趙壹伝）の「有秦客者、乃爲詩曰、『河清不可俟、人命不可延。』」（秦客なる者有り、乃ち詩を為《つく》って曰わく、「河の清むは俟つ可からず、人の命は延ばす可からず。」と。）を引用して、詩意の解明に努めている。その後、中国現代の項楚『寒山詩注』、【注釈】〔二〕になると、「百年河清を俟つ」についての考証を一層詳しく積み重ねている（一七九～一八〇ページ）。

（136）「羽翼を生ず」については、項楚『寒山詩注』、【注釈】〔四〕に若干の徴引がある（一八〇ページ）。

（137）「鬒髪《しんぱつ》」の解釈は、釈交易『管解』による。項楚『寒山詩注』、【注釈】〔五〕はさらに詳細に考証を加えている（一八〇～一八一ページ）。

（138）第八句の解釈に古楽府「長歌行」（『文選』巻二十七所収）を参照するのは、釈交易『管解』・白隠『闡提紀聞』を除けば、入矢『寒山』、注だけのようである（一四〇ページ）。

（139）ちなみに、『寒山子詩集』閭丘胤序の第三段落で、台州の役人たちや国清寺の僧徒たちに向かって、寒山子が「報汝諸人、各各努力。」（汝ら諸人に報《つ》ぐ、各各努力せよ。）と呼びかけた「努力」も、同じく仏道修行上の「努力」を意味するに違いない。第一章、第二節、第三項を参照。

（140）『大宝積経』巻五十七の引用は、項楚『寒山詩注』、【注釈】〔一〕に従った（二四三ページ）。

（141）『荘子』逍遥遊篇と成玄英疏の引用は、項楚『寒山詩注』、【注釈】〔三〕による（二四三～二四四ページ）。また、『列子』力命篇の引用は、釈交易『管解』・白隠『闡提紀聞』を参照。

（142）『雑阿含経』巻三十一の引用は、項楚『寒山詩注』、【注釈】〔三〕に従った（二四四ページ）。

（143）「出離」については、項楚『寒山詩注』、【注釈】〔六〕に若干の考証がある（二四四ページ）。

（144）「法中の王」の解釈は、入谷・松村『寒山詩』、注（一二九～一三〇ページ）、久須本『寒山拾得〈上〉』、注（一七〇ページ）、項楚『寒山詩注』、【注釈】〔七〕（二四五ページ）などを参照。項楚は、「法中の王」の用例を、永嘉玄覚「証道歌」以外の仏典からも収集している。

(145) 本来外在的な仏陀を意味した「法中の王」を、一六三「男兒大丈夫」に見える「心王の主」と同定することを通じて、すべての人々に本来具わる真如の仏性のように内在化して理解したのは、入谷・松村『寒山詩』、注(一二九～一三〇ページ)である。しかし、この新しい解釈は、実際のところはより早く、釈清潭『寒山詩新釈』、〔句釈〕(一〇一ページ)や、渡邊『寒山詩講話』、講話(一五五～一五六ページ)が先鞭を着けていたのであった。

(146) 項楚『寒山詩注』、【注釈】〔一〕は、「塵蒙：謂塵世。」とした上で、若干の資料を集める(六〇八ページ)が、「塵蒙」を狭義の仏教(禅宗)の方向に引っ張り過ぎていて、不適当。ちなみに、第二句の「恰も盆中の虫に似たり」について、項楚『寒山詩注』、【注釈】〔二〕は、銭鍾書『管錐編』第三冊(二〇 全漢文巻二二)の董仲舒「士不遇賦」を論じた長い解説の文章(本詩の前半を含む)で、黄庭堅の『関尹子』の取り扱い方に「點化脱換之法」がよく示されているなどとする個所を引用する(六〇八～六〇九ページ)。しかしながら、この【注釈】〔二〕も適当はでない。その理由は、銭鍾書は、『関尹子』の道家的な「聖人の道」と黄庭堅の「蟻旋磨」(本詩第四句の「其の盆中を離れず」)とを混同している。その上、銭鍾書が同一視する「磨牛・磨驢」と「蟻旋磨」とは、もともと由来を異にする故事に基づくものだからである。

(147) 入谷・松村『寒山詩』、注は、その後に、王維「秋夜独坐」に「白髮終難變、黄金不可成。」(白髪終に変じ難く、黄金成す可からず。)とあるのを引用して、「似たような例として、……道教の不老不死思想や錬金術を批判しているのがある。」と付記する(三一六ページ)。

(148) 項楚『寒山詩注』、【注釈】〔一〕に、「道観」についての初歩的な解明がある(六五〇ページ)。

(149) 入矢『寒山』、注による(一二〇ページ)。

(150) 「星冠」と「月帔」の解釈は、入矢『寒山』、注に従った(一二〇ページ)。唐代や道教の「星冠」「月帔」の実際の用例は、入谷・松村『寒山詩』、注に若干の徴引がある(三四〇ページ)。その後、項楚『寒山詩注』、【注釈】〔三〕が詳細に追求している(六五〇～六五一ページ)。「横たう」の解釈は、項楚『寒山詩注』、【注釈】〔三〕に従った(六五一ページ)。

(151) 現代日本の『寒山詩』訳注書で、「云く道……」と誤読するのは、太田『寒山詩』、訓読(一七八ページ)、延原『平訳 寒山詩』、訓読・和訳（一七五ページ）である。

(152)「妙薬」は、入矢『寒山』、注が「神仙術に用いる各種の仙薬をいう。」とする（一二〇ページ）他、項楚『寒山詩注』、【注釈】〈八〉に若干の検討がある（六五一〜六五二ページ）。

(153)「死を守って」の出典の指摘は、入矢『寒山』、注によった（一二一ページ）。

(154)「鶴の来たるを待ち」が王子喬の故事を踏まえて書かれていることは、すでに釈虎円『首書』・釈交易『管解』・白隠『闡提紀聞』・大鼎宗允『索賾』が指摘しており、項楚『寒山詩注』、【注釈】〈九〉が若干の資料を補足する（六五二ページ）。

(155)「鶴の来たるを待ち」が、また桓闓の故事をも踏まえていることは、すでに釈交易『管解』が詳しく論じている。白隠『闡提紀聞』、大鼎宗允『索賾』もこれを襲う。その後、項楚『寒山詩注』、【注釈】〈九〉に若干の資料補遺がある（六五二ページ）。

(156)「魚に乗って去らん」が琴高の故事を踏まえることは、すでに釈虎円『首書』・釈交易『管解』・白隠『闡提紀聞』・大鼎宗允『索賾』が指摘するところである。その後、項楚『寒山詩注』、【注釈】〈一〇〉が若干の資料補遺を行った（六五二〜六五三ページ）。

(157)「魚に乗って去らん」が、また子英の故事をも踏まえることは、釈交易『管解』が指摘し、後に項楚『寒山詩注』、【注釈】〈一〇〉が若干の資料補遺を行った（六五三ページ）。

(158)「之を返窮せり」の和訳は、久須本『寒山拾得〈下〉』は、入矢『寒山』にほぼ同じ（一二三ページ）。一方、入谷・松村『寒山詩』は、「あべこべに追究した」と和訳する（三四〇ページ）。

(159)「但だ箭《や》の空を射るを看れば、須臾《しゅゆ》にして還《ま》た地に墜つ。」が永嘉玄覚「証道歌」を踏まえることは、釈虎円『首書』・釈交易『管解』・白隠『闡提紀聞』がすでに指摘している。二句の意味は、項楚『寒山詩注』、【注釈】〈一三〉が「比喩最終徒勞無功。」と解釈するのに従う。なお、項楚は、これと類似する表現を、永嘉玄覚「証道歌」以外にも収集していて有益である（六五四ページ）。

(160)「但だ箭の空を射るを看れば、須臾にして還た地に墜つ。」について、入矢『寒山』、注は、永嘉玄覚「証道歌」を引用して解釈した後、「ここでは、たとい仙術を学んでも、結局は俗界に堕落するだけだという意味をも含ませてある。」と言う（一二一ページ）。しかし、この二句はそのような軽い意味ではない。

(161) 「饒《たと》い你《なんじ》仙人を仙人を得るも、恰《あたか》も屍を守るの鬼《き》に似たりと。」の解釈に『五灯会元』巻八・『宛陵録』を参照すべきことは、すでに釈交易『管解』が指摘。白隠『闡提紀聞』は『五灯会元』巻八だけを引用する。その後、項楚『寒山詩注』、【注釈】〔一五〕は、さらに若干の資料補遺を行った（六五四〜六五五ページ）。

(162) 五祖弘忍『最上乗論』は、実際には「本来清浄の自心」を「月」にではなく、「日輪」に喩えている。入矢の引用する『楞厳経』や『伝心法要』の比喩も、「月」ではなく「大日輪」であって、入矢の注は正確とは言えない。この点に関する限りは、項楚『寒山詩注』、【注釈】〔一六〕が、「心月」という表現に正確を期して資料を集めている（六五五〜六五六ページ）のが優れる。

(163) 黄檗希運『伝心法要』に、次のように見える。

所言「同是一精明、分爲六和合。」一精明者、一心也。六和合者、六根也。此六根各與塵合。眼與色合、耳與聲合、鼻與香合、舌與味合、身與觸合、意與法合、中閒生六識爲十八界。若了十八界無所有、束六和合爲一精明。一精明者、即心也。學道人皆知此、但不能免作一精明六和合解、遂被法縛不契本心。

言う所の「同じく是一精明なるも、分かれて六和合と為る。」とは、一精明なる者は、一心なり。六和合なる者は、六根なり。此の六根は各々塵と合す。眼は色と合し、耳は声と合し、鼻は香りと合し、舌は味と合し、身は触と合し、意は法と合して、中間に六識を生じて十八界と為る。若し十八界は有る所無しと了すれば、六和合を束ねて一精明と為さん。一精明なる者は、即ち心なり。学道の人は皆な此を知るも、但だ一精明・六和合の解を作《な》すを免るる能わず、遂に法に縛られて本心に契《かな》わず。

第十八句の「万像」は、『伝心法要』の「十八界」に相当すると言って差し支えあるまい。

(164) 項楚『寒山詩注』、【注釈】〔一八〕、六五六ページ。五代の譚峭『化書』にも、「得灝氣之門、所以收其根、知元神之舍、所以收其光。」（灝気《こうき》の門を得るは、其の根を収むる所以なり、元神の舎《やど》を知るは、其の光を収むる所以なり。）とある。ただし、項楚は、寒山が第二十句において「元神」という道教用語を使用することの意義・狙いについて、遺憾ながら何も述べていない。

(165) 「黄巾公」を張角を指すとするのは、たとえば、釈清潭『寒山詩新釈』、新釈（一九八ページ）、渡邊『寒山詩講話』、講話

（四一四ページ）、太田『寒山詩』、脚注（一七九ページ）、延原『平訳　寒山詩』、註（一七六ページ）、入矢『寒山』、注（一二一ページ）などである。

(166) その後、白隠『闡提紀聞』は、釈虎円『首書』の張角説と釈交易『管解』の道士説とを折衷している。若生『寒山詩講義』、講義（二二一ページ）は、白隠『闡提紀聞』の下手な模倣である。

(167) 入矢『寒山』、注、一一九ページ。なお、入矢の言う「古い楽府」とは、『楽府詩集』巻三十九に「豔歌何嘗行」として記録されている「古辞」を指し、また入矢の言う「『飛来双白鶴』という題の歌」とは、宋の呉邁遠「飛来双白鵠」、陳の後主「飛来双白鶴」、梁の元帝「飛来双白鶴」、唐の虞世南「飛来双白鶴」の四首を指す。

(168) 入矢の解釈は、その後、入谷・松村『寒山詩』、注、六九ページ、また久須本『寒山拾得〈上〉』、注、一〇五ページもほぼ踏襲している。

(169) 入矢『寒山』、注の文学的な解釈（一一八ページ）、及び項楚『寒山詩注』、【注釈】〔一〕の考証（一〇八～一〇九ページ）を参照。

(170) 入谷・松村『寒山詩』、六八ページ。また、久須本『寒山拾得〈上〉』、和訳もこれを踏襲している（一〇五ページ）。

(171) 『史記』封禅書の徴引は、項楚『寒山詩注』、【注釈】〔三〕（一〇九ページ）による。

(172) 『説文解字』の引用は、項楚『寒山詩注』、【注釈】〔一〕の指摘（一二九ページ）に従う。

(173) 『楽府詩集』巻二十四と巻六十六からの「珊瑚の鞭」の引用は、入矢『寒山』、注（一三七ページ）、及び入谷・松村『寒山詩』、注（八〇ページ）を参照した。

(174) 頷聯三句・四句の解釈に阮籍「詠懐詩」を引用するのは、釈交易『管解』・白隠『闡提紀聞』に始まる。その後は、若生『寒山詩講義』、講義（七一ページ）、入矢『寒山』、注（一三七ページ）、入谷・松村『寒山詩』、注（八〇ページ）などがこれを踏襲した。ちなみに、「王子晋」は、『列仙伝』にも登場する古代の仙人である。

(175) 頸聯第六句の「紅顔」について、劉希夷「代悲白頭翁」に言及する釈清潭『寒山詩新釈』、〔句釈〕（五八～五九ページ）を参照。

(176) 項楚『寒山詩注』、【注釈】〔五〕の一三一ページ。

(177) 第七句・第八句の混乱した解釈は、若生『寒山詩講義』、講義（七〇～七一ページ）、釈清潭『寒山詩新釈』、〈句釈〉（五九ページ）、渡邊『寒山詩講話』、講話（八三ページ）、入谷・松村『寒山詩』、和訳（七九ページ）、松原泰道『青春漂泊　寒山詩の世界をあるく』（読売新聞社、一九七三年五月）、「美少年たりしが」、解説（二八一～二八二ページ）などにも見られる。

(178) 久須本『寒山拾得〈上〉』、和訳、一一七ページ。その解説によれば、久須本の解釈の淵源は白隠『闡提紀聞』の「評曰」にある。

(179) 両帝の「神仙の術」「延年」の事跡を『史記』封禅書・秦始皇本紀に求める追求は、項楚『寒山詩注』、【注釈】〔二〕を参照（七一三～七一四ページ）。

(180) 「金台」についての考証は、項楚『寒山詩注』に従った。その【注釈】〔三〕にはさらに多くの資料が収集されていて有益である（七一四～七一五ページ）。

(181) 「沙丘」が『史記』秦始皇本紀の「沙丘台」であることは、つとに釈虎円『首書』が指摘している。

(182) 白居易「海漫漫」の徴引は、項楚『寒山詩注』、【注釈】〔五〕による（七一六ページ）。

(183) 「縦」と「饒」という同義字の対挙の解釈については、項楚『寒山詩注』、【注釈】〔二〕を参照（二〇九～二一〇ページ）。

(184) 白隠『闡提紀聞』・大鼎宗允『索賾』が、『本草綱目』によって「犀角」の中薬としての薬効を論じていたのを参照。

(185) 項楚『寒山詩注』、【注釈】〔一〕、二〇八～二〇九ページ。

(186) 項楚『寒山詩注』、【注釈】〔二〕、二一〇～二一一ページ。ちなみに、白隠『闡提紀聞』は、「帯虎睛事跡未詳。」（「虎睛《こせい》を帯《お》ぶるの事跡は未詳なり。」）とするが、大鼎宗允『索賾』は『本草綱目』を引用して「鎮心明目、去翳安神。」（心を鎮め目を明らかにし、翳《かげ》を去り神《しん》を安んず。）としている。

(187) 項楚『寒山詩注』、【注釈】〔三〕に若干の補足がある（二一一～二一二ページ）。

(188) 項楚『寒山詩注』、【注釈】〔四〕、二一二ページ。

(189) 「蒜殻《さんこく》取って瓔《えい》と為《な》す」の趣旨については、釈虎円『首書』・大鼎宗允『索賾』が『図形本草』を引用するが、正しく解釈していたようである。

(190) 桓景と費長房の「九月九日の登高飲酒」の故事と「茱萸《しゅゆ》」の呪術的な効能については、古注本の釈虎円『首書』・釈交易『管解』・白隠『闡提紀聞』・大鼎宗允『索賾』が指摘していた。その後、項楚『寒山詩注』、【注釈】〈五〉が若干の補足を行った（二一二〜二一三ページ）。

(191) 権徳与「九日北楼宴集」の詩の指摘は、釈交易『管解』によったもの。

(192) 項楚『寒山詩注』、【注釈】〈六〉は、「空腹」の意の「空心」の使用例を二三挙げている（二一三ページ）。また、『本草綱目』木部第三十六巻「枸杞・地骨皮」の「枸杞酒」の項にも「空心」（すなわち空腹）時に服用せよという指示が記されている（人民衛生出版社、一九八二年、二一一五ページ）。

(193) 『抱朴子内篇』仙薬篇の「枸杞」の徴引は、項楚『寒山詩注』、【注釈】〈六〉に従った。項楚は「枸杞」の呪術的効能についてさらに用例を加えている（二一三〜二一四ページ）。『抱朴子内篇』仙薬篇の「枸杞」は、『本草綱目』木部第三十六巻「枸杞・地骨皮」の「釈名」の記述ともほぼ一致する（二一一一ページ）。

(194) 「鑪冶《ろや》を好む」についての諸資料は、釈交易『管解』の指摘による。その後、項楚『寒山詩注』、【注釈】〈一〉が若干の補足を行った（二五五ページ）。

(195) 「瞋目切齒」（目を瞋《いか》らせ歯を切《きし》らす）という句が『戦国策』魏策二に見えることは、釈交易『管解』・白隠『闡提紀聞』が指摘している。

(196) 「紫騮馬歌辭」（漢代の古詩）の徴引は、入谷・松村『寒山詩』、注による（一三三ページ）。

(197) 第七句・第八句を解釈するために、「古詩十九首」（『文選』巻二十九所収）のあれこれを引用することが、釈交易『管解』・項楚『寒山詩注』、【注釈】〈四〉・〈五〉によって行われてきた（二五六ページ）。しかし、本詩（〇九四）の趣旨を解明すること、中んづく後詩（二二〇）の趣旨との相異を解明することを抜きにしたのでは、このような引用は意味がないと考える（注(198)を参照）。

(198) 古注本の釈虎円『首書』・釈交易『管解』・白隠『闡提紀聞』は、〇九四「賢士不貪婪」の尾聯第八句の「壘壘松柏下」に注を付ける中で、すでにこの出典を指摘していた。とは言うものの、釈交易『管解』・白隠『闡提紀聞』が二二〇「徒閉蓬門坐」の尾聯二句においても、同じ丁令威の物語を引用するのは、不適当。本詩（〇九四）は道家・神仙思想肯定の趣旨であり、

(199) 二二〇「徒閉蓬門坐」は仏教（禅宗）による道家・神仙否定の趣旨だからである。

「徒らに」は、首聯の二句の寒山子の修業、より広義には生き方が、無駄であったことを言う。頷聯の二句にあるように、寒山子はかつて神仙道を求めて修業したことがあり、不老不死の仙人になろうとしていた。その修業を「徒らに」と貶価する本詩は、これまでの神仙道との決別を宣言するものと読むことができよう。「蓬門を閉ざす」という句は、必ずしも隠者や神仙道だけについて言うのではない。『寒山詩集』の〇二九**「六極常嬰困」**に、

六極常嬰困、　六極《りくきょく》（『尚書』洪範篇、六種の災難が）常に（身に）嬰《まと》い困《くる》しむるも、
九維徒自論。　九維《きゅうい》（『尚書』洪範篇、九種の大綱を人々は）徒《いたず》自らに（無駄に）論ず。
有才遺草澤、　才有る（才能の持ち主）は草沢に遺《す》てられ（民間に棄てられて暮らし）、
無藝閉蓬門。　芸無き（働きのない者）は蓬門を閉ざす（貧家に門を閉ざして落魄する）。
日上巖猶暗、　日上るも（日が昇っても私の住まうあたりの）巌（岩の蔭）は猶《な》お暗く、
煙消谷裏昏。　煙（雲霧）は消ゆるも谷の裏（私の住む谷間に）は昏し（光がささない）。
其中長者子、　其の中（こうした村落の中）に長者（徳の高い人）の子（がいるが）、
箇箇總無裩。　箇箇に（どれもこれも）総べて裩《こん》（さるまた）無し（貧しいのだ）。

とあるように、単に貧困者の住居について言う場合も少なくない。本詩「徒閉蓬門坐」（二二〇）では、寒山子が自宅の門を閉ざしてひたすら神仙道の修業に励んでいたことを言う。なお、古注本の釈交易『管解』は「六極常嬰困」（〇二九）の「蓬門を閉ざす」について、左思「詠史八首」其五に「何世無奇才、遺之在草澤。」（何の世にか奇才無からん、之を遺てて草沢に在り。）とあり（『文選』巻二十一所収）、及び晋の皇甫謐『高士伝』に、

張仲蔚者、平陵人也。與同郡魏景卿、倶修道德、隱身不仕。明天官、博物、善屬文、好詩賦。常居窮素、所處蓬蒿沒人、閉門養性、不治榮名。時人莫識、唯劉龔知之。

張仲蔚なる者は、平陵の人なり。同郡の魏景卿と、倶に道徳を修め、身を隠して仕えず。天官に明らかにし、博物なり、善く文を属《つづ》り、詩賦を好む。常に窮素に居り、処る所は蓬蒿 人を没するに、門を閉ざして性を養い、栄名を治め

ず。時人識ること莫きも、唯だ劉龔のみ之を知れり。

とあることを指摘し、その後、白隠『闡提紀聞』もこれを襲っている。

（200）入矢『寒山』、注は、起聯の二句について「神仙の道を求めることの愚かさを言おうとするものと解してもよかろう。」と述べる（八二ページ）。また、頷聯の第四句に関連して、入矢『寒山』、注は、（陶淵明作と伝わる）『捜神後記』の話を紹介した上で、「ここで鶴が仙と成るというのは、この話をシニカルに変形したのであろう。」と推測する（八二ページ）が、後者に関しては筆者は賛成しない。ちなみに、『捜神後記』巻一の話とは、道教的な〇九四「賢士不貪婪」に関して既引の、

丁令威は、本と遼東の人なり、道を霊虚山に学ぶ。後鶴に化して遼に帰り、城門の華表柱に集《と》まれり。時に少年有り、弓を挙げて之を射んと欲すれば、鶴乃ち飛び、空中に徘徊して言いて曰わく、「鳥有り鳥有り丁令威、家を去って千年 今始めて帰る。城郭は故《もと》の如きも人民は非なり、何ぞ仙を学ばずして塚の塁塁たる。」と。遂に高く上って天に冲《いた》れり。今遼東の諸丁の其の先世 升仙する有りと云う者は、但だ名字《めいじ》を知らざるのみ。（原漢文は省略。）

である。古注本の釈虎円『首書』・釈交易『管解』・白隠『闡提紀聞』は、〇九四「賢士不貪婪」の尾聯第八句の「塁塁松柏下」に注を付ける中で、この出典を指摘していた。反道教・親仏教の二二〇「徒閉蓬門坐」に関連づけて、同じ出典を重複指摘するのは、釈交易『管解』・白隠『闡提紀聞』・項楚『寒山詩注』、【注釈】（二）（五六五ページ）である。後者は詩趣を理解しておらず、不適当。

（201）「此を念《おも》えば」は、入矢『寒山』、注は、「陶淵明の詩によく見られる表現」と指摘して、本詩（二二〇）を陶淵明の影響下にあるものと位置づけようとする（八二ページ）。しかし「此を念う」は前漢以後に多く現れる一般的な言葉であり、陶淵明特有の詩語とは認めがたい。また、「那《なん》ぞ説くに堪えん」は、入矢『寒山』は、「まったく何と言ったらいいか、たまらない気持になる。」と和訳する（八三ページ）が、本詩の「説く」は言うという意味ではないし、「説く」の内容も抽象的一般的な事柄ではなく、第一句の「蓬門を閉ざして坐す」以下を受けて言い、その内容も神仙道を指すはずである。後者の内容理解については、入谷・松村『寒山詩』、和訳（二九四ページ）も、久須本『寒山拾得〈下〉』、和訳（七六ページ）も、入矢にほぼ追随している。

（202）『二入四行論』の文献としての性質、朝鮮本の歴史的位置づけ、敦煌諸写本の発見、鈴木大拙を先頭とする研究史などについて

は、柳田聖山『達摩の語録　禅の語録1――二入四行論』、一～二一ページを参照。また、引用文の解釈などについては、該書、三一～四七ページを参照。

(203) 馬祖道一の「即心是仏」「平常心是道」が、唱えられた当時から禅宗各派の批判を被ったことは広く知られている。この件に関して、入矢義高『馬祖の語録　禅の語録5』（筑摩書房、二〇一六年九月）は、その硬直化の弊害を避けるために、馬祖は比較的早くから「非心非仏」をも併せて説いたとする（六七～七一ページ及び一四六～一五一ページ）。しかし、問題の焦点は、馬祖が「即心」「平常心」を実在化・実有化したために、通常の仏教（禅宗）から乖離して批判を受けたことにあり、そこで後の時代（百丈懐海・黄檗希運）になって「非心非仏」「無心是道」を加えて手直しが図られたのである。そういう意味で、賈晋華『古典禅研究』、第六章、四「即心是仏、無心是道」の見解（二三七～二四六ページ）の方が、多く説得力を持っている。なお、本詩（二二〇）の第六句～第八句は、全体として馬祖の「即心是仏」「平常心是道」を下敷きにしてはいるけれども、しかし特に尾聯の二句の我心観・生死観は、百丈懐海・黄檗希運らに手直しされた以後のものを反映していると思われる。

(204) 本詩（二二〇）尾聯の二句が「古詩十九首」之十四を踏まえることを最初に指摘したのは、古注本の釈虎円『首書』・釈交易『管解』・白隠『闡提紀聞』である。

(205) 〇九四「賢士不貪婪」の尾聯第七句・第八句は「須看郭門外、壘壘松柏下。」（須く看るべし郭門の外、塁塁たる松柏の下を。）であり、一方、二二〇「徒閉蓬門坐」の尾聯第七句・第八句は「郊郭の外を廻瞻すれば、古墓は犂かれて田と為れり。」である。これらは、いずれも既存の典故を利用して詠った二句ではある（注（198）と注（204）に既述）。けれども、典故を利用する場合にも、それぞれの目的と意味に応じて典拠を選んでいると考えられる。前者の尾聯は、「癡人」さらには一般の人々が不老不死の仙道を学ばず行わないならば、最後には松柏の下に塁塁たる墳墓の住人（死者）となってしまう、と訴えるのが大意である。一方、後者の尾聯は、自分の求めた不老不死の仙道は誤りであって結局人間は死を免れず、だから真の道を「我が心」の奥底に求めるべきだ。なぜなら、最後には古い墳墓でさえ無に帰してしまうのだから、と説くのが大意である。両者の相異・対立は、人間の生命や人生の営みの虚しさの感慨を、前者よりも後者がより一層強調しただけのように見えるかもしれない。しかしそうではない。前者は、普通一般の人々の生死観・我心観とその延長線上にある道教・神仙思想に基づく。それに対して、後者は、それらの生死観・我心観を越えて一歩先に進み、生死の問題を克服し、無我の境地に達しようとする新たな仏教・禅宗（百丈懐海・黄檗希運）に基づいている。

(206) 賈晋華『古典禅研究』、「附録三」は、今本『寒山詩集』の中で仏教と関わる詩は約百十九首、そのうち約六十五首は仏教の基礎的教義によって俗世の人々を戒める通俗詩、約五十四首は古典禅思想を表現した詩偈である。」と規定する（五五九ページ）。なお、賈晋華の言う「古典禅」とは、馬祖道一などの中唐～晩唐・五代の南宗禅を指す。その上で、まず、仏教（約六十五首）による、勧戒の通俗詩（六道輪廻・因果応報など）を具体例を挙げて述べる（五五九～五六二ページ）。次に、禅宗（約五十四首）による、内在する心性の悟りに注目する詩（「自性清浄」「即身是仏」など）を具体例を挙げて詳細に述べた（五六二～五七二ページ）後、「前者は四諦・輪廻・因果・殺生の戒めといった仏教の基本的教義を宣揚することに勤めており、後者は自性の体得・真我の肯定に専念している。」等々、両者の間に明瞭な（用語・宗旨などの上での）齟齬・矛盾があることを指摘する。そして、最後に、両者の関係は、仏教の勧戒的通俗詩が先に作られ、古典禅を表した詩偈が後に付加されたが、後者の時期については晩唐～五代とするようである（五七二～五七四ページ）。

ただし、今本『寒山詩集』の実際に比べて、賈晋華の「勧戒詩」の概念規定とその操作はやや厳密に過ぎ、そのために「約六十五首」という結果はやや少な過ぎるように感じられる。賈晋華によるならば、結局、差し引き約一九四首もの多くが非仏教・非禅宗の詩ということになる。しかし、本書では、取りあえず賈晋華の研究成果に従っておく。

第二章　第四節

(207) 『宋高僧伝』巻十三曹山本寂伝には、本寂が経文『対寒山子詩』に注したとあるのみで、でき上がった注釈書をも『対寒山子詩』と呼ぶ、とは書いてない。しかし、『宋高僧伝』巻十九寒山子伝・『景徳伝灯録』巻二十七寒山子章によれば、本寂の注釈書を『対寒山子詩』と呼ぶことは（少なくとも）後代には一般化していた。それゆえ、筆者は本文において、本寂の作った注釈書をも『対寒山子詩』と呼んでいた、と推測したのである。

(208) 余嘉錫『四庫提要弁証』四（一二五七ページ）や賈晋華『古典禅研究』、「附録三」（五八三ページ）などが、『新唐書』芸文志三の著録したものを曹山本寂の注釈書とするのは、以上の単純・明解な事実から眼をそらした、偏った見方であると評さなければならない。

(209) 余嘉錫『四庫提要弁証』四、一二五七～一二五九ページ。

(210) 余嘉錫『四庫提要弁証』四は、唐人の輯め、宋人の刻した『寒山詩』のテキストはみな「一巻」であり、ただ晩唐の本寂の注釈書『対寒山子詩』だけが「七巻」であったと強調する（一二五九ページ）が、これは事実ではない。第一次の初唐の閭丘胤本は巻数は不明、しかし、第二次の中唐の徐霊府本は「三巻」であった（上文の第二章、第三節を参照）。少なからぬ隠者たちの書いた詩の集合という浮動・不確定な作品の性質から、当時、本寂の眼前には整理・編纂を必要とするいくつかの『寒山詩集』テキストが存在していたと思われる。

(211) 余嘉錫説は『四庫提要弁証』四、一二六二ページ。余嘉錫は、徐霊府の編纂したテキストが「三巻」であるのに対して、本寂の『対寒山子詩』が「七巻」であり（『新唐書』芸文志三）、両者の巻数が異なることについては無視しており、何の説明をも行っていない。一方、賈晋華説は、本寂は徐霊府の「三巻」三百首の『寒山子詩』をテキストとして採用して、それに本寂が詩の形で注釈を施して「七巻」約六百首に増加したが、この寒山の原詩と本寂の注詩とが混淆した「七巻」約六百首が五代の戦乱の中で散逸し、結局『対寒山子詩』が「七巻」約三百首になったなどと説明している（『古典禅研究』、「附録三」、五八四～五八六ページ）。

(212) 最近の中国の『寒山詩』研究では、日本の古注本を用いて、こうした余嘉錫・賈晋華などの旧い見解を突破する新しい見解も出始めている。たとえば、江戸時代の釈虎円『首書寒山詩』・連山交易『寒山子詩集管解』・白隠慧鶴『寒山詩闡提紀聞』・大鼎宗允『寒山詩索賾』には、いずれも「寒山詩」の最後の部分に「拾遺」（多くは「二首新添」とする）の項が設けられていて、そこには（後に項楚が（**佚一〇**）「**少年懶讀書**」と整理した）、

小（少）年懶讀書、　小（少）年書を読むに（学問をすることに）懶《ものう》く（なまけて）、
三十業由（猶）未。　三十にして業（学業）由《な》（猶）お未《いま》だし（まだ成就しない）。
白首始得官、　白首にして（白髪の老人になって）始めて官を得るも（官職に就いたが）、

不過十郷尉。　十郷（五千戸）の尉《い》（治安維持の官吏程度）に過ぎず。
不如多種黍、　如《し》かず多く黍を種《う》えて（多くの穀物を植えるには及ばない）、
供此伏家費。　此の伏家《ふくか》の費《つい》え（家居の生活費）に供せん（あてるの）には。
打酒詠詩眠、　酒を打《の》み（飲んだり）詩を詠って眠り（眠ったりしながら）、
百年期髣髴。　百年（一生）髣髴たる（ぼんやりと過ごすこと）を期《ねが》わん（願う）。

という佚詩が、例外なく掲載されている。この詩は、今本『寒山詩集』（第二章、第二節、第四項、注（76）を参照）には全然現れないものである。とりわけ重要であるのは、釈交易『管解』・白隠『闡提紀聞』・大鼎宗允『索賾』などに、

有説曰、「右一首撿異本得之。異本者、隋州大洪住山慶預序、幷劉覺先跋有之。」（有る説に曰わく、「右の一首は異本を撿べて之を得たり。異本とは、隋州大洪住山の慶預の序、并びに劉覚先の跋に之有り。」と。）

と記されていることである。羅時進「寒山生卒年新考」（『唐代文学研究』第九輯、広西師範大学出版社、二〇〇二年四月）は、これらの事実に基づいて、この異本は日本のその他の版本と同一の系統ではなく、恐らく徐霊府編纂の『寒山詩集』のやや早い時期に日本に伝入していたテキストで、この一首はその原徐霊府編纂本に含まれていた作品であろう。しかし、徐霊府本は晩唐において表面上の変更を被るようになったために、この詩は道士の編纂した本に入れるには問題がなかったが、釈氏の編纂した書に入れるには教旨に反するとして刪去されたようだ、などと論じている。

これを筆者の立場で要約するならば、『寒山詩集』第二次の道士 徐霊府本は道教・神仙思想に、第三次の禅師 曹山本寂本は仏教・禅宗の思想に、それぞれ基づいて編纂されている。両者の間に相互に齟齬・矛盾があるのは当然としなければならない。そして、日本の古注本は大体が（第三次の本寂本に直結する）今本の系統であるが、その中で言及された「異本」は、羅時進の唱えるように、第二次編纂の徐霊府本である可能性が高いと思う。それが日本に伝わった時代は早くとも鎌倉中期であろうが、そのころ日本に入ってきた大半の『寒山詩集』は中国で流行していた本寂本であったと思われる。さらにその後、卞東波「論寒山詩日本古注本的学術価値与文化意義（代前言）」（『寒山詩日本古注本叢刊』、鳳凰出版社、二〇一七年六月）も、日本古注本の文献的な高い価値に注目しつつ、羅時進「寒山生卒年新考」の新見解に賛意を表明している（上、二九ページ）。

(213) 賈晋華『古典禅研究』、「附録三」、五八四～五八五ページ。ちなみに、本詩（二七一）の言う詩数については、入谷・松村『寒山詩』、注にも独自の解釈がある（四〇六ページ）。

(214) 本詩の第六句の「自ら誇って好手なりと云う」を、古注本の釈虎円『首書』・釈交易『管解』・白隠『闡提紀聞』は、「自ら誇って好手なりと云はんや」と反語に読む。本文に記した事情から判断して、これは誤りではなかろうか。近代以降になってもこの読み方の影響は残り、たとえば、渡邊『寒山詩講話』、経文・訓読（五〇三～五〇四ページ）、太田『寒山詩』、訓読（二二一ページ）、延原『平訳　寒山詩』、訓読（二一六ページ）、などが反語に読んでいる。

(215) 項楚『寒山詩注』、【注釈】〔一〕は、参照すべき資料として、第一次編纂の閭丘胤『寒山子詩集序』の、

乃ち僧道翹に令して、其の往日の行状を尋ねしむ。唯だ竹木・石壁に於いて書ける詩、并びに村墅《そんしょ》の人家の庁壁の上に書く所の文句三百余首、及び拾得の土地の堂壁の上に於いて書ける言偈《げんげ》のみあり、並《あ》わせ纂集して巻を成せり。

を挙げる（七〇五ページ）。しかし、この文章は、筆者が本文に引用した第二次の資料の「好んで詩を為り、一篇一句を得る毎に、輒《すなわ》ち樹間・石上に題す。」の、簡潔・適切であるのに遠く及ばない。

(216) 第八句「真に是如来の母なり」に関して、釈交易『管解』・白隠『闡提紀聞』・大鼎宗允『索隱』は、『仁王般若経』不思議品第六の、

此般若波羅蜜多、是諸佛母、諸菩薩母、不共功徳神通生處。

此の般若波羅蜜多は、是諸仏の母、諸菩薩の母にして、不共功徳の神通の生処なり。

を引用し、また中でも釈交易『管解』は、『大智度論』釈勧受持品第三十四品巻五十八の、

復次般若波羅蜜、是一切十方諸佛母、亦是諸佛師。諸佛得是身三十二相八十隨形好、及無量光明神通變化、皆是般若波羅蜜力。

復た次に般若波羅蜜は、是一切十方諸仏の母、亦た是諸仏の師なり。諸仏是の身の三十二相と八十随形の好きと、及び無量の光明神通変化を得るは、皆な是般若波羅蜜の力なり。

を引用して、その「如来の母」が般若の智慧の他ならないことの解明に努めている。その後、項楚『寒山詩注』、【注釈】〔五〕

がさらにこれを補足した（七〇五～七〇六ページ）。

（217）賈晋華『古典禅研究』、「附録三」は、「若《も》し能く我が詩を会すれば、真に是如来の母なり。」という内容の、仏教（禅宗）的な趣意の詩が寒山の手に成るものではなく、後人の付加であろうとする（五八五ページ）。しかし、本文でも述べたように、「如来の母」（般若の智慧）を詠うことは、馬祖道一以来の頓悟禅・南宗禅の流れに棹さす顕著な仏教（禅宗）詩などの一つのあり方であり、また曹山本寂の編纂した寒山子の詩作なのである。第三次編纂の詩の中から、そうした仏教（禅宗）詩を挙げることは極めて容易で、その詩数は枚挙するに遑《いとま》がない。

（218）葉昌熾『寒山寺志』（杜潔祥『中国仏寺史志彙刊』第一輯所収、明文書局、一九八〇年一月）巻三、四七ページ。賈晋華『古典禅研究』、「附録三」、五八二ページを参照。

（219）賈晋華『古典禅研究』、「附録三」、五八二ページ。

（220）張伯偉「寒山詩与禅宗」（同『禅与詩学』所収、一九九二年一月、浙江人民出版社）、二四三～二四八ページ。賈晋華『古典禅研究』、「附録三」、五八二～五八三ページを参照。

（221）賈晋華『古典禅研究』、「附録三」、五八五ページを参照。

（222）以下、入矢「寒山詩管窺」からの引用は、その「四」～「六」、一〇七～一三五ページ。

（223）入矢「寒山詩管窺」、「四」、一〇七～一〇八ページ。また、入矢義高「王梵志について」（上・下、『中国文学報』第三冊・第四冊所収、京都大学文学部中国語学文学研究室、一九五五年十月・一九五六年四月、五〇～六〇ページ及び一九～五六ページ）をも参照。

（224）入矢「寒山詩管窺」、「四」、一一二～一一五ページ。王梵志の年代について、入矢は本論文や注（223）所引の論文「王梵志について」において、「盛唐以前にまでは溯り得ない」としていた（「寒山詩管窺」、「四」、一〇七ページ）が、後にこの自説を「八世紀後半からさらに引き上げて、七世紀後半から八世紀前半のころの人と定めてよい」と修正した。このことを加味するならば、『王梵志詩』と共通点を有する『寒山詩』中の勧戒詩などは、第三次編纂の時点ではすでに目新しい傾向ではなく、それゆえ、相当数採用された可能性があると考えてよいのではなかろうか。

入矢『求道と悦楽――中国の禅と詩』所収の「寒山について」の「後記」(一九八二年)には、入矢が上述の如く旧来の自説を修正した結果が示されている(一二三ページ)。しかし今日、『王梵志詩』の年代に関する最新の研究は、項楚『王梵志詩校注』(上・下、増訂本、上海古籍出版社、二〇一〇年六月)である。その「前言」は、敦煌三巻本(初唐の則天武后期の成立)、敦煌一巻本(晩唐までの成立)、散見する王梵志詩(諸時代の成立)、の三類について、それぞれの年代を検討している(一二～二三ページ)。

(225) 入矢「寒山詩管窺」、「五」、一一九ページ。

(226) 入矢「寒山詩管窺」、「五」、一一九ページ。

(227) 入矢「寒山詩管窺」、「五」、一二二ページ。

(228) 入矢「寒山詩管窺」、「六」、一二四～一三五ページ。

附録　「寒山詩」抄

「琴書須自隨」〇〇五

琴書須自隨、
祿位用何爲。
投輦從賢婦、
巾車有孝兒。
風吹曝麥地、
水溢沃魚池。
常念鷦鷯鳥、
安身在一枝。

琴書（琴と書物こそ）は須《すべから》く自ら随《したが》うべく（身の回りに従える必要があり）、禄位（俸禄と地位などは）用《もっ》て何をか為さん（何の役に立つであろうか）。輦《れん》を投じて（迎えの輦車を捨てて）賢婦《けんぷ》（賢い妻の諫言《かんげん》）に従い、車に巾《ほろ》するに（粗末な車に乗るには）孝児有り（孝行息子が手伝う）。風は麦を曝《さら》すの地を吹き（地に干した麦は風が吹き飛ばすにまかせ）、水は魚を沃《こや》せし池に溢る（池で養う魚は水が溢れるのにまかせる）。（私は）常に念《おも》う鷦鷯《しょうりょう》の鳥（みそさざいという鳥の生き方として）、身を安《やす》んずる（身を安全に保つに）は一枝に在り（一枝が最善なのだ）。

「一爲書劍客」〇〇七

一爲書劍客、
二遇聖明君。
東守文不賞、
西征武不動。
學文兼學武、
學武兼學文。
今日旣老矣、
餘何〈生〉不足云。

（私は）一たび書剣の客（書・剣で成功を求める書生）と為《な》って、二《ふた》たび聖明の君（天子）に遇《あ》えり（めぐり遇って仕えた）。東に守となるも（東国で長官に任ぜられたが、その当時）文《ぶん》は賞せられず（学問は誉められなかった）、西に征《せい》するも（西域に出征したが、当時）武は勲《くん》せられず（叙勲されなかった）。

（こうして）文（学問）を学び兼ねて（また）武（武芸）を学び、武（武芸）を学び兼ねて（また）文（学問）を学べり。

今日（このようにして私は今や）既に老いたり（年老いてしまった）、

余《よ》何〈生《せい》〉（これからの余生）は云うに足らず（残り少ない）。

「天生百尺樹」〇一〇

天生百尺樹、
翦作長條木。
可惜棟梁材、
抛之在幽谷。
年多心尚勁、
日久皮漸禿。
識者取將來、
猶堪柱馬屋。

天（自然に）百尺の樹を生じ（高さ百尺もの大木が生長した）、

翦《き》って（伐採して）長条の木と作《な》さん（丈の長い材木にできよう）。

惜しむ可《べ》し（惜しいことに）棟梁の材（棟木や梁になる逸材であるが）、

之を抛《なげう》って（投げ捨てて）幽谷に在り（暗い谷間に置かれている）。

（この木は）年多くして心《しん》は尚お勁《つよ》きも（芯はまだ強いけれども）、

日久しくして（年月を経て）皮は漸《ようや》く禿げたり（次第に剥げた）。

識る者（もしこれを知る者）取り将《も》ち来たれば（取り出していけば）、

猶《な》お（まだ）馬屋《ばおく》を柱《ささ》うるに堪えん（馬小屋を支える柱に使える）。

「鸚鵡宅西國」〇一二

鸚鵡宅西國、
虞羅捕得歸。
美人朝夕弄、
出入在庭幃。
賜以金籠貯、
扃哉損羽衣。
不如鴻與鶴、

飄颺入雲飛。

鸚鵡《おうむ》は西国《さいごく》（鸚鵡という鳥は隴山《ろうざん》の西の地）を宅《いえ》（棲息地）とし、
虞羅《ぐら》もて（狩人の網で）捕え得て（捕まえて）帰る（中原《ちゅうげん》に持ち帰った）。
美人（屋敷の美女が）朝夕《ちょうせき》に（朝な夕なに）弄《もてあそ》び（愛玩して）、
出入して庭幃《ていい》（婦人部屋）に在り（奥方の部屋にも出入りした）。
賜わって（鸚鵡に与えた）金籠《きんろう》を以て貯え（金の籠で大事に養うが）、
扃《とざ》されるかな（閉じこめるために）羽衣《ふい》を損なえり（羽毛を剪《き》って短くした）。
如《し》かず（及ばない）鴻《こう》と鶴との（自由なおおとりと鶴とが）、
飄颺《ようよう》として（吹き上げる風に乗って）雲に入《い》って飛ぶに（雲間を飛んでいる）。

「快搒三翼舟」〇二四

快搒三翼舟、
善乗千里馬。
莫能造我家、
謂言最幽野。
巖岫深嶂中、
雲雷竟日下。
自非孔丘公、
無能相救者。

快《すみ》やかに（たとえ快速で）三翼の舟（船足の速い軽舟）を搒《こ》ぎ（漕ぎ）、
善く千里の馬（一日千里を走る駿馬）に乗る（乗ったとしても）。
能《よ》く我が家に造《いた》る（田舎住まいの我が家にたどり着ける者は）莫《な》く（いない）、
謂言《おも》えらく（思うにこの田舎は）最も幽野《ゆうや》なり（奥深い郊外である）と。
巖岫《がんしゅう》（巌々の織りなす洞穴）深嶂《しんしょう》（深く重なる峰々）の中、
雲雷（雲霧と雷電）は竟日《きょうじつ》（一日中）下る（降りてくる）。
孔丘公（孔子さま）に非《あら》ざる自《よ》りは（でもない限りは）、
能《よ》く相《あ》い救う者（この不遇な私を救うことができる者は）無し（いない）。

「智者君抛我」〇二五

智者君抛我、
愚者我抛君。
非愚亦非智、
從此斷相聞。
入夜歌明月、
侵晨舞白雲。
焉能拱口手、
端座鬢紛紛。

智者（上等の智者）よ君 我を抛《なげう》ち（君たちは我々を投げ捨てて相手にせず）、
愚者（下等の愚者）よ我 君を抛つ（我々も君たちを投げ捨てて相手にしない）。
愚に非ず亦《ま》た智に非ざるものも（愚者でもなく智者でもない中等の人物も）、
此《これ》に従りて（このために）相聞《そうもん》を断たん（相互の往来を断ち切ることになる）。
夜に入りて明月に歌い（こうして、私は夜に入って明月に向かって歌を歌い）、
晨《あした》を侵して（朝早くから）白雲に舞う（白雲の中で舞い踊るしかないのだ）。
焉《いずく》んぞ能《よ》く口手を拱《こまぬ》きて（何とか口と手を沈黙・無為に押さえこんで）、
端坐して鬢《びん》の紛紛《ふんぷん》たらん（鬢毛が乱れるままに、参禅にふけりたいものだ）。

「六極常嬰困」〇二九

六極常嬰困、
九維徒自論。
有才遺草澤、
無藝閉蓬門。
日上巖猶暗、
煙消谷裏昏。
其中長者子、
箇箇總無裩。

六極《りくきょく》（六種の災難〔『尚書』洪範篇にある〕が）常に（身に）嬰《まと》い

困しむるも（起こって苦しい）、
九維《きゆうい》（九種の大綱〔『尚書』洪範篇にある〕を人々は）徒《いたず》らに（無駄に）論ず。
才有る（才能の持ち主）は草沢に遺《す》てられ（民間に棄てられて暮らし）、
芸無き（働きのない者）は蓬門を閉ざす（貧家に門を閉ざして落魄する）。
日上るも（日が昇っても私の住まうあたりの）巌（岩の蔭）は猶《な》お暗く、
煙（雲霧）は消ゆるも谷の裏（私の住む谷間に）は昏《くら》し（光がささない）。
其の中（こうした村落の中）に長者（徳の高い人）の子（がいるが）、
箇箇に（どれもこれも）総《す》べて褌《こん》（さるまた）無し（貧しいのだ）。

「聞道愁難遣」〇三三

聞道愁難遣、
斯言謂不眞。
昨朝曾趁卻、
今日又纏身。
月盡愁難盡、
年新愁更新。
誰知席帽下、
元是昔愁人。

聞道《きくな》らく（聞くところでは）愁いは遣《や》り難し（愁いは追い払うにくい）と、
斯《こ》の言（私はこの言葉を）真ならずと謂《おも》えり（本当ではないと思っていた）。
昨朝《さくちよう》曽《かつ》て（一度は）趁《お》い却《しりぞ》けしも（愁いを追い払ったのに）、
今日又た（さらに）身に纏《まつ》わる（愁いがまとわりついて身から離れない）。
月尽くるも（一カ月が終わっても）愁いは尽き（終わること）難く、
年新たにして（年が改まると）愁いも更に（一層）新たなり。
誰か知らん（意外にも）席帽の下（科挙受験生のかぶる帽子の下の顔が）、
元々是昔愁の人（科挙受験の愁いを持っている人）ならんとは。

「東家一老婆」〇三六

東家一老婆、
富來三五年。
昔日貧於我、
今笑我無錢。
渠笑我在後、
我笑渠在前。
相笑儻不止、
東邊復西邊。

東家《とうか》（東隣の家）の一老婆（一人の老婆が）、
富み来たること（金持ちになって以来）三五年（数年経った）。
昔日は（昔は）我より貧しかりしも（私よりも貧しかったのに）、
今は（今では）我の銭無きを笑う（私に銭がないと言って笑う）。
渠《かれ》（老婆）の我を笑うは後に在り（金持ちになった後のことである）、
我の渠（老婆）を笑うは前に在り（金持ちになる前のことだった）。
相い笑って（相手を笑って）儻し止《も》まざれば（やめなければ）、
東辺《とうへん》（東隣の富家）は復《ま》た西辺《せいへん》（西隣の貧家）とならん。

「富兒多鞅掌」〇三七

富兒多鞅掌、
触事難祇承。
倉米已赫赤、
不貸人斗升。
轉懷鉤距意、
買絹先揀綾。
若至臨終日、
吊客有蒼蠅。

富児《ふじ》（金持ちの人々）は鞅掌《おうしょう》多く（雑多な職務が多すぎるために）、
事に触れて（何事にも）祇承《ししょう》し難し（人に対して謹んで応ずることはしない）。
倉米《そうまい》（倉の貯蔵米は）已《すで》に赫赤《かくせき》たるも（もう腐って真っ赤に変色しているのに）、
人に（他人に）斗升《としょう》を貸さず（一斗一升の米すら貸そうとしないのだ）。
転《うた》た（ますます）鉤距《こうきょ》の意（計算高く損得を勘定しようとする心）を懐《いだ》いて、

絹を買うに先ず綾《あやぎぬ》を揀《えら》ぶ（最初に高価な綾を選んで値段を調査した）。
若《も》し（もしその金持ちが）臨終の日に至れば（臨終の日を迎えた場合は）、
吊客《ちょうきゃく》に（弔問客としては）蒼蝿《そうよう》有らんのみ（蒼蝿《あおばえ》が来るだけであろう）。

「余曾昔覩聰明士」〇三八

余曾昔覩聰明士、
博達英靈無比倫。
一選嘉名喧宇宙、
五言詩句越諸人。
爲官治化超先輩、
直爲無能繼後塵。
忽然富貴貪財色、
瓦解冰消不可陳。

余曾昔《われかつて》（私は以前）聡明の士を覩《み》るに（聡明な人士を知っていたが）、
博達・英霊にして（学識は広く才能は傑出して）比倫（匹敵する者）無し。
一たび選ばれて（科挙に合格して）嘉名（令名）宇宙（四方）に喧《かまびす》しく、
五言の詩句（五言詩を作らせたら）は諸人を越ゆ（他の人々を越えていた）。
官と為りて（官僚として勤めると）治化（治績は）先輩を越え（凌駕し）、
直《た》だ（全然）能く後塵を継ぐもの無しと為す（彼の後を継げる者がいない）。
忽然として（にわかに）富貴《ふうき》となり財色を貪り（財貨・女色を貪って）、
瓦解《がかい》冰消《ひょうしょう》して（跡形なく崩壊して）陳《の》ぶ可からず（話にならなくなった）。

「低眼鄒公妻」〇四三

低眼鄒公妻、
邯鄲杜生母。
二人同老少、

一種好面首。
昨日會客場、
惡衣排在後。
只爲著破裙、
喫他殘䴺𪎊。

眼を低くする（伏し目がちに見る）鄒公《すうこう》（人名、未詳）の妻と、邯鄲《かんたん》（趙の都）の杜生《とせい》（杜という姓の書生、未詳）の母と（あり）。二人老少を同じゅうし（二人の女性は年齢が同じであって）、一種の（等しく）好き面首《めんしゅ》なり（同じように美しい容貌の持ち主である）。昨日《きのう》客場（客の集まる宴会場）に会せし（参加した）とき、悪衣にて（着衣が粗末だと言って）排されて後（末席）に在り。只《た》だ破裙《はくん》（破れたスカート）を著《き》たるが（着ていた）為《た》めに、他の残れる（余りの）䴺𪎊《ほうろう》（揚げた餅）を喫《く》らう（食べさせられた）。

「夫物有所用」〇四五

夫物有所用、
用之各有宜。
用之若失所、
一缺復一虧。
圓鑿而方枘、
悲哉空爾爲。
驊騮將捕鼠、
不及跛猫兒。

夫《そ》れ物には（一体、どんな物にも）用うる所有り（使い道があり）、之を用うるに（使用する場合には）各々（それぞれ）宜しき（適切さが）有り。之を用いて（物を使用して）若《も》し所（使い道）を失えば（間違えるならば）、一は缺《か》け（一物が壊れ）復《ま》た一も虧《か》く（他の一物も損なわれる）。鑿《あな》を円にして（丸い穴に）枘《ほぞ》を方《ほう》にする（四角の枘を差しこむこと）は、悲しいかな空爾《くうじ》として（無意味な）為すのみ（使い方に過ぎない）。驊騮《かりゅう》（一日千里を走る駿馬）は将《まさ》に鼠を捕らえんとするも、跛《は》たる（足の不自由な）猫児《びょうじ》に及ばず（猫にはかなわない）。

「田舎多桑園」〇五七

田舎多桑園、
牛犢滿廏轍。
肯信有因果、
頑皮早晩裂。
眼看消磨盡、
當頭各自活。
紙袴瓦作裩、
到頭凍餓殺。

田舎《でんしゃ》（自分の田舎）に桑園多く（桑畑をたくさん持っており）、牛犢《ぎゅうとく》（親牛・仔牛）は廏轍《きゅうてつ》（畜舎）に満つ（満ちあふれている）。肯《あ》えて因果有るを信ぜんや（因果応報の理があることを信じようともしないが）、頑皮《がんぴ》（その頑迷固陋さは）早晩《いつ》か裂けん（いつになったら解けるのだろうか）。眼のあたりに（見る見る内に）消磨《しょうま》し尽くすを看（財産を消耗し尽くして）、当頭（自分独りで）各々自ら活く（それぞれ生計を立てなければならない）。紙の袴に（紙製の袴を穿き）瓦《あさぬの》を裩《こん》と作《な》し（麻のぼろ布でさるまたを作り）、到頭（挙げ句の果ては）凍餓して殺《し》す（凍死したり餓死したりする）。

「極目兮長望」〇五九

極目兮長望、
白雲四茫茫。
鴟鴉飽腲腇、
鸞鳳飢彷徨。
駿馬放石磧、
蹇驢能至堂。
天高不可問、
鷦鴒在滄浪。

目を極めて（視線を無限に伸ばして）長望すれば（見はるかせば）、白雲は四《よ》も（四方至るところ）に茫茫たり（濛濛《もうもう》と立ちこめる）。鴟鴉《しあ》（梟《ふくろう》や鴉《からす》）は飽きて（飽食して）腲腇《わいたい》（肥満・惰弱）たり、鸞鳳《らんほう》（おおとり）は飢えて彷徨す（当てもなくさまよっている）。
駿馬（速足の名馬）は石磧《せきさく》（辺境の砂漠）に放（追放）たるるも、
蹇驢《けんろ》（脚の悪い驢馬《ろば》）は能《よ》く堂に至る（正殿に上ることができる）。
天は高くして（天はあまりに高いためこの不条理を）問う可からず。
鷦鳩《しょうきょう》（小鳥）は滄浪《そうろう》（清濁する川）に在り（にあって生きてゆく）。

「快哉混沌身」〇七一

快哉混沌身、
不飯復不尿。
遭得誰鑽鑿、
因茲立九竅。
朝朝爲衣食、
歳歳愁租調。
千箇爭一錢、
聚頭亡命叫。

快きかな混沌（目耳口鼻の器官を持たない根源的な実在）の身は、
飯らわず（飯も食わず）復た（また）尿せず（小便もしない）。
誰の鑽鑿《さんさく》する（誰に竅《あな》を開けられるという目）に遭《あ》い得たるか（逢ったのか）、
茲《これ》に因《よ》って（それで）九竅《きゅうきょう》を立つ（人類は目耳口鼻二陰の九竅ができたのだ）。
朝朝《ちょうちょう》（毎日）衣食の為《た》めにし（衣食を得るために働かなければならず）、
歳歳（毎年）租調（唐代前期の田租と絹税）を愁う（悩まなければならない）。
千箇（千人の人々が）一銭を争い（わずかに一銭の金を得ようと争いあい）、
頭《こうべ》を聚《あつ》めて（頭を集めて）亡命せんと叫ぶ（夜逃げしかないと叫んでいる）。

「徒勞説三史」〇八〇

徒勞説三史、
浪自看五經。
洎老檢黄籍、
依前住白丁。
筮遭連蹇卦、

生主虚危星。
不及河邊樹、
年年一度青。

徒労《いたず》らに（無駄に）三史（三つの歴史書）を説き（解説し）、浪自《みだ》りに（意味もなく）五経（五つの儒教経典）を看る（読んでいる）。

老に洎《およ》ぶまで（老年に至るまで）黄籍を検《しら》べ（役場で戸籍調査を担当して）、

依前として（相い変わらず）白丁（官職のない平民）に住《とど》まる。

筮《ぜい》しては（易で占うと）連蹇《れんけん》の卦《か》（往くも来るも苦難の卦）に遭い、

生きては虚危の星に主《つかさど》らる（死喪の星に運命を握られている）。

（こんな小役人人生では）及ばず河辺《かへん》の樹の（川辺《かわべ》の柳の木が）、

年年一度青きには（毎年一度青い芽を吹くのに及びもつかない）。

「烝砂擬作飯」〇九七

烝砂擬作飯、
臨渇始掘井。
用力磨碌碌〈甗〉甎、
那堪將作鏡。
佛説元平等、
摠有眞如性。
但自審思量、
不用閑争競。

砂を烝《む》して（蒸し器に入れて蒸して）飯と作《な》さんと擬《ほっ》し（としたり）、

渇きに臨んで（喉が渇いてから）始めて井を掘る（井戸を掘ったりする）。

力を用いて（こめて）碌《ろく》〈甗〉甎《せん》を磨くも（敷き瓦を磨いても）、

那《なん》ぞ将《もっ》て鏡と作すに堪えん（どうしてそれを鏡にすることができようか）。

仏は説けり元《も》と平等にして（仏陀は言う、人の本性はもともと平等であって）、

総て（すべての人々に）真如の性有り（真実の仏性が具わっているのだ）と。

但《ただ》自（ひたすら）審《つまび》らかに（よくよく）思量せん（内に省察しよう）、

閑《いたず》らに（無意味に）争競するを用いず（外に争って求める必要はない）。

「蹭蹬諸貧士」〇九九

蹭蹬諸貧士、
飢寒成至極。
閑居好作詩、
札札用心力。
賤他言孰采、
勸君休歎息。
題安餬餅上、
乞狗也不喫。

蹭蹬《そうとう》たり（困苦のためによろつく）諸々の貧士（貧乏な士人たち）、飢寒《きかん》（飢えと寒さの苦しみ）は至極《しきょく》と成れり（頂点に達している）。閑居《かんきょ》して（官僚生活をやめ天台山に隠居して）詩を作るを好み、札札《あつあつ》として（きりきりと四苦八苦して）心力《しんりょく》（気力）を用う。他を賤《いや》しむ言（他者を難ずる詩）は孰《だれ》か采《かか》わらん（だれも相手にしない）、君に勧《すす》む（諸貧士に忠告するが）歎息《たんそく》する（不遇を嘆く）を休《や》めよ。題して（詩を書いて）餬餅《こへい》（胡麻パン）の上に安《お》けば（置くならば）、狗《いぬ》に乞《あた》うるも（犬に与えても）也《ま》た（やはり）喫《く》らわざらん。

「富兒會高堂」一〇四

富兒會高堂、
華燈何煒煌。
此時無燭者、
心願處其傍。
不意遭排遣、
還歸暗處藏。
益人明詎損、
頓訝惜餘光。

富児（金持ちが）高堂（高く築いた大座敷）に会し（集まり）、華灯（色とりどりの灯火）何ぞ煒煌《いこう》たる（光りきらめくさま）。此の時燭《しょく》無き者（貧困のため、灯火を持たずに仕事をする者が）、心に其の傍らに（灯火の近くに）処《お》らんと（居たいと）願えり。
意《おも》わざりき（思いもよらず）排遣《はいけん》に遭い（金持ちから排除され）、
還《ま》た暗処（暗い場所）に帰って蔵《かく》れん（身を蔵さねばならぬ）とは。
人（人数）を益すも明るさは詎《なん》ぞ損せん（決して減りはしないのに）、
頓《とみ》に訝る余光を惜しむ（余りの光を惜しんで貧者を排除すること）を。

「止宿鴛鴦鳥」一〇九

止宿鴛鴦鳥、
一雄兼一雌。
銜花相共食、
刷羽毎相隨。
戲入煙霄裏、
宿歸沙岸湄。
自憐生處樂、
不奪鳳凰池。

止宿す（木に止まって休んでいる）鴛鴦《えんおう》（おしどり）の鳥、
一雄《いちゆう》と一雌《いちし》と（一羽の雄と一羽の雌だ）。
花を銜《ふく》んで（ついばんで）相い共に（一緒に）食《は》み（食べ）、
羽を刷《つくろ》って（羽根を整えて）毎《つね》に（いつも）相い随《したが》う（連れ添う）。
戯れては（遊び戯れては）煙霄《えんしょう》の裏（霞のかかる空の中）に入《い》り、
宿っては（宿で眠るには）沙岸の湄《ほと》り（砂浜の水際《みぎわ》）に帰る。
自ら生処《せいしょ》（自由に生きる住処）の楽しみを憐れんで（大切にして）、
鳳凰《ほうおう》の池を奪わず（鳳凰《おおとり》の住む高貴な池を横取りしようとはしない）。

「少小帶經鋤」一一一

少小帶經鋤、
本將兄共居。
緣遭他輩責、
剩被自妻踈。
拋絕紅塵境、
常遊好閱書。
誰能借斗水、

活取轍中魚。

少小《わか》きより経《けい》を帯びて（若いころから儒教経典を携えて）鋤《たがや》し（農作業をし）、
本《も》と兄（元々、宗族制下の兄）と共に居り（一緒に暮らしていた）。
他輩（他の連中）の責むるに遭うに縁《よ》り（非難を被ったために）、
剰《あまつさ》え（その上）自妻に疏《うと》んぜらる（妻から離縁されるに至った）。
紅塵の境（官界などの汚れた俗世間）を抛絶《ほうぜつ》して（投げ捨てて）、
常に遊んで（俗世間を超越して）書（老荘の書）を閲《よ》むを好めり。
誰か能《よ》く斗水（わずか一斗の水）を借して（わたしに貸して）、
轍中《てっちゅう》の魚（轍の中の鮒《ふな》）を活取するものぞ（活かしてくれないか）。

「書判全非弱」一一三

書判全非弱、
嫌身不得官。
銓曹被拗折、
洗垢覓瘡瘢。
必也關天命、
今冬更試看。
盲兒射雀目、
偶中亦非難。

書判（試験答案）全く弱《おと》れるに非ず（劣っていたのではないのに）、
身の（自分が）官を得ざるを嫌《うたが》う（官職を得られないのを不審に思う）。
銓曹《せんそう》（官吏選考を掌《つかさど》る部署の役人）に拗折《ようせつ》せられ（痛めつけられ）、
垢を洗って（欠点をほじくって）瘡瘢《そうはん》を覓《もと》めらる（傷痕を調べられた）。
必ずや（きっと）天命に関わらんも（天命で決まることなのではあろうが）、
今冬（今年冬）更に（もう一度）試み看よ（受験してみたまえ）。
盲兒《もうじ》（盲人が弓矢で）雀の目を射るに（射抜こうとする場合）、
偶々（時には）中《あ》たる（射当てるの）も亦《ま》た難《かた》き（困難）に非ず。

「貧驢欠一尺」一一四

貧驢欠一尺、
富狗剩三寸。

若分貧不平、
中半富與困。
始取驢飽足、
卻令狗飢頓。
爲汝熟思量、
令我也愁悶。

貧驢《ひんろ》（貧乏な驢馬）は一尺（一尺の富）を欠き（不足であり）、富狗《ふこう》（裕福な犬）は三寸（三寸の富）を剰す（余っているものだ）。若《も》し貧しき（貧乏人）に分つ（与える）こと不平（不公平）なれば、富める（富裕者）と困しめる（困窮者）とに中半す（分かれる）。始めより驢《ろば》の（貧乏人を）飽足《ほうそく》を取れば（十分に満足させるならば）、却《かえ》って狗《いぬ》（富裕者）をして飢頓《きとん》せしむ（飢え苦しませることになる）。汝（驢や狗《いぬ》）の為《た》めに熟々《つらつら》（よくよく）思量《しりょう》すれば（内省してみると）、我をして也《ま》た（私もまた）愁悶《しゅうもん》せしむ（憂い苦しみに沈むのだ）。

「大有飢寒客」一一六

大有飢寒客、
生將獸魚殊。
長存磨石下、
時哭路邊隅。
累日空思飯、
經冬不識襦。
唯齎一束草、
并帶五升麩。

大いに飢寒の客（飢えと寒さに大変苦しんでいるよそ者）有り、生まれながら（その人の本性は）獣魚《じゅうぎょ》と殊《こと》なり（動物とは異なる）。長《つね》（常）に磨石の下に存り（石臼の下を自分の住まいとして暮らし）、時に路辺の隅に（路端の片隅で）哭す（己の不遇を大声で泣く）。累日（毎日）空しく（手に入らない）飯を思い（想像するばかりで）、冬を経《ふ》るに（冬中）襦《じゅ》（暖かい胴着）を識らず（持っていない）。

唯《た》だ一束の草（寝具として一束の藁）を齎《たずさ》え（携行し）、并《あわ》せて五升の麩《ふ》（食べ物として五升の麦かす）を帯《お》ぶるのみ（持っているだけ）。

「赫赫誰甗肆」一一七

赫赫誰甗肆、
其酒甚濃厚。
可憐高幡幟、
極目平升斗。
何意訝不售、
其家多猛狗。
童子欲來沽、
狗齩便是走。

赫赫《かくかく》たる（盛大に構えているの）は誰が甗肆《たろし》ぞ（誰の酒屋であろうか）、
其の酒（その酒屋で売る酒）は甚《はなは》だ濃厚なり（非常に濃厚な美酒である）。
憐れむ可し（可愛らしくも）幡幟《はんし》を高くし（旗のぼりを高々と掲げて）、
目を極めて（眼力を尽くして）升斗を平らかにす（升目の公正を期していた）。
何の意《い》ぞと售《う》れざるを訝るに（どうして酒が売れないのかと不審に考えると）、
其の家に（その酒屋では）猛狗《もうく》多し（多くの猛犬を飼っていたのだ）。
童子《どうじ》来たりて（使いの子供がやって来て）沽《か》わんと欲するも（買おうとしても）、
狗《いぬ》齩めば（犬が咬みつくので）便《すなわ》ち是走る（子供はたちまち逃げ帰るのだ）。

「箇是何措大」一二〇

箇是何措大、
時來省南院。
年可三十餘、
曾經四五選
囊裏無青蚨、
篋中有黄絹〈巻〉

行到食店前、
不敢暫廻面。

箇（これ）は是《これ》何たる措大ぞ（何という貧困な書生であろうか）、時に来たって南院を（管轄する礼部の南院で）省《と》う（合否を尋ねた）。年は（貧困な書生の年齢は）可《ほ》ぼ三十余り（およそ三十歳過ぎであろうか）、曽経《かつて》（今までに）四五《しご》たび選したり（四五回科挙の試験を受けてきた）。嚢裏《のうり》（財布の中）に青蚨《せいふ》（銭が）無く、篋中《きょうちゅう》（背負う笈《おい》の中）に黄絹〈巻〉（書物）有り。行きて食店《しょくてん》（飯屋）の前に到るも（通りかかっても）、敢《あ》えて暫《しば》くも面《かお》を廻らさず（顔を飯屋の方へ向けようともしない）。

「浪造凌霄閣」一二二

浪造凌霄閣、
虚登百尺樓。
養生仍夭命、
誘讀詎封侯。
不用從黃口、
何須猒白頭。
未能端似箭、
且莫曲如鉤。

（今日まで私は）浪《みだ》りに（無意味に）凌霄《りょうしょう》閣（雲をしのぐ高殿）に造《いた》り（あがり）、虚しく（無駄に）百尺楼（丈の高い高殿）に登れり（登ったことがある）。生を養わんとするも（不死を求めたが）仍《な》お（やはり）命《いのち》を夭《よう》し（若死にし）、読む（学問）を誘う（勧めて）も詎《なん》ぞ侯に封ぜられん（諸侯にはなれない）。黄口（黄色い嘴の若者）に従うを用いず（従ってはならないし）、何ぞ白頭（白髪頭の老人）を猒《いと》うを須《もち》いん（嫌う必要があろうか）。未だ端《ただ》しきこと箭《や》に似る（真直ぐさが矢に似る）能《あた》わざるも、且《しばら》く曲がること鉤の如くなる（曲がり具合が鉤に似る）莫《な》からん。

「富貴疏親聚」一二四

富貴疏親聚、
只爲多錢米。
貧賤骨肉離、
非關少兄弟。
急須歸去來、
招賢閣未啟。
浪行朱雀街、
踏破皮鞋底。

富貴なれば（金持ちで高い身分の時は）疏親《そしん》（疎遠者と近親者）も聚《あつ》まる、
只《た》だ銭米多き（銭と米が沢山ある）が為《た》めなり（からに過ぎない）。
貧賤（貧困で低い身分になると）骨肉も（肉親でさえも）離る、
兄弟《けいてい》少なきに（兄弟が少ない）関するに非ず（のためではない）。
急ぎ須く帰り去り来くべし（急いで故郷に帰ってゆくべきだ）、
招　賢閣《しょうけんかく》（賢者を招く高殿）は未だ啓かれず（まだ開かれていない）。
浪《みだ》りに（無駄に）朱雀街（都長安の大街）に行き（官職を求めて歩き）、
皮鞋《ひあい》（革靴）の底を踏み破れり（踏み破ったが成果はなかった）。

「新穀尚未熟」一二六

新穀尚未熟、
舊穀今已無。
就貸一斗許、
門外立踟躕。
夫出教問婦、
婦出遣問夫。
慳惜不救乏、
財多爲累愚。

新穀（新米が）尚お未だ熟せざるに（まだ実らない内に）、
旧穀（古米が）今已《すで》に無し（食べて無くなってしまった）。
就《ゆ》きて（富家に出かけてゆき）一斗許《ばか》りを貸らんとし（借りようとして）、
門外（私は富家の門外）に立ちて踟躕《ちちゅう》す（ぐずぐずとためらっていた）。

夫《おっと》出でては（亭主が門外に出てきて）婦《つま》に問わしめ（妻に聞いてくれと言い）、
婦出でては（細君が出てくると）夫に問わしむ（夫に聞いてほしいと言う）。
慳惜《けんせき》にして（彼らはけちん坊で）乏《とぼ》しき（貧困者）を救わず、
財の多きは愚を累することを為す（愚かしさを悪化させるものだ）。

「大有好笑事」一二七

大有好笑事、
略陳三五箇。
張公富奢華、
孟子貧轗軻。
只取侏儒飽、
不憐方朔餓。
巴歌唱者多、
白雪無人和。

（世の中には）大いに好笑すべき（おかしい）事有り、
略《ほ》ぼ三五箇を陳《の》べん（以下に、その内の三つ四つほどを述べてみよう）。
張公（縦横家の張儀）は富みて奢華《しゃか》たり（豪奢な暮らしをしたが）、
孟子（儒家の孟軻《もうか》）は貧しくして轗軻《かんか》（事がうまく運ばないさま）たり。
只《た》だ侏儒《しゅじゅ》の（こびとの芸人だけに）飽くを取りて（十分な俸給を与えて）、
方朔《ほうさく》（有能な官吏の東方朔）の餓《う》うる（薄給で餓死するの）を憐れまず。
巴歌《はか》（戦国時代、楚の都で流行していた通俗歌曲）は唱する者多きも、
白雪（戦国時代、楚の国で歌われて高雅な歌曲）は人の和するもの無し。

「雍容美少年」一二九

雍容美少年、
博覽諸經史。
盡號曰先生、
皆稱爲學士。

未能得官職、
不解秉耒耜。
冬披破布衫、
蓋是書誤己。

雍容《ようよう》たる（ここに一人の、ゆったりとして雅びな）美少年（容貌の優れた若者）、諸々の経史（さまざまの儒教経典や歴史書）を博覧す（広く目を通している）。尽く（人々はだれしも）号して（呼び名を付けて）先生と曰《い》い、皆な称して学士と為す（尊称を使って学士さまと呼んでいた）。未だ官職（正式の官吏の職位）を得《う》る能《あた》わず（に就職できず）、耒耜《らいし》（鋤）を秉《と》る（野良仕事をすること）を解《よ》くせず（ができない）。冬に破れし布衫《ふさん》（単衣の麻の上着）を披《き》る（着ているの）は、蓋《けだ》し（思うに）是書（書物が）己（己の身の振り方）を誤れり（誤ったのだ）。

「丈夫莫守困」一三二

丈夫莫守困、
無銭須經紀。
養得一牸牛、
生得五犢子。
犢子又生兒、
積數無窮已。
寄語陶朱公、
富與君相似。

丈夫（男子たる者は）困《こん》を守ること莫かれ（貧困を守っていてはならない）、銭無ければ須く経紀すべし（経営・商売を図る必要がある）。一の牸牛《しぎゅう》（一頭の母牛）を養い得れば（きちんと養うならば）、五の犢子《とくし》（五頭の仔牛）を生み得ん（生むことができるであろう）。犢子（その仔牛）は又た（さらに）児《こ》（孫牛）を生んで、積数（掛けあわせた数）は窮已《きゅうい》無からん（際限がないであろう）。語を寄す（一言申し上げたい）陶朱公（古の富豪の陶朱公よ）、富は君と相い似たらん（あなたと同じ程度まで行くであろう）と。

「下愚讀我詩」一四一

下愚讀我詩、
不解卻嗤誚。
中庸讀我詩、
思量云甚要。
上賢讀我詩、
把著滿面笑。
楊脩見幼婦、
一覽便知妙。

下愚（下等の愚か者が）我が詩を読めば（私の詩を読んだ場合は）、解せずして（理解できず）却って嗤《わら》い誚《せ》む（逆につまらぬ詩とあざ笑う）。

中庸（中等の人物が）我が詩を読めば（私の詩を読んだ場合は）、思量して（よく考えて）甚だ要なりと云う（非常に要点を得ていると言う）。

上賢（上等の賢人が）我が詩を読めば（私の詩を読んだ場合は）、把著《はちゃく》して（詩を持ったまま）満面に笑う（満面に笑みをたたえて喜ぶ）。

楊脩《ようしゅう》（楊脩が曹操に従って）幼婦を見しとき（曹娥碑《そうがひ》の「幼婦」を見た時）、
一覧して（楊脩は一目で二字が）便《すなわ》ち妙と知れり（「妙」の字だと分かった）。

「有樂且須樂」一四六

有樂且須樂、
時哉不可失。
雖云一百年、
豈滿三萬日。
寄世是須臾、
論錢莫啾唧。
孝經末後章、
委曲陳情畢。

楽しみ有れば且《しばら》く（取りあえず）須く楽しむべし（楽しむがよい）、
時なるかな（これは絶好の機会だ）失う可からず（取り逃がしてはならない）。

一百年と云うと雖《いえど》も（人の寿命は最大限生きて百年と言うけれども）、
豈《あ》に三万日に満たんや（とても三万日一杯を生きることはできないのだ）。
世に寄すること（人が世に生きるのは）是須臾《しゅゆ》なり（ほんのわずかの間だ）、
銭を論じて（銭の話で）啾唧《しゅうしょく》たること（騒がしく言い立てるさま）莫《な》かれ。
（儒教の経典である）孝経末後（『孝経』の最後）の章は、
委曲に（詳しく）情を陳《の》べ畢《お》われり（人の為すべき事柄を述べ尽くしている。

「一人好頭肚」一四八

一人好頭肚、
六藝盡皆通。
南見驅歸北、
西逢趂向東。
長漂如汎萍、
不息似飛蓬。
問是何等色、
姓貧名曰窮。

一人の好き頭肚《とうと》（頭と腹など身体の外見のよい、一人の官吏がいる）、
六芸《りくげい》（礼楽射御書数の六つの教養科目に）尽《ことごと》く皆な通ず。
南に見《あ》いては（人に会ったすぐ後に）駆けて（馬車で）北に帰り、
西に逢いては（人に会った後に）趂いて（追いかけて）東に向かう。
長《つね》（常）に漂うこと汎萍《はんぺい》（水上に浮かぶ浮き草）の如く、
息《いこ》わざること飛蓬（秋風に吹かれて転がる蓬《よもぎ》）に似たり。
問う是何の等色《たぐい》ぞ（どういう種類の人物であろうか）、
姓は貧 名は窮と曰う（その官吏の姓名は貧窮と言うのである）。

「他賢君卽受」一四九

他賢君卽受、
不賢君莫與。
君賢他見容、
不賢他亦拒。

嘉善矜不能、
仁徒方得所。
勸逐子張言、
抛卻卜商語。

他賢《かれけん》なれば（相手が賢者であれば）君即《すなわ》ち受けよ（君はすぐに受け入れよ）、
賢ならざれば（賢者でなければ）君与《くみ》する莫かれ（味方としてはならない、と）。
君賢なれば他に容れられ（しかし、君が賢者であれば相手に包容され）、
賢ならざれば他も亦た拒む（賢者でなければ相手もまた拒絶する）。
善を嘉《よ》みして不能を矜《あわ》れめば（むしろ、善者をほめ無能者をいたわるならば）、
仁の徒（仁者）は方《まさ》に所を得ん（正しい居場所を得るだろう、とする説もある）。
子張の言を逐《お》うを勧む（私は、後者の子張の言葉に従うことを勧めたい）、
卜商《ぼくしょう》の語を抛却《ほうきやく》せよ（前者の卜商子夏の言葉は投げ捨てよう）。

「是我有錢日」一五一

是我有錢日、
恆爲汝貸將。
汝今既飽暖、
見我不分張。
須憶汝欲得、
似我今承望。
有無更代事、
勸汝熟思量。

是我が（ほかでもない私に）銭有りし日（金があったころは）、
恒《つね》に汝の為めに（常におまえに）貸将《たいしょう》せり（貸してやったものだ）。
汝（おまえは）今既に飽暖《ほうだん》なるも（飽食・暖衣で足りているのに）、
我を見て分張せず（金を分けてくれようともしない）。
須く憶うべし（思い出す必要がある）汝の得んと欲せしは、
我が今承望するに（おまえに金を希望する気持ちと）似たるを。
有無（金が有るか無いか）は更代の（交代しあっている）事なり、
汝に勧む熟々《つらつら》（よくよく）思量せん（内に思索する）ことを。

「昔時可可貧」一五八

昔時可可貧、
今朝最貧凍。
作事不諧和、
觸途成倥傯。
行泥屢脚屈、
坐社頻腹痛。
失卻斑猫兒、
老鼠圍飯瓮。

昔時《むかし》は可可《いささ》か（いくらか）貧しかりしも（貧しかったけれども）、
今朝《いま》は（今日では）最も貧凍なり（飢寒に苦しんでいる）。
事を作《な》し（仕事を行う）ては諧和（周囲の人々と和合）せず、
途《みち》に触れては（どこに行っても）倥傯《こうそう》（困難な目）を成せり。
泥（泥道。困難な仕事の比喩）を行けば屢々脚屈《しばしばあしくつ》し（曲がり）、
社《しゃ》に坐すれば（里《り》の社祭の世話役を務めれば）頻《しき》りに腹痛む。
斑猫児《はんびょうじ》（三毛猫）を失却してより（いなくなって以来）、
老鼠《ろうそ》（ねずみ）飯瓮《はんおう》（飯櫃《めしびつ》）を囲めり（囲むようになった）。

「可貴天然物」一六一

可貴天然物、
獨一無伴侶。
覓他不可見、
出入無門戸。
促之在方寸、
延之一切處。
你若不信受、
相逢不相遇。

貴ぶ可し（貴重である）天然の物（人々に天生に具わる仏性）、
独一にして（唯一の存在であって）伴侶無し（仲間はいない）。
他《かれ》を覓《もと》むるも（それを探し求めようとしても）見る可からず、
出入するに（出たり入ったりする場合）門戸（出入り口）無し。
之を促《つづ》むれば（縮めると）方寸《ほうすん》（一寸四方の心）に在り、
之を延ばせば（拡げると）一切の処《ところ》なり（宇宙に行きわたる）。
你《なんじ》（おまえが）若《も》し信受せざれば（これを信じないならば）、
相い逢《あ》うも（逢ったとしても）相い遇わず（遇ってはいないのだ）。

「余家有一窟」一六二

余家有一窟、
窟中無一物。
淨潔空堂堂、
光華明日日。
蔬食養微軀、
布裘遮幻質。
任你千聖現、
我有天眞佛。

余《わ》が家（身体の喩え）に一窟《いっくつ》（一つの洞窟、心の喩え）有り、
窟中《くっちゅう》（心中）に一物も無し（一切の表象も作用もない空である）。
浄潔《じょうけつ》（さっぱりと清潔で）空しきこと堂堂たり（高く明らかであり）、
光華（光明は）明るきこと日日《じつじつ》たり（太陽のように輝いている）。
蔬食もて（葷酒抜きの菜食で）微軀《びく》（己の些細な身体）を養い、
布裘《ふきゅう》もて（粗末な布製の皮衣で）幻質（己の虚幻の身体）を遮《おお》う。
任你《たと》い千聖（過去・現在・未来三世の千仏が眼前に）現るるも、
我に天真の仏（己の心に本来的に具足する自性・自仏）有り。

「世有多事人」一六八

世有多事人、
廣學諸知見。
不識本眞性、
與道轉懸遠。
若能明實相、
豈用陳虛願。
一念了自心、
開佛之知見。

世に多事の人有り（多くの仕事を行うことを好む者がいる）、
広く諸々の知見（色々の有益な知識・見解）を学ぶ。
本真の性（人々に本来具わる真実の心性）を識らざれば、
道（根本の仏道）と転《うた》た（ますます）懸遠す（かけ離れてしまう）。
若《も》し能《よ》く実相（本性が空であるという真実の姿）を明らかにすれば、
豈《あ》に虚願（外に成仏を求める無意味な願い）を陳《の》ぶるを用いんや。
一念して（一度の思いで）自心を了すれば（自性を見て取れば）、
仏の知見（仏の真実の悟りの智慧）を開かん（開かれるだろう）。

「吁嗟貧復病」一七四

吁嗟貧復病、
爲人絶友親。
甕裏長無飯、
甑中屢生塵。
蓬庵不免雨、
漏榻劣容身。
莫怪今憔悴、
多愁定損人。

吁嗟《ああ》（嘆き声）貧しくして復《ま》た（その上）病み（病気にかかり）、人と為《な》りて（成人して以来）友親（友人・肉親との関係）を絶てり。
甕裏《おうり》（飯を盛る飯櫃《めしびつ》の内）には長《つね》（常）に飯無く、
甑中《そうちゅう》（飯を蒸すこしきの中）には屢々《しばしば》（たびたび）塵生ず。
蓬庵（蓬でふいた庵）は雨を免れず（容赦なく雨漏りがする上に）、
漏榻《ろうとう》（雨の漏るベッド）は劣《わず》かに（辛うじて）身を容るるのみ。
怪しむ莫《な》かれ（不思議ではない）今憔悴《しょうすい》する（やつれ衰えるの）を、
愁い多ければ（精神の悩みが多いために）定《かなら》ず人を損なえばなり。

「精神殊爽爽」一八四

精神殊爽爽、
形貌極堂堂。
能射穿七札、
讀書覽五行。
經眠虎頭枕、
昔坐象牙牀。
若無一〈阿〉堵物、
不啻冷如霜。

精神は（ある人の心の働きが）殊に爽爽たり（さわやかであり）、
形貌《けいぼう》（風采・容貌）は極めて堂堂たり（威厳があって立派である）。
能《よ》く射て七札を穿《うが》ち（弓を射て鎧の札七枚を射通すことができ）、
書を読めば五行を覧《み》る（一度に五行ずつ目を通すことができる）。
経て（かって）虎頭の枕（射殺した虎の頭を枕にして）に眠り、
昔、象牙の牀《しょう》（象牙のベッド）に坐る（坐ったこともあった）。

若《も》し一〈阿〉堵物《とぶつ》（これ、銭の俗語）無ければ、
啻《ただ》に冷たきこと霜の如くのみならず（単に冷たさは霜どころではない）。

「笑我田舍兒」一八五

笑我田舍兒、
頭頰底縶澁。
巾子未曾高、
腰帶長時急。
非是不及時、
無錢趂不及。
一日有錢財、
浮圖頂上立。

我を笑う（私のことを次のように言って笑う）田舎児《でんしやじ》（田舎者めが）、
頭頬《とうきよう》（顔つき）は底《なん》ぞ（何と）縶渋《ちゆうじゆう》たる（どんよりしていることか）。
巾子（貴人の冠る頭巾）は未だ曽《かつ》て高からず（少しも高くはないし）、
腰帯《ようたい》は長時《つね》に（いつも）急なりと（きつく締めている、と）。
是時に及ばざるに非ず（時代の流行に遅れているわけではない）、
銭無くして（銭がないので）趂《お》い及ばざる（追いつけない）のみ。
一日（もしもある日）銭財有れば（財産ができた時には）、
浮図《ふと》（高い仏塔）の頂上に立たん（頂上の高みに立ってやるぞ）。

「客難寒山子」一八七

客難寒山子、
君詩無道理。
吾觀乎古人、
貧賤不爲恥。
應之笑此言、
談何疏闊矣。
願君似今日、
錢是急事爾。

客（ある人が）寒山子（作者）を難ずるに（非難することには）、
君の詩は道理無し（哲学的道徳的な道や理に合致していない）。

吾《われ》（その客が）古人（古代の孔孟や老荘）を観るに（観てみても）、貧賤（貧困と低い身分）を恥と為さず（恥とは考えなかった、と）。之に応じて（寒山子が答えて）此の言を笑う（以上の四句を笑って、答えた）、談ずること（議論の仕方が）何ぞ疏闊《そかつ》なる（何たる大雑把なことか）。願わくは君（どうか客よ）今日の似《ごと》きは（現代のような状況下では）、銭をこそ是急事《きゅうじ》（緊急に重要な事）とせんのみ（考えてほしい）と。

「有身與無身」一九一

有身與無身、
是我復非我。
如此審思量、
遷延倚巖坐。
足間青草生、
頂上紅塵堕。
已見俗中人、
靈牀施酒果。

身有るか（己の身体は実有か、それとも）身無きか（身体は無なのか）、是我か（考えるのは我なのか）復《ま》た（それとも）我に非ざるか（我でないのか）。此くの如く（このように）審《つまび》らかに（よくよく）思量し（内に省察して）、遷延《せんえん》して（長い間）巌（岩）に倚《よ》って（寄りかかって）坐せり（坐禅をした）。（私の）足間に青草生じ（足間から青草が生ずるほど長時間、打坐して）、頂上（頭の上に）紅塵堕つ（赤い土埃が落ちるほど坐禅に集中してきた）。已《すで》に見る（その結果）俗中の人の（俗人は私のことを死んだと思いこみ）、霊牀に（霊座を設けて）酒果（お供物）を施すを（供え始めたのだった）。

「説食終不飽」二一三

説食終不飽、
説衣不免寒。
飽喫須是飯、
著衣方免寒。
不解審思量、
只道求佛難。
廻心即是佛、
莫向外頭看。

食を説くも（食べ物の話をしても）終《つい》に飽かず（腹一杯にはならない）、衣を説《い》くも（着物の話をしても）寒《こご》ゆるを免れず（寒さから逃れられない）。飽くまで喫《く》らうは（満腹するには）須く是飯なるべく（飯が必要であるし）、衣を著《つ》けて方《はじ》めて（着物を着て始めて）寒ゆるを免る（寒さを防げるのだ）。審《つまび》らかに（よくよく）思量すること解《あた》わずして（内に省察することもできず）、只《た》だ仏を求むること難《かた》しと道《い》う（が難しいとばかり言っている）。心を廻らせば即ち（心を己に向けなおせば）是仏なり（それがもう仏なのだ）、外頭《そと》に（外に）向かって看んとする（仏を求めようとすること）莫《な》かれ。

「我在村中住」二二三

我在村中住、
衆推無比方。
昨日到城下、
卻被狗形相。
或嫌袴太窄、
或説衫少長。
攣卻鷂子眼、
雀兒舞堂堂。

我（寒山子が）村中に在って住むに（田舎の村に住んでいたころの話だが）、

衆の（村の民衆が）推すこと比方《ひほう》無し（私を代表団の第一位に推薦した）。
昨日《さくじつ》（陳情のために）城下に到れば（村の代表として城内にやってくると）、
却《かえ》って（何と）狗《いぬ》（城内の下っ端役人）に形相《けいそう》せらる（詳しく調査尋問された）。
或いは（ある役人は）袴の太《はなは》だ窄《せま》きを嫌い（袴が細すぎて規則違反だと言い）、
或いは（ある役人は）衫《さん》の少しく長きを説《い》う（上着がやや長すぎると言った）。
鷂子《たか》の眼を攣却《れんきゃく》すれば（このような鷂子の眼を縫いあわせてしまうならば）、
雀児《すずめ》（庶民）は舞うこと堂堂たらん（後顧の憂いなく空を舞うことができよう）。

「死生元有命」二二四

死生元有命、
富貴本由天。
此是古人語、
吾今非謬傳。
聰明好短命、
癡騃卻長年。
鈍物豐財寶、
醒醒漢無錢。

死生（人の寿命）は元《もと》と命《めい》有り（天命によって決まるもので）、
富貴（人の貧富）は本《も》と天に由《よ》る（天意によって授かるものだ）。
此（以上の二句）は是古人の語にして（昔の人の言葉であって）、
吾《われ》今（これを）謬《あやま》り伝うるに非ず（誤って伝えるわけではない）。
聡明（賢明な人）は好く（往々にして）短命に（若死にし）、
癡騃《ちがい》（愚鈍な者）は却《かえ》って長年なり（長生きする）。
鈍物（のろまやつ）は財宝豊かに（財宝をたくさん所有するが）、
醒醒《せいせい》の漢（聡明な男に）は銭無し（銭がない）。

「國以人爲本」二二五

國以人爲本、
猶如樹因地。
地厚樹扶疏、

地薄樹憔悴。
不得露其根、
枝枯子先墜。
決陂以取魚、
是取一期利。

国は人を以て本《もと》と為す（国家は人民をもって根本としている）、猶《な》お樹の地に因《よ》るが如し（あたかも樹木が土地の肥瘠によるようなものだ）。地厚ければ（土地が肥えていれば）樹扶疏《きふそ》たり（樹木の枝葉が繁茂するさま）、地薄ければ（土地が瘠せていれば）樹憔悴す（樹木も痩せ衰えてしまう）。其の根を（樹木の根元を）露わにするを得ず（土地から露出させてはならない）、（そうすれば）枝枯れて子《み》先ず墜つ（枝が枯れて果実が先ず落ちてしまう）。陂《つつみ》を決して（池の堤防を切り開いて）以て魚を取るは（魚を取り尽くすのは）、是一期の利を取るのみ（これはその場限りの利を求めるにすぎないのだ）。

「寄語諸仁者」二三九

寄語諸仁者、
復以何爲懷。
達道見自性、
自性卽如來。
天眞元具足、
修證轉差迴。
棄本卻逐末、
只守一場獃。

語を諸々の仁者に寄す（多くの方々に一言申し上げたい）、復《ま》た（さて）何を以てか懐《おも》いと為す（何を本懐としているのであろうか）。道（仏道）に達して自性《じしょう》（己の本性）を見れば（見て取るならば）、自性は即ち（己の本性がそのまま）如来（真理に達した仏）なり。天真（天然真実の本性）は元《も》と具足す（元来、完全に具わっており）、修証すれば（道を修めて悟ろうとすれば）転《うた》た差迴《さかい》す（食い違ってしまう）。
本《もと》（根本たる自性）を棄てて却って末（末梢たる修証）を逐《お》うは、
只守《まこと》に一場の（はかない人の世の）獃《おろ》かしさ（痴愚）なるのみ。

「上人心猛利」二四三

上人心猛利、
一聞便知妙。
中流心清淨、
審思云甚要。
下士鈍暗癡、
頑皮最難裂。
直得血淋頭、
始知自摧滅。
看取開眼賊、
鬧市集人決。
死屍棄如塵、
此時向誰說。
男兒大丈夫、
一刀兩段截。
人面禽獸心、
造作何時歇。

上人《じょうじん》（上品の性の賢人）は心猛利《もうり》にして（心が勇猛な上に鋭利で）、
一たび聞けば（一度話を聞いただけで）便《すなわ》ち妙を知る（すぐに道理を悟る）。
中流（中品の性の中人）は心清浄にして（心が汚染されておらず）、
審思して（よく考えて）甚だ要なりと云う（非常に要点を得ていると言う）。
下士《かし》（下品の性の愚人）は鈍暗にして癡《ち》なり（鈍い上に愚昧であり）、
頑皮《がんぴ》（頑迷な外皮は）最も裂け難し（まったく引き裂けるものではない）。
直《た》だ血の頭より淋《したた》るを得て（血が頭から流れおちるほどになったところで）、
始めて自ら摧滅《さいめつ》するを知る（やっと自分が滅亡することを悟るのだ）。
看取せよ（見るがよい）開眼の賊（眼を見開いた賊が）、

鬧市《どうし》に人を集めて決せらるるを（市場の人の集まる前で処刑されるのを）。
死屍（死体）は棄てられて塵の如く（ゴミのようにうち捨てられるが）、
此の時誰に向かって説かん（この時だれに対して自分を言い訳できよう）。
男児大丈夫（一人前の男子、立派な大の男が）、
一刀にて両段に截《き》らる（一刀両段で真っ二つに斬られるのだ）。
（だが）人面にして禽獣の心（人の顔をして禽獣の心を持つ下士の連中は）、
造作何《いず》れの時か歇《や》まん（その悪業をいつになったら止めるのであろうか）。

「昔日極貧苦」二四五

昔日極貧苦、
夜夜數他寶。
今日審思量、
自家須營造。
掘得一寶藏、
純是水精珠。
大有碧眼胡、
密擬買將去。
余卽報渠言、
此珠無價數。

昔日（昔は）極めて貧苦にして（大変貧乏だったので）、
夜夜（毎夜毎夜）他《た》の宝を数う（他人の宝を数えていたものだった）。
（しかし）今日審《つまび》らかに（よくよく）思量する（内に省察する）に、
自家（自分で）須《すべから》く営造すべし（財産を作り上げなければならないと）。
一宝蔵を掘り得れば（私は一つの宝物の蔵を掘り当てたが）、
純《もっぱ》ら是《これ》水精の珠《たま》なり（それは純粋な水晶の珠のような仏性である）。
大いに碧眼の胡《えびす》（偉大なる青い眼の外国人たる達摩大師）有り、
密かに（こっそりと）買い将《も》て去《ゆ》かんと擬《ほっ》す（この水晶を買って行こうとした）。
余《われ》（寒山子）即ち（そこで）渠《かれ》（達摩）に報じて（答えて）言う、
此の珠（珠のような仏性）は価《あた》いの数無し（値段が付けられない）と。

「二儀既開闢」二五四

二儀既開闢、
人乃居其中。
迷汝卽吐霧、
醒汝卽吹風。
惜汝卽富貴、
奪汝卽貧窮。
碌碌羣漢子、
萬事由天公。

二儀《にぎ》（天と地が）既に開闢《かいびゃく》して（二つに分かれて以来）、人は乃《すなわ》ち（かくして）其の中に居り（中間にいることとなった）。汝を（天がおまえを）迷わすには即ち霧を吐き（霧を起こすし）、汝を醒ます（目覚めさせる）には即ち風を吹く（風を吹かせる）。汝を惜《いつく》しまんとすれば（可愛がろうとする時には）即ち富貴にし、汝より奪わんとすれば（減らそうとする時には）即ち貧窮にす。碌碌たる（世人の後に従うだけの）群漢子（多くの男ども）よ、万事（この世のすべて）は天公（天帝）に由る（によって決まるのだ）。

「鹿生深林中」二九三

鹿生深林中、
飲水而食草。
伸脚樹下眠、
可憐無煩惱。
繫之在華堂、
餚膳極肥好。
終日不肯嘗、
形容轉枯槁。

（本来の自然の状態では）鹿は深林の中に生まれ、水を飲んで草を食らう（という素朴な暮らしを満喫している）。脚を伸ばして樹下に眠れば（このような天性のままの自由な生き方は）、可憐にして（可愛らしい上に）煩悩無し（心に何の苦悩もない）。（ところが）之を繋いで（鹿を繋いで）華堂に在らしめ（美しい屋敷に置き）、餚膳《こうぜん》（与えるご馳走を）極めて肥好《ひこう》ならしむ（非常に美味なものにした）。
（すると）終日（鹿は一日中）肯《あ》えて嘗《な》めず（食べようともせず）、
形容（身体は）転《うた》た（どんどん）枯槁《ここう》せり（やつれていくのだった）。

「出生三十年」三〇二

出生三十年、
當〈嘗〉遊千萬里。
行江青草合、
入塞紅塵起。
錬薬空求仙、
讀書兼詠史。
今日歸寒山、
枕流兼洗耳。

（今日から振り返って見れば、私は）出生してより三十年、
當《かつ》〈嘗〉て遊ぶ（公務で旅をする）こと千万里（幾千万里）。
江に行けば（川を舟で行けば）青草合《あつ》まり（青草の密集で難儀し）、
塞《さい》（辺境の城塞）に入れば紅塵（夷狄との戦闘で砂塵が）起これり。
薬（不老不死の薬）を錬って空しく（無駄に）仙（仙人の道）を求め、
書を読んで兼ねて史を詠《えい》ぜり（歴史に題材を取る詩を作ったりもした）。
今日《こんにち》（さまざまな遍歴を経た今は）寒山に帰して（落ち着いて）、
流れに枕し（清流を枕にし）兼ねて耳を洗わん（身心を清めたいものだ）。

出版の経緯——校正を担当して

本書を上梓する上で、その経緯を説明しておきたい。「はじめに」に述べられている通り、本書の執筆は、二〇一九年五月から池田知久先生と斯文会の受講生との間で行われた『寒山詩』の読書会を契機としている。しかしその後、二〇二四年七月に池田先生が体調を崩され、ほぼ完成していた本書原稿の校正作業を行うことが困難となった。そこで池田先生から編集者と西山の手で校正・編集を行い、完成させて欲しいとの依頼を承った。

本書を出版するにあたり、池田先生から園部雅一氏に依頼があった。園部氏は、かねてより池田先生の著作『訳注　淮南子』・『老子』　その思想を読み尽くす』・『荘子　全現代語訳』（上下）・『老子　全訳注』の編集を手掛けて下さっていた元講談社学術文庫編集長である。しかし園部氏はすでに講談社を定年退職されていたため、コトニ社代表の後藤亨真氏を推薦して下さった。

まずは、初めての中国古典学に関する著書の編集・出版を快諾して下さった後藤亨真氏と、コトニ社との縁を作って下さった園部雅一氏に対し、ここに心より厚く御礼申し上げたい。

そして最後に学生を代表して、お世話になった池田先生に一言お礼を申し上げたい。

東京大学・二松学舎大学・大東文化大学の大学院において、池田先生の授業では馬王堆帛書・郭店楚簡・上博楚簡などの出土文献の訳注を毎年のように発表していた。これらの出版に際し、池田先生は何度も（場合によっては十数回も）原稿を修正し、その度に分担者にやり直しをさせながら学生を指導してこられた。毎年その締切は年末・年始であり、郵便局が開いていない時は、我々学生が直接池田先生のご自宅まで原稿を届けに行くこともあった。訳注を担当する学生は毎年数人いたため、長年池田先生は人並みに正月を休むことなどなかったはずである。

その当時の忘れられないエピソードを一つ挙げたい。大東文化大学大学院の授業にて、上博楚簡『周易』を読んでいた時のことである。私は、百字にも満たない担当箇所を読むのに、十回以上やり直しさせられた。最後には授業の発表レジュメが五十枚以上になったが、それでも授業中に（いや、授業外でも）何度も叱られた。当時、私は不服だった。なぜここまで叱られなければならないのかと。

しかしある日、授業前に先生の研究室に入ると（授業は研究室で行われていた）、そこには誰もおらず、先生の机の上には大学ノートが開かれたまま無造作に置かれていた。こっそりそれを覗いてみると、私が調べていた分量の軽く三倍の内容がびっしりと書き込まれていたのである。先生はそういった下準備を決してひけらかすことはなかったが、それを目睹した私はただただ戦慄し、自身の不明を深く恥じ入った。

今になって当時を振り返ると、池田先生がいかに膨大なエネルギーを費やして授業や出版に臨んでいらっしゃったのかを痛切に感じる。当時の学生たちの多くが、今、日本のみならず、世界中で活躍している。育てて下さった先生に対し、末弟ながら学生を代表して感謝申し上げたい。そして、その緻密で完璧主義者の先生が、自分の手で校正を行えなかったことは誠に無念だったのではないかと拝察する。一日も早い快癒を心から祈っている。

二〇二四年十一月五日

埼玉大学人文社会科学研究科　西山尚志

池田知久（いけだ ともひさ）

1942年生まれ。東京大学文学部卒業。同大学院博士課程中退。東京大学教授、大東文化大学教授などを歴任。現在、東京大学名誉教授。専門は中国思想史。著書に、『荘子　全訳注』（上・下）『荘子　全現代語訳』『『老子』その思想を読み尽くす』『馬王堆漢墓帛書五行篇研究』『諸子百家文選』『老荘思想』『郭店楚簡儒教研究』『占いの創造力　現代中国周易論文集』『老子』『中国思想文化事典』（共著）などがある。

寒山詩　隠者たちの作詩とその編纂――附「寒山詩」抄
2025年2月2日　第1刷発行

著　者　池田知久

発行者　後藤亨真
発行所　コトニ社
〒274-0824　千葉県船橋市前原東5-45-1-518
TEL：090-7518-8826
FAX：043-330-4933
https://www.kotonisha.com

印刷・製本　モリモト印刷
装丁　美柑和俊
DTP　江尻智行

ISBN 978-4-910108-20-9